KB272691

ALL
MASTER

올마스터 3

박건 퓨전 판타지 소설

초판 1쇄 찍은 날 § 2005년 12월 19일
초판 1쇄 펴낸 날 § 2005년 11월 29일

지은이 § 박건
펴낸이 § 서경석

편집장 § 문혜영
편집책임 § 최하나
편집 § 서지현

펴낸곳 § 도서출판 청어람
등록번호 § 제1081-1-89호
등록일자 § 1999. 5. 31
어람번호 § 제1-0664호

주소 § 경기도 부천시 원미구 심곡1동 350-1 남성B/D 3F (우) 420-011
전화 § 032-656-4452 팩스 § 032-656-4453
http://www.chungeoram.com
E-mail § eoram99@chollian.net

ISBN 89-5831-826-0 04810
ISBN 89-5831-823-6 (세트)

[새로운 세계로의 접속]
ALL MASTER
박건 퓨전판타지 장편소설
3
파니티리스
CHUNGEORAM FUSION FANTASTIC STORY

도서출판
청어
람

Contents

동행

2021년 9월 14일. 오후 6시.

일루전에는 총 열두 가지의 직업이 있다.

기사. 무투가. 마법사. 예술가……. 각각의 특색과 장점을 가지고 있는 직업들은 개별적이 아닌 겸직 상태를 허락하고 있어 유저는 많은 직업을 가질수록 더 더욱 강해지게 된다. 하지만 그렇기만 하다면 모든 유저들이 모든 직업을 선택하겠지. 겸직에는 그만한 페널티가 있고 그렇기에 실제 세 가지 이상의 직업을 선택한 유저는 매우 드문 것이 현실이다.

하지만 난 그 모든 상식을 깨고 열두 개의 직업을 선택하고 말았다. 물론 그에 따른 페널티는 무시무시할 정도였지만 모두 이겨내고 몇만 명에 한 명 있을까 말까 하다는 마스터에 도달했으니 이 정도면 성공한 캐릭터라 할 수 있을까.

어쨌든 내 레벨들을 표로 정리하자면…

직업	레벨	직업	레벨
기사	50	마법사	33
무투가	30	암살자	27
정령술사	25	궁사	25
카드법사	25	예술가	25
사령술사	25	연금술사	5
신관	25	소환사	25

이다. 흠… 역시 라비린토스를 나가려다 보니 기사 하나만 압도적인 레벨을 가지게 되어버렸군. 뭐, 그렇다고 해도 모든 직업을 선택한 것은 나에게 엄청난 전투력을 부가해 준다. 기본적으로 가장 눈에 띄는 것이 바로 능력치. 직업의 숫자가 더해가면 더해갈수록 능력치는 +개념으로 증가하기 때문에 직업이 많으면 많을수록 그 힘을 더해간다. 물론 모든 능력에는 기본치라는 게 있는지라 직업 하나랑 두 개는 크게 차이나지 않는다. 능력치의 차이가 벌어지기 시작하는 건 직업이 여섯에 이르렀을 때부터고 직업이 열두 개에 이르게 되면 한 개의 직업을 택했을 때보다 단순 계산으로도 4.5배 이상의 결과를 자랑한다.

그 결과가 바로 지금의 나.

내 마력은 검기를 세 시간 이상 유지할 수 있을 정도로 방대하고, 내 힘은 오우거와 팔씨름을 해도 이길 정도로 강하다. 몸의 강도는 화살이 박히지 않을 정도이며, 순발력은 100미터를 4초대에 돌파한다.

“…….”

훗. 솔직히 말해 이게 인간이냐? 만약 현실에서 이런 인간이 있으면 과학자 입장으로서 해부해 보고 싶은 마음이 들겠지만 글쎄, 내가 서 있는 이곳은 0과 1이라는 숫자로서 이루어진 게임 속. 까짓거 인간이 초속 100,000,000킬로로 달린다 해도 누가 뭐라 하겠는가.

어쩌다 보니 말이 새어버렸지만 난 이 강력한 육체만으로도 일루전에서 상당한 위치에 존재하게 된다. 하지만 그럼에도 끝난 것이 아니지.

열두 개의 직업을 모두 선택한 나는 그 모든 직업에서 쏟아져 나오는 스킬들을 마음대로 배합해 사용할 수 있다. 그리고 개성적 스킬의 정점이라 할 수 있는 것이 바로 특수 능력.

모든 직업 25레벨에 이르면 획득하게 되는 특수 능력은 그 효과가 탁월하여 여러 가지 방향으로 응용해 사용할 수 있고, 실제로도 난 유용하게 사용해 왔다.

그리고 마침내 기사 레벨이 50에 이른 지금, 난 하나의 특수 능력을 추가로 획득하게 되었다.

특수 스킬 ‘불사의 격노(Deathless Frenzy)’ 를 획득하셨습니다!

“…….”

아니, 그러니까 왜 지금 획득하는데?

난 정말 기묘한 타이밍에 한숨을 쉬었다. 난 수많은 난관과 어려움을 헤치고 일루전의 기본 세계라 할 수 있는 라비린토스에서 빠져나온 후 파니티리스의 NPC들의 전투력을 파악하기 위해 몸을 숨겼다.

잔뜩 긴장한 것이 억울할 정도로 약한 기사와 병사들. 난 그냥 지켜볼까 하다가 그들이 오우거에게 전멸하기 전에 모습을 드러내기로 했다. 파니티리스로 와서 처음 보는 NPC 무리가 몬스터에게 전멸당하면 아무래도 찜찜할 테니까.

그리고 막 NPC들을 돕기 위해 나서려던 상황. 정말 놀랍게도 그 타이밍에 타이틀을 획득하는 메시지가 떠올랐고, 깜짝 놀란 난 다시 몸을 숨기고 말았다.

"……."

아니, 그러니까 왜 몸을 숨긴 걸까. 흥이 달아나서 다시 나가기 싫어져 버리고 말았잖아.

나는 고개를 돌려 오우거들의 공격에 악전고투하는 기사와 병사들을 바라보았다. 흐음… 다시 생각해 보니 정말 구해야 할 이유가 없어 보인다. 저들이 죽어도 사실 별게 아니잖아? 어차피 NPC에 불과하니까.

"잠시 더 지켜보도록 할까?"

마음을 고친 나는 그 자리에 주저앉았다. 어차피 이 근처에 내 은신술을 찾아낼 만한 존재가 없지만 괜히 코앞에 가서 손을 흔들거나 할 필요는 없겠지.

크어어!

몸에 두어 개의 검이 박혀 있는 오우거 하나가 괴성을 지르며 마차 쪽으로 접근했다. 별로 충성심 없어 보였던 기사들이라도 공주가 죽는 것을 원치는 않는 듯 그 앞을 막아서지만 당연하다는 듯 뚫리고 말았다.

마차를 끌고 있던 말들마저 짓이기며 마차를 향해 곤봉을 들어올리는 오우거. 그때 마차 안에서 한 명의 소녀가 모습을 드러냈다.

"하압!"

활동성을 중시한 듯한 경갑에 은색의 검. 아하, 저 녀석이 내가 느꼈던 마나의 정체군. 일행 중 가장 약하다 느꼈지만 사실은 가장 강한 존재란 말이지?

그녀는 빠른 동작으로 곤봉을 들고 있는 오우거의 팔을 베어버렸다. 재빠른 대처였지만 글쎄, 오우거의 가죽은 생각보다 두껍다. 검기도 아닌 공격에 잘릴 리가 없지.

서컹!

"……."

잘렸다?! 하며 당황하는 사이 소녀는 재차 검을 휘둘렀다. 제법 날카로우면서도 깔끔한 자세. 다시 보니 기본이 꽤 튼튼하군. 하지만 오우거의 팔을 자를 정도는 아닌 것 같은데.

소녀가 휘두른 검에 오우거는 큰 상처를 입고 광분했다.

소녀 입장에서야 오우거를 죽이려 한 공격이겠지만 오우거는 생명력이 강하기 때문에 심장이나 뇌를 관통시키지 않는 한 잘 죽지 않는다. 나만 해도 오우거랑 싸우면 두개골을 부수거나 뇌전을 흘려 쇼크사 시키는 방법을 택하고는 했으니까.

"까악!"

"고, 공주님!?"

검을 든 소녀는 난데없는 비명 소리에 경악하며 고개를 돌렸다. 아하. 저 소녀는 공주가 아니라 그녀를 지키는 호위 같은 거였군. 어쨌거나 소녀를 맞히지 못한 오우거의 곤봉은 마차를 부쉈고 마차 안에 숨어 있었던 소녀, 그러니까 공주 역시 밖으로 나올 수밖에 없었다.

전체적으로 화려한 느낌의 드레스를 입고 있는 금발의 소녀. 그녀는 주변의 상황을 이미 파악하고 있었던 듯 비명을 지르면서도 재빨리 움직여 검을 든 소녀의 뒤로 숨었다.

하지만 거기에 숨는다고 일이 해결되는 것은 아니지. 물론 오우거의 팔을 자른 걸 생각할 때 뭔가 비장의 수가 있는 것 같기는 하지만, 이미 사방을 포위해 오는 오우거들을 저 소녀가 상대할 수 있을 거라는 생각은 들지 않는다.

"……."

잠깐. 사방을 포위해 오는 오우거?

나는 주변을 살폈다. 잠깐 구경 좀 하는 사이에 생존자는 겨우 공주와 그녀를 지키는 호위, 그 둘뿐. 허, 벌써 전멸한 거야? 명색이 기사와 병사라고 하는 것들이 무슨 끈기가 이렇게 없나.

나는 생각했다, 나가는 타이밍이 상당히 늦었다고. 지금이라도 나가지 않으면 그녀들을 구할 수 없겠지. 하지만 대체 난 무슨 이유로 그녀들을 구해야 할까?

잠시 고민한다. 그리고 생각한다.

그리고 답을 내린다.

"뭐, 미소녀를 지키는 걸로 할까."

그래, 미소녀는 국가 차원에서 지키고 나아가 양성해 가야 할 존재. NPC라고 해도 이미지 정도는 있잖아? 눈이 즐거운 환경을 스스로 거절할 필요는 없겠지.

난 가방에서 0.5미터쯤 되는 악기를 꺼냈다. 전체적으로 바이올린과 비슷한 외양을 지녔으나 현이 무려 열다섯 개나 되는 이것은 테르마이안이라 불리는 음유시인용 무기(武器)다. 아니, 정확히 말하면 악기(樂

器)지만 전투용으로도 사용하니까 무기라는 말도 맞겠지.

"후. 그럼……."

마나를 일으켜 손끝에 와 닿는 현에 주입시켰다. 테르마이안은 현의 수가 많았기에 현 사이의 간격이 거의 없는 편이었지만 낼 수 있는 음의 효과가 다양해 내가 제일 좋아하는 악기다.

지금 가장 서둘러야 할 사항은 역시 시선 집중일 것이다. 관객이 신경 쓰지 않는 공연이란 아무 의미 없는 것이니까.

나는 활을 들었다. 앗. 그런데 설마 여기서 핑핑~ 쏴대는 활을 떠올리지는 사람은 없겠지? 이건 그 활이 아니라 테르마이안의 현을 켜는 데 쓰는 활이다. 테르마이안의 모습은 바이올린과 미묘하게 다르지만 활은 똑같으니까.

"시작해 볼까?"

테르마이안을 어깨에 올린 후 활을 든다. 시작은 테르마이안 D현. 낮은 곡조에서부터 느리고 묵직하게.

우우우우웅…….

활이 현을 스치는 소리라고는 믿을 수 없을 정도로 이질적인 소리와 함께 두 명의 소녀와 그녀를 둘러싸고 있던 모든 오우거들의 시선이 집중된다.

아아, 이거 꽤 부끄럽군. 하지만 '우어어어! 연주하는 건 역시 쪽팔려. 그러니 내 검을 받아라~! 라고 할 수도 없는 노릇이었기에 참는다.

나는 침착하게 눈을 감은 뒤 천천히 활을 움직였다. 테르마이안은 현악기지만 낼 수 있는 소리의 범위는 매우 넓다. 그것도 그냥 넓은 게 아니라 이해가 안 갈 정도로 넓다. 쉽게 설명하자면 이거 혼자 관악기나 타악기의 소리처럼 전혀 다른 음색의 소리까지 낼 수 있을 정도랄까?

활이 현 위를 노닐자 묵직하면서도 압도적인 음률이 주변으로 퍼져 나가기 시작한다.

그것은 거대하고도 거대한 이름. 그것은 위대하고도 위대한 힘.

기상(起床)!

숨 막히게 거대한 거인이 몸을 일으킨다. 세상 그 누구도 부정할 수 없을 존재감과 세상 그 누구도 막아낼 수 없는 힘. 그가 단지 일어선 것만으로 세상은 숨을 죽인다.

경외(敬畏)!

모든 존재가 그 앞에서 굴복하고 복종한다. 누구도 그를 대적할 수 없으며, 누구도 그를 이겨낼 수 없다.

자신도 모르는 사이에 슬금슬금 물러서기 시작하는 십수 마리의 오우거를 보며 주변을 뒤흔드는 마력의 양을 조금 더 증가시켰다. 내 연주는 상대방의 저항 의지를 뭉개 싸우고 싶지 않게 만드는 것. 나는 다시금 현을 움직였다.

거인(巨人)의 일성(一聲)!

듣고 싶지 않아도 들을 수밖에 없는 절대의 외침이 사방으로 퍼져 나간다. 그것은 존재의 우위에 선 포식자가 내뱉는 외침. 세상 그 누가 있어 그것을 견딜 수 있으랴! 세상 그 누가 있어 그것을 이겨낼 수 있으랴!

더 이상 견디지 못한 오우거들은 자기들끼리 눈치를 보더니 마침내 후퇴하기 시작했다. 그들의 먹음직스러운 식사 감들이 땅에 널려 있음에도 신경 쓰지 못했을 정도로 그들은 내 연주에 말려들어 있었다.

"된 건가?"

오우거들의 모습이 멀어졌을 때 즈음 테르마이안을 내려놓는다. 흐음… 검으로 잡으면 순식간에 쓸어버릴 놈들이지만 25레벨밖에 안 되는 예술가로는 쫓아내는 게 한계다. 아쉽지만 어쩔 수 없는 일이겠지. 나는 테르마이안을 들어올렸다.

"장비 지정. 4번, 그리고 장비 1번."

마침 비어 있던 장비 4번을 할애한 후 아직도 정신을 못 차리고 있는 공주와 호위에게로 다가갔다. 이런이런, 비껴준다고 비껴줬는데 역시 연주의 영향을 받은 건가? 나는 그녀들 앞으로 손을 흔들었다.

"이보세요, 정신 차리죠?"

"……."

"이보세요, 아가씨들?"

"아… 아? 어?!"

역시 공주보다 호위가 먼저 정신을 차리는군. 나는 아직도 어벙한 그녀를 향해 부드럽게 웃어주었다. 그런데 이 배은망덕한 여자가 갑자기 검을 쳐드는 게 아닌가?

"저, 정체를 밝혀라! 무슨 목적을 가지고 있는 거지?"

"글쎄요. 하지만 목숨을 구해주고 검에 겨눠지겠다는 목적 같은 건 분명 없었는데 말입니다."

"그건······."

마땅히 할 말은 없는 듯 뜸 들이는 소녀. 확실히 그녀는 나를 적대해 검을 든 게 아니라 삽시간에 변해 버린 상황에 적응하지 못하고 당황한 것뿐이다. 이런 투정에 일일이 화내서야 어른이라 할 수 없겠지.

나는 차분한 표정으로 그녀들의 상태를 살폈다. 어디 보자. 이 아가씨는 오른쪽 팔이 탈골됐군. 하긴, 그녀는 나와 달리 극도로 평범한 인간의 몸을 가지고 있기 때문에 나와 동등한 힘을 가진—그러니까 트럭을 집어 던지고 나무를 뽑고 바위를 부수는—오우거의 공격은 스치기만 해도 위험할 테니까.

그대로 손을 내밀어 그녀의 팔목을 잡는다. 그녀는 당황해 검을 휘둘렀지만 이 정도 앙탈이야 뭐. 나는 그녀의 힘을 거스르지 않게 몸을 움직여 그대로 그녀의 팔을 끼워 넣었다.

뚜득.

"웃······."

"움직이지 마십시오. 아무리 비상시라지만 골절상을 참고 있었다니 원."

적응과 대화는 너무나도 자연스럽게 이루어졌다. 후. 이게 그 지긋지긋하던 시험의 결과인가? 나는 소녀의 손목을 놔주고 그녀의 뒤에 서 있는 공주를 바라보았다.

소설이나 만화의 모든 공주가 그러하듯 상당한 미모를 가지고 있는 소녀. 하지만 아직 덜 자랐군. 아름다움보다는 역시 귀여움 쪽인가.

"도움에 감사드립니다. 제 이름은 네레이드 이레인. 당신의 이름은?"

"밀레이온. 밀레이온 더 윈드리스라고 합니다."

생각보다 예의 바른 왕족이라는 것에서 약간의 아쉬움을 느꼈다. 64개의 상황극 중에는 개싸가지 왕족을 눌러 버리는 가이드도 있었거든. 뭐, 그렇다고 개싸가지를 만나고 싶었던 건 아니지만 말이다.

나는 차분한 표정으로 금발의 소녀를 바라보았다. 네레이드 이레인이라… 그렇다면 이레인 왕국의 공주라는 뜻이군. 국가의 이름을 성으로 사용하는 이는 왕족뿐이니까.

나는 파니티리스의 설정을 떠올렸다. 이레인이라면 파니티리스 대륙 서쪽에 위치한 소환사들의 나라였지. 물론 소환사들의 나라라고 해서 전 국민이 소환사라거나 다른 직업들을 업신여기는 것은 아니다. 그러니까 쉽게 말해 성향이랄까? 이레인의 왕족들은 대대로 강력한 소환사로서의 능력을 가지고 있었고, 그의 백성들도 소환사로서의 능력을 개발하고 강화시켜 왔다.

그리고 내 눈앞에 있는 것이 그런 이레인 왕국의 정점이라 할 수 있는 왕족. 나는 문득 뭔가 이상하다는 것을 깨달았다.

"잠깐만. 이레인의 왕족이라면 소환사일 텐데?"

"……."

내 말에 네레이드의 표정이 눈에 띄게 어두워진다. 흐음… 그랬군. 어디까지나 가정이기는 하지만 내가 오지 않았다면 그녀는 죽고 말았을 것이다. 명색이 왕족이라는 존재가 길가에서 몬스터에게 피습당해 죽는다? 이 대륙이 몬스터들로 뒤덮여 멸망 직전이 아닌 이상 쉽게 일어날 수 있는 일이 아니지. 이건 분명 비정상적인 상황인 것이다.

나는 생각했다. 그렇다면 이 상황은 어떻게 해석해야 할까? 간단하다. 소환사들의 왕국 이레인의 왕족이 소환술을 사용하지 못하니 다른 왕족들에 비해 대접을 못 받는 것이다. 물론 명색이 왕족이 그것만으로 배척당할 리 없으니 왕이나 왕비가 근처에서 놀다 얻어버린 사생아일 수도 있겠지. 하여튼 그녀는 왕가로부터 그다지 달갑지 않은 존재이고 그랬기에 호위하는 기사들의 실력도 형편없었던 것이다.

어떻게 생각해 보면 다행이군. 그래, 녀석들이 약했던 거야. 물론 별차이 없을 수도 있지만 적어도 다른 녀석들은 십대—10~19레벨. 그러니까 마나의 존재라도 감지하는—이상의 능력은 가지고 있겠지.

나는 다시 고개를 들어 그녀에게 뭔가를 더 말하려다 진하게 풍겨오는 피 냄새에 고개를 들었다.

"생각해 보니 한가하게 서서 떠들 만한 자리가 아니었군요. 슬슬 어두워지니 따라오십시오."

나는 그녀들의 대답도 기다리지 않은 채 성큼성큼 걷기 시작했다. 후… 일단 구하기는 했는데 저것들을 어떻게 해야 할까? 나는 조금 더 쉽고 편하게 파니티리스를 여행하길 원한다. 그런 의미에서 저들은 결국 짐. 거참, 공주를 구하는 이벤트는 상당히 레어한 것일 텐데 하필 나 같은 유저한테 넘어온 건지.

왼손으로 눈을 가려 맵을 연다. 어디 보자… 근처에 마을이 있는 것 같지는 않으니 결국 노숙을 해야 하나? 보통이라면 로그아웃을 한 후 다음날 접속하면 되겠지만 그렇게 하면 내가 로그아웃한 사이에 네레이드와… 흠… 이름도 안 물었군. 하여튼 호위가 위험한 상황에 처할 수도 있었다.

"그러고 보니 수면 모드가 추가되었다고 했었지."

"예?"

"아뇨, 혼잣말입니다. 그나저나 슬슬 자리잡아도 되겠습니까? 마침 근처에 좋은 장소가 있군요."

내가 눈을 가리고 있던 왼손을 떼어내자 두 명의 소녀가 이해할 수 없다는 표정으로 바라본다. 하긴, 길을 가다가 눈을 가리는 행위가 정상으로 보이지는 않겠지. 뭐, 그녀들이 어떤 눈으로 보든 잠잘 만한 장소는 찾은 것 같군. 나는 그녀들을 이끌고 근처에 있는 동굴로 향했다.

동굴이라 부르기도 민망할 정도로 작은 규모의 패임. 세 명 모두 들어가기는 힘들겠는걸. 난 몸을 돌려 호위를 바라보았다.

"늦었지만 다시 인사드립니다. 밀레이온 더 윈드리스라고 합니다."

"에, 엘루미아 리스멘타인이라고 합니다."

슬쩍 얼굴을 붉히는 그녀의 모습에 살짝 웃는다. 순진한 녀석이군. 공주와 나이 대가 비슷한 걸로 봐서 공주 친구 겸 호위인 모양이다. 어쨌든 검을 쓰니 몸은 좀 되는 편이고. 이 정도면 괜찮겠군.

"자, 그럼 나무를 해 오시겠습니까?"

"예… 예?"

"나무를 해 오시라고요. 이제 슬슬 가을이니만큼 장작을 피워야 합니다. 게다가 공주님도 엘루미아 양도 식사를 해야 하니까요."

"저, 전 이래 봬도 기사 자격을 가지고 있습니다! 어째서 제가 나무를 해 와야 한다는 겁니까?"

나름대로 완강한 자세였지만 난 아무렇지 않게 말했다.

"식량을 가지고 계십니까?"

"아닙니다."

"요리는 할 줄 아시나요?"

"아, 아닙니다."

“몬스터들이 덤벼들지 않도록 여러 가지 조치를 취하실 수 있습니까?”

“아… 닙니다.”

점점 자신없어 하는 표정의 엘루미아. 난 환하게 웃으며 말했다.

“그럼 나무를 해 오십시오.”

“…….”

더 이상 항변하지 못하고 숲으로 들어가는 그녀를 보며 몸을 돌렸다. 훗. 사실 어설퍼 보이는 그녀는 놔두고 혼자 다 해결할 수도 있지만 그런 방식은 마음에 안 드니 기각. 내가 모든 일을 다 해주면 처음에야 고마워하겠지만 나중에는 결국 당연하다 생각하게 돼버리거든. 미리미리 버릇을 들여놓는 것이 낫지.

멀어지는 엘의 모습을 보며 웃다가 오른손을 들어 왼손 위에 올려놓는다. 그리고 작게 속삭인다.

“시리우스의 겸손한 힘이여, 지금 내 의지에 따라 그 존재를 제한한다.”

부드러운 빛과 함께 노곤한 느낌이 전신으로 퍼져 나간다. 내가 지금 봉인한 능력은 마스터에 이른 기사와 29레벨의 암살자, 33레벨에 이른 마법사, 30레벨에 이른 무투가, 27레벨에 이른 연금술사까지다. 쉽게 말해 25레벨을 넘어선 직업 모두를 봉인했다고나 할까? 어차피 지금은 강력한 능력은 필요없을 테니 딱 이 정도가 좋겠지.

“지금 뭘 하신 거죠?”

내 몸에서 빛이 어리는 것을 보고 눈을 동그랗게 뜨는 네레이드. 난 가볍게 손짓해 실프를 소환했다. 실프가 바람을 일으키면서 네레이드의 금발이 흩날린다.

"인사드립니다. 제 소중한 파트너죠."

"저, 정령?"

깜짝 놀란 듯 실프의 모습에서 눈을 떼지 못하는 네레이드. 본디 실프의 모습은 다른 이들에게 잘 안 보이지만 난 지금 마나를 구현시켜 그녀에게 모습을 보이게 만들었다. 작은 소녀의 모습을 하고 까르르 웃으며 날아다니는 실프. 나는 실프를 네레이드의 어깨에 앉게 만들었고 네레이드는 신기하다는 표정으로 실프를 쓰다듬었다.

"대단해. 정령은 처음 봐요."

"정령사가 그리 흔한 존재는 아닐 테니까요."

당연하다는 듯 말하기는 했지만 정령사가 흔한지 아닌지 알게 뭐냐. 하지만 아무리 그래도 공주쯤 되는 존재가 처음 볼 정도라니 좀 놀랍군. 수백, 수천 마리의 정령들이 정신없이 날아다니는 정령사들의 성지 엘리메이트에서는 도저히 상상할 수 없던 상황이다.

난 다시 손짓해 실프를 불러들인 후 말했다.

"우리들의 기척을 숨겨줘."

실프는 고개를 끄덕이더니 시원한 미풍으로 변하여 주변으로 흩어졌다. 이것의 몬스터들을 막기 위한 방안. 흔히들 노숙을 할 때 모닥불을 피우고는 하는데 그건 몬스터들이 불빛을 싫어하기 때문이다. 하지만 그렇다고 해도 모닥불 하나 피우고 안심하면 곤란하다. 몬스터들은 불을 싫어하는 거지 무서워하는 건 아니니까. 먹이(이런 경우에는 인간이겠지)의 냄새나 소리가 감지되면 불이 있어도 무시하고 다가온다.

그래서 내가 사용하는 방식이 바로 실프를 이용한 기척 차단. 몬스터들은 불빛을 싫어하기 때문에 냄새와 소리만 차단해서 인간이 없는 것처럼 생각하게 하면 굳이 불 근처로 오려 하지 않는다.

어렵지 않게 몬스터들을 방비한 나는 가방에서 냄비를 꺼냈다. 냄비라고는 하지만 아래 부분이 넙적한 편이라 프라이팬 겸용으로도 쓸 수 있는 물건이다.

"그건?"

"식사 준비를 하려 합니다. 이 근처에는 딱히 사냥할 만한 몬스터가 없으니 있는 재료로 만들어야겠죠. 괜찮으시겠습니까?"

"아, 물론."

고개를 끄덕이는 그녀를 보면서 음식 재료들을 꺼냈다. 가방은 작은 편이지만 어차피 가방은 겉모습일 뿐이고 사실은 인벤토리(Inventory)니까. 음식 재료뿐 아니라 냉장고같이 커다란 물건이라도 얼마든지 꺼낼 수 있다.

"나무해 왔습니다!"

숨을 헐떡이며 장작들을 쏟아내는 엘루미아. 꽤나 서둘렀군. 숲 속에서 몬스터라도 나올까 봐 긴장하고 있었던 건가?

나는 그녀가 쏟아놓은 장작들을 잡아들었다. 단면을 보니 검으로 잘라온 것들이군. 나는 말했다.

"하아… 이런 나무들을 잘라오면 어떻게 하십니까? 생목은 물기를 잔뜩 머금고 있기 때문에 잘 타지 않을뿐더러 태운다 해도 연기를 심하게 내게 마련입니다. 죽은 나무나 떨어져 있는 것들을 주워 오셨어야죠."

"하, 하지만 전……!"

욱하는 표정으로 소리치려 하는 엘루미아. 아아. 힘들게 해 왔는데 무시하는 발언을 하니 발끈하는군. 괜히 티격태격할 이유는 없어 보였기에 웃으며 손을 내저었다.

“하하. 괜찮으니 화내지 마세요. 실프, 연기가 우리 쪽에 오지 않게 처리해 줘. 그리고 샐러맨더, 불을 지펴라.”

가벼운 중얼거림과 함께 화염으로 이루어진 이구아나 하나가 장작 위로 올라탄다. 순식간에 타오르기 시작하는 불길. 불의 정령의 힘으로 타고 있었기에 불의 강도나 지속 시간 등을 자유롭게 조정할 수 있다.

“저, 정령?”

네레이드와 똑같은 모습으로 경악하는 엘루미아. 흠. 정령술사가 정말로 희귀한 모양이군. 하지만 아무리 그래도 이렇게나 똑같은 반응이라니.

나는 가방에서 식빵과 계란 등의 재료를 꺼내며 그녀들을 바라보았다.

“대충 앉으십시오. 재료가 많지 않아 대단한 음식은 만들 수 없겠지만 끼니 정도는 때울 수 있으니까요.”

“감사합니다. 그런데 계란을 배낭에 넣고 다니시는 겁니까?”

“넣고 다니니 꺼낼 수 있었겠죠.”

“하, 하지만 깨질 텐데…….”

“잘 메고 다니면 괜찮습니다.”

사실은 가방을 땅에 내팽개친 다음 마구 짓밟아도 괜찮지만 굳이 설명해 줄 필요는 없겠지.

나는 냄비에 식빵을 적당히 구우면서 따로 꺼낸 그릇에 계란을 풀었다. 어디 보자, 이 정도면 치즈도 넘칠 정도고 나머지 재료들도 충분하니 피자토스트나 만들까?

사실 요리사나 대장장이 같은 부가 직업들은 원래의 직업들과 다르게 특수 능력의 성격이 강하다.

대장장이 같은 경우에는 자신이 제련하는 병기에 탄성이나 강도를 증가시키는 강화(强化)가, 요리사 같은 경우는 재료들의 맛과 특성을 단박에 파악할 수 있는 감별(鑑別)이, 세공사 같은 경우에는 작은 크기의 세공품을 확실히 다룰 수 있는 집중(集中)이, 재단사는 옷감에 여러 가지 특징을 생성하는 부여(附與)가 존재한다.

나는 부가 직업 역시 모두 선택했고 그중 대장장이는 최상의 수준까지 이르렀다. 뭐, 그래 봐야 9레벨일 뿐이지만 대장장이는 5레벨 이상이 별로 없을 정도로 어려운 난이도를 가지고 있었으니까.

요리사는 단지 재료를 보는 것만으로 그 재료의 수준이 어떠한지, 상태는 어떠한지, 어떤 환경에서 자라왔는지 대번에 파악할 수 있다. 어디 그뿐인가. 한 음식을 여러 번 먹어본 것만으로도 그 음식의 맛과 특성을 파악할 수 있다.

치이익.

코끝을 떠도는 고소한 냄새를 느끼며 빵을 뒤집는다. 어쨌든 그래서일까? 일루젼에는 'XX의 비법이 담긴!' 이나 'XX고유의 방법으로 만든!' 이라는 말이 어디에도 없다. 다른 요리사들이 몇 번 먹어보면 만드는 방법을 거의 완벽하게 파악해 버리는데 비법이라는 게 어디 있겠나. 때문에 요리사들은 자신의 비법을 애초부터 공개해 버린 후 자신만의 특성으로 만들거나 서로 간의 토의와 연구로 맛을 발전시켜 나간다.

"좋아. 이제 치즈 넣고… 완성."

난 요리사 레벨이 별로 높지 않지만 사실 이 정도 레벨로 만든 음식도 충분히 맛있다. 게다가 재료와 음식이 좋으면 적당한 실력도 땜빵이 되겠지.

"이건 뭐죠?"

"피자토스트라는 겁니다."

"먹는 건가요?"

"물론."

나는 불안해하지 말라는 뜻으로 들고 있는 피자토스트를 한입 먹어 보았다. 흐음… 부드럽게 씹히는 질감과 따뜻하게 녹아든 치즈의 맛. 그런데 그 순간 내 눈앞으로 메시지가 떠올랐다.

피자토스트에 식빵이 첨가된 것을 알았다!

"……."

"왜, 왜 그러시죠?"

"하하. 아무것도 아닙니다."

웃으며 넘겼지만 이건 무슨 농담이람. 피자토스트에 식빵 첨가된 걸 누가 모르냐? 일루전도 별 쓰잘데기 없는 시스템을 만들었군.

잠시 투덜거리며 피자토스트를 먹는데 어색한 표정으로 피자토스트를 바라보는 소녀들이 보인다. 왜 그러지?

"저기… 이거 괜찮나요?"

"……?"

울컥, 하고 뭔가 올라오는 게 느껴진다. 실례잖아! 아무리 처음 보는 음식이라고는 해도 이렇게 대놓고 경계하다니. 나는 냉랭하게 말했다.

"먹기 싫으신 모양이군요. 그렇다면 치우겠습니다."

"아, 아니, 잠깐만 기다리십시오."

토스트를 뒤로 당기자 화들짝 놀라며 당황하는 엘루미아. 호오? 이것들 배고팠었군. 그런데도 망설일 정도로 내 요리가 이상해 보이는 거냐.

"아아, 됐습니다. 긴장할 정도로 괴상한 요리를 억지로 먹을 필요가 있겠습니까."

"아아, 죄, 죄송합니다. 먹겠어요. 먹게 해주십시오."

저자세로 나오는 엘루미아의 모습에 순간적으로 뭐라 형언할 수 없는 기묘한 느낌을 받았다. 이건… 뭐랄까, 재미있다? 마치 키리에 같은 녀석이로군. 가지고 노는 재미가 있는 성격이다.

나는 토스트를 뒤로 빼고 조금 더 놀려줄까 하다가 명색이 공주가 앞에 있다는 생각에 그냥 토스트를 넘겨줬다. 일단 받기는 했으나 여전히 망설이는 표정. 그녀는 고개를 돌려 네레이드를 바라보겠다.

"먹겠습니다."

"저, 저기 엘, 날 위해서라면……."

"아뇨, 사실은 저도 배고픕니다. 이렇게 보이는 거라도 먹고 싶을 정도로."

"……."

이, 이렇게 보이는 거? 확 줬던 걸 다시 뺏어버릴까 보다! 하는 생각이 들었지만 엘루미아는 정말 진지한 표정으로 피자토스트를 집어 들었다.

그리고 먹는다.

"……."

"괘, 괜찮아?"

잠시 아무 말 없이 서 있는 엘루미아. 그녀는 잠시 그렇게 서 있다가 피자토스트를 한입 더 먹었다.

차분한 표정으로 입 안의 음식물을 씹어 삼키는 엘루미아. 그녀는 경악한 표정으로 말했다.

"마, 맛있다!"

"진짜?!"

아니, 이 여자들이 왜 그렇게 믿을 수 없다는 표정을 짓는 거야? 내가 요리하면서 개구리라도 집어넣었냐? 달걀에 구더기라도 섞었어?

어쨌거나 맛있다는 엘루미아의 말을 신뢰한 듯 망설임없이 피자토스트를 베어 무는 네레이드. 그녀는 잠시 얼굴을 굳혔다가 이내 눈을 동그랗게 떴다.

"우, 우와! 이거 진짜 맛있다!"

"그쵸?"

우와. 우와. 하는 탄성을 내지르며 자기 분량의 피자토스트를 먹어치우는 소녀들. 그녀들은 내가 멍하게 서 있는 사이 내 몫(!)의 피자토스트까지 모조리 먹어치운 후 초롱초롱하게 빛나는 시선으로 나를 바라보았다.

"어허! 이거 왜 이러십니까? 남이 만든 요리를 가지고 '먹는 건가요?' 라고 물어본 주제에!"

"헤헤헤. 저희가 식견이 부족해서 그런 거니 화 푸세요."

"고, 공주님, 외인 앞에서 그런 헤픈 웃음을 지으시면……."

"그러면 엘은 이거 더 안 먹고 싶은 거야?"

"그, 그런 건 아니지만……."

뭐냐. 좀 전과는 반대로 먹을 것에 대단히 약한 모습을 보이고 있다. 명색이 왕족이 이럴 수 있나? 상황극에서 겪어본 바 왕족들이란 어마어마한 권위 의식으로 전신을 둘러싸고 다니던데 말이야.

뭐, 어쨌거나 왕족이 내 요리에 열광하다니 나쁘지 않은 기분이군. 재료도 많으니 조금 더 하는 정도는 상관없겠지.

나는 다시금 피자토스트를 만들어주었고 그녀들은 즐겁게 그것을 먹기 시작했다.

생각해 보면 그녀들은 상당히 큰일을 당한 상태였다. 그녀들을 지키던 수십의 병사와 기사들이 모조리 죽고 그녀들은 모든 보호를 잃어버린 채 이렇게 정체도 알 수 없는 사내와 같이 있었으니까.

그런데 저렇게나 천진하게 웃을 수 있다? 뭔가 사정이 있군.

나는 운디네를 소환해 냄비와 그릇들을 씻은 뒤 다시 가방에 집어넣었다. 슬슬 잠자리를 준비해야 하나? 다행히 내가 챙겨놓은 물건 중에는 침낭 대용으로 쓸 물건들이 있었다. 그것은 바로 망토. 혹시나 하고 준비한 건데 마침 잘되었군. 꽤 넉넉한 크기니 작은 소녀들이 덮고 자기에 모자람이 없겠지.

"좋아. 이것으로 문제 해… 응?"

망토를 꺼내 들다가 난데없이 떠오른 메시지에 고개를 들어올린다. 새로운 퀘스트가 생성되었다고? 나는 네레이드와 엘루미아가 이상하게 보지 않도록 주의하면서 메시지 창을 눌렀다.

공주 호위 퀘스트.

공주를 호위? 우오오오! 이거야말로 로망이 아닌가!

그녀의 이름은 네레이드 이레인. 정실의 유일한 자식이기에 혈통있는 공주라 할 수 있으나 소환술을 사용하지 못해 그 자리가 위태롭다. 무능한 공주를 처치하고 왕이 되려는 자들. 그 모든 마수를 막아내며 이레인의 수도 데카른에 도착하라!

언제나 그렇듯 장난 같은 문체는 무시하고 넘어간다. 그런 거에 일일이 신경 쓰면 제명에 못 죽지. 어쨌거나 상황 설명까지 해주는 건가? 친절하군 그래.

나는 퀘스트 창을 종료했다. 그러니까 저 녀석들을 데리고 이레인의 수도까지 가야 한다는 거지? 메인 시나리오를 진행하기 위해서는 20개의 일반 퀘스트를 해결해야 하니 나로서는 마다할 필요가 없다. 귀찮기는 하지만 어차피 여행이니 목적지가 필요하기도 했지.

나는 망토 두 개를 들고 아직까지 피자토스트를 먹고 있는 소녀들에게로 다가갔다.

"자자, 이제 그만 잘 시간입니다."

"에에, 아직 초저녁인데."

"착한 어린이는 일찍 자는 법입니다."

내 말에 네레이드는 웃, 하는 표정을 짓더니 드레스의 치맛자락을 끌어올렸다. 뭐 하는 건가, 하며 보고 있으니 묶여 있던 머리칼을 풀고 매혹적인 미소를 짓는 게 아닌가?

"후훗. 이래도 제가 어린이로 보이나요?"

"물론. 어린이가 치마 끌어올리고 머리 푼다고 어른이 되는 건 아니잖습니까."

"……."

충격 먹은 표정의 그녀에게 망토를 던져 주었다. 하지만 그래도 좀 당황스럽군. 내가 아직 이 세계의 왕족들을 많이 겪어본 것은 아니지만 네레이드의 행동과 사고방식은 확실히 왕족의 그것이 아니었다.

권의 의식을 세우며 바락바락 덤벼드는 여자였다면, 그건 또 그것 나름대로 짜증나는 일이겠지만 이것 역시 뭔가 이상하기 그지없지 않은가.

나는 망토를 하나 더 꺼내 들고 모닥불 근처에 앉았다. 흠. 이제 문제는 그 수면 시스템이라는 게 어떤 방식이냐 하는 것뿐이군.

나는 망토를 덮고 근처의 바위에 몸을 기대었다. 이 정도면 대충 자는 모습이겠지? 나는 망토를 덮은 채 재잘거리고 있는 소녀들에게 들리지 않도록 속삭였다.

"로그오프."

원래 로그오프를 신청하면 선택이고 뭐고 없이 바로 나가 버리게 된다. 로그오프라는 건 일루전 속의 내가 사라져 버린다는 말. 정령을 소환했다 해도 취소되고 마법을 시전했다 해도 사라져 버린다. 쉽게 말해 이대로 로그아웃하게 되면 내가 수면을 취하는 동안 그녀들을 지킬 그 어떤 방법도 없다는 것이다.

로그오프 방식을 선택해 주십시오.

[수면 모드]　　　[로그 아웃]

역시 있군. 나는 슬쩍 손을 들어 수면 모드를 눌렀다. 전신의 힘이 빠지는 것 같은 느낌이 들더니 내 의식이 당연하다는 듯 육체를 빠져나왔다.

[어라?]

반투명한데다가 둥둥 떠다니기까지 하는 몸에 잠시 당황한다. 호오.

고스트 모드(Ghost Mode) 같은 건가? 나는 슬쩍 움직여 보았다. 고스트 상태에서 어디까지 날아갈 수 있나 하는 시험이었는데 아쉽게도 몸에서부터 2미터 이상 떨어질 수 없었다.

[아하. 이 상태에서 다시 한 번 로그오프 하면 여기에 몸을 남겨놓은 채 로그아웃할 수 있는 거로군.]

소리 내어 말해 보았지만 네레이드와 엘루미아는 전혀 듣지 못하는 듯 자신들끼리 수군거릴 뿐이다.

뭐, 이 정도면 만족스럽군. 게다가 이렇게 보니 내 몸에 투명한 마나의 기운이 어려 있는 것이 느껴진다. 저것이 수면 시 발휘된다는 보호막인가? 어지간하면 뚫릴 것 같지 않으니 수면 상태에서도 내 몸을 지킬 수 있을 것이다.

슬쩍 움직여 다시 몸으로 들어갔다. 대충 몸을 겹치기만 해도 복구라니 의외로 쉽군. 잠시 이리저리 몸을 풀어본 뒤에 모닥불에 바짝 붙어 있는 소녀들을 보고 말했다.

"모닥불에서 조금 떨어지십시오. 그러다 망토에 불붙습니다."

내 말에 깜짝 놀라 불가에서 떨어지는 두 소녀. 말은 잘 듣는군. 나는 바닥에 있던 땔감을 모닥불에 던져 넣은 후 편안하게 누웠는데 그런 나를 보고 네레이드가 입을 열었다.

"저기요."

"뭡니까?"

"에… 습격당했을 때 연주하셨잖아요? 그때 왜 오우거들이 도망간 건가요?"

요컨대 바드로서의 능력을 전혀 모르겠다는 말이군. 나는 말했다.

"겁을 준 거죠. 세계의 파동이 담긴 연주는 상대방의 심령에 직접적으로 작용하니까요."

"세계의 파동이 담긴 연주?"

"쉽게 말해 마력을 이용한 연주입니다."

"헤에… 대단한 능력이네요."

일루전의 유저들은 10레벨에 이르면 자동적으로 마나에 대한 감각을 체득하게 된다. 사실 10레벨이라는 게 워낙 만만한 거라서 아무리 무능한 녀석이라도 10레벨은 되게 마련이거든. 라비린토스에서 마력을 다루는 사람을 보고 부럽다, 라고 말하는 녀석은 없는 것이 현실이지.

하지만 파니티리스의 사람들은 다르다. 물론 살아 있는 생명체라면 누구든 마나를 느낄 수 있게 마련이지만 그 개인차가 극심한 편이라서. 똑같이 마나를 느끼고자 훈련한다 해도 누구는 하루, 누구는 몇십 년이 걸리는 것이다. 실제로 몇십 년에 걸쳐 겨우 1클래스 마법을 사용할 수 있다면 그건 마나를 못 쓰는 것과 마찬가지라 할 수 있겠지.

"그런데 밀레이온님은 어디 소속이세요?"

소속이라?

물론 배가본드 길드에 가입하기는 했지만 그건 라비린토스에서의 소속일 뿐 여기서 통용되는 건 아니다. 뭐, 무슨 취조받는 것도 아니고 질문에 휘둘릴 필요는 없겠지. 나는 가볍게 질문을 넘기며 말했다.

"자, 이제 자도록 하죠. 근처 마을까지만 데려다 드리면 되겠죠?"

"에?"

"아닙니까?"

물론 퀘스트를 해야 하는 입장에서 그렇게 되면 곤란하겠지만 가볍게 떠보는 것도 나쁘지 않겠지. 과연 내 생각대로 네레이드와 엘루미아는 당황해서 말했다.

"저, 저기… 저희 왕국까지 데려다 주시는 거 아니었습니까?"

"아니었습니다. 오늘 처음 만난 저한테 너무 많은 것을 바라시는군요."

상큼하게 웃어주자 더 더욱 당황하기 시작한다. 잠시 작전을 짜는 듯 수군거리는 네레이드와 엘루미아. 그녀들은 잠시 그렇게 수군거리다가 엘루미아가 대표 격으로 나선다.

"공주님과 저를 왕국 수도까지 호위해 주시면 섭섭치 않게 사례할 수 있습니다."

"그렇습니까? 하지만 돈이 궁하다고 생각한 적은 없습니다만."

가볍게 넘기자 이번에는 네레이드가 나선다.

"아, 아바마마께 말씀드려서 작위를 내려 드릴 수 있어요. 이래 봬도 공주니까요."

"그렇습니까? 하지만 전 이대로가 더 좋은데."

시큰둥하게 넘기자 울 것 같은 표정을 짓는다. 꽤 귀여운 모습이기는 하지만 이해가 안 되는군. 그녀는 공주, 즉 왕족이다. 권력 구조의 최상층에 위치한 그녀가 조난을 당했는데 구조하러 오는 이 하나 없다는 말인가?

대충 알아놓을 필요가 있다는 생각에 자세를 고쳐 앉는다.

"이상하군요."

"예?"

"이상하다는 말입니다. 한 나라의 공주가 이런 지경에 처했는데도 아무 조치 없이 방치하는 나라라니."

"……."

어떻게 생각하면 당연하달 수 있는 지적에 네레이드의 표정이 어둡게 변했다.

말하기 어려운 내용인 듯 잠시 머뭇거리는 네레이드. 엘루미아는 그런 그녀의 모습에 나서려 했지만 네레이드의 제지로 그러지 못했다.

잠시 심호흡을 하다가 마침내 결심한 듯 나를 바라보는 네레이드. 그녀는 말했다.

"이레인의 왕족들은 대대로 강력한 소환 능력을 가지고 있어요. 그건 알고 계시죠?"

"네. 보통 중급 이상의 환수를 다루고 가끔 상급 환수를 다룬다고 하더군요."

"그렇죠. 그리고 이미 아셨겠지만 전 마나를 다룰 줄 몰라요. 왕족 치고는 특이 케이스죠."

상급 환수면 마스터의 경지니 결코 무시할 수 없는 능력이다. 말 그대로 혈통에 의한 신분이라고나 할까?

그런데 그런 왕족 사이에서 마나를 다룰 줄 모르는 이가 끼어 있다면 어떻게 될까? 마나는 모든 초월적 능력의 기본. 그것을 다루지 못해서는 아무리 머리가 좋아도 마법을 쓸 수 없고 아무리 검술을 잘해도 한계를 넘어서지 못한다.

"흐음… 그럼 소환술을 사용하지 못하기에 따돌림받는다는 말입니까?"

"아닙니다. 물론 왕족들이 대대로 강력한 소환 능력을 가지고 있는 건 사실이지만 그렇지 못한 이들도 상당수 있으니까요. 공주님께서는……."

"정통 후계자인데 귀족이나 다른 왕족들이 소환 능력이 없는 걸 핑계로 치워 버리려 한다?"

태평스런 내 말에 깜짝 놀라 고개를 쳐드는 네레이드와 반사적으로 검을 집어 드는 엘루미아.

후… 여기서 퀘스트 내용에 써 있었어, 라고 말해 봐야 먹히지 않을 테니 속이는 편이 낫겠군. 나는 오히려 놀랍다는 표정으로 말했다.

"오호, 찍었는데 맞았습니까?"

"……."

차분한 표정으로 내 말의 진위를 파악하려는 엘루미아. 하지만 난 본의 아니게 연기 수업을 몇천 번이나 들으신 몸이다. 고작 어린애 따위에게 표정을 읽힐까.

과연 그녀는 내 표정에서 아무런 이상도 발견하지 못한 듯 이내 검을 내려놓았다. 덩달아 안심한 표정으로 한숨을 쉬는 네레이드. 그녀는 말했다.

"짐작하셨다면 이해가 빠르겠군요. 사실 숙부님과 몇몇 오빠들은 절 탐탁지 않게 여기세요. 게다가 전 어린 시절을 평민으로 자라왔기 때문에 핑곗거리도 넘치죠. 즉!"

"즉, 여러분을 일행으로 맞이하게 되면 저 역시 귀족들의 표적이 될 것이다?"

"예? 아! 아아……."

뭔가를 깨달았다는 표정으로 더 더욱 암울해지는 두 소녀의 표정에 한숨이 나온다. 위협을 느껴 보호해 달라는 주제에 그 정도도 떠올리지 못하다니. 게다가 지금도 충분히 어린데 어린 시절은 무슨 어린 시절이냐? 그냥 왕족이 된 지 얼마 안 됐다고 말하면 될 것 가지고.

나는 점점 어두워지는 네레이드와 엘루미아의 표정에 그만 장난치기로 했다. 이러다가 그녀들이 '우아아앙! 그렇게 싫으시면 우리끼리 가버리겠어요!' 라고 말해 버리면 입장이 난처해질 테니까.

"이제부터 말 놓기로 하지. 네레이드는 넬, 엘루미아는 엘이라고 부른다."

"……?"

이야기의 요지를 파악하지 못한 채 의문만을 표하는 두 쌍의 눈동자. 나는 웃었다.

"지금부터는 내가 보호자일 테니까. 알았냐?"

"아! 그럼……."

"일단은 자. 어린애는 잘 시간이다."

부드럽게 웃으며 한 말에 넬이 다시 욱하는 표정을 짓는다. 그러더니 치마를 끌어올리고 매혹적인 미소를 짓는 게 아닌가?

"후훗. 이래도 제가 어린애로 보이나요?"

"……."

"공주님!!"

우훗~ 하고 미소 짓는 넬과 기겁하는 엘, 그리고 그런 그녀들의 모습에 웃음 짓는 나.

나는 다리를 쭉 펴고 누웠다.

재미있는 여행이 될 것 같군.

미족과의 조우

Chapter 20

2021년 9월 15일. 오후 1시.

　나름대로 일찍 일어나 부지런히 걸었지만 우리가 가장 가까운 도시에 도착했을 때는 이미 태양이 머리 꼭대기까지 올라온 후였다.

　후… 글레이드론을 타고 왔으면 몇 분 걸리지 않았을 텐데 시간을 낭비했군. 하지만 소환수를 부르지 못해 목숨마저 위험한 공주 앞에서 최상급 소환수를 부른다는 것은 너무 잔인한 일이 아닌가.

　때는 선선한 바람이 불어오는 가을. 나는 고개를 들어 수많은 사람들이 오가는 도시를 바라보았다.

　"드디어 도착했군."

　"으에에. 힘들었어요."

　"시끄러. 절반은 업혀 온 주제에."

"에헤헤."

귀여운 척하려 하는 넬의 모습에 코웃음 치며 도시 안으로 들어섰다. 수많은 사람들이 이야기하고 물건을 사며 활기차게 움직이고 있는 도시. 나는 그 모습에 솔직히 감탄했다.

"이 많은 게 다 NPC라니……."

"예?"

"별거 아니야. 그럼 갈까?"

나는 성큼성큼 앞서 나가기 시작했고, 그 뒤로 두 소녀가 따른다.

호오— 그러고 보니 꽤나 시선이 모이는군. 넬과 엘은 둘 다 열네 살. 그러니까 겨우 중학교 1학년 정도였는데도 상당한 미모를 가지고 있었다. 쉽게 말해 장래가 기대되는 모습이랄까? 그래 봐야 지금은 꼬맹이일 뿐이지만 말이다.

나는 주변을 둘러보았다. 처음 엘과 넬을 보았을 때는 'NPC는 예쁜 게 당연해'라고 생각하고 넘겼거늘 주변은 추남추녀… 아, 아니, 평범한 사람들로 가득했다. 뭐, 조금 아쉽기는 하지만 12억 8천만 명의 NPC가 전부 미남미녀일 수는 없겠지.

"저기 오빠, 숙소 잡아요."

"숙소? 이제 겨우 점심때인데 숙소는 좀… 점심이나 먹고 다시 출발하지."

"예? 저 씻지도 못했는데."

"운디네로 씻겨줄게."

"피, 피곤하기도 하고."

"참아."

단호하게 끊어버리자 넬이 울먹이기 시작한다.

윽! 얘는 또 왜 울고 그래?

우는 모습 정도야 아무렇지 않게 넘길 수 있지만 주변 시선이 따가워지는 게 느껴진다.

"어머! 저기 저 청년이 여자를 울렸어요."

"생긴 건 멀쩡한 것이 무슨 짓이람."

제대로 생각해 보면 결국 NPC들의 비난일 뿐인데도 꽤나 신경 쓰이는군. 쳇! 나는 한숨 쉬며 말했다.

"할 수 없지. 그럼 오늘은 여기서 묵고 간다."

"와! 고마워요!"

활짝 웃으며 안겨오는 넬. 엘이 기겁해서 말한다.

"고, 공주님, 지금 뭐 하시는 겁니까!"

"어머. 이렇게 사람 많은 데서 공주라고 부르면 안 되지. 넬이라고 불러."

"제, 제가 어찌……."

"불러."

"……."

늘 느끼는 거지만 공주와 호위 사이라고 볼 수 없을 정도로 친하군. 나는 그 둘의 관계에 대해서 잠시 생각하다가 그녀들의 복장이 상당히 화려하다는 것을 깨달았다. 경갑을 입고 있는 엘도 그렇지만 넬이 입고 있는 것은 드레스. 지금까지의 여행으로 조금 더럽혀지기는 했지만 평상시에 드레스를 입고 다니는 멍청이들이 있을 리 없지 않은가?

"그럼 옷가게부터 가봐야겠군."

"응? 난데없이 옷가게는 왜요?"

"그럼 그걸 계속 입고 다닐 생각이냐?"

“예? 아!”

그제야 자신들이 주변 사람들의 시선을 받고 있다는 것을 눈치채고는 부끄러워하는 넬과 엘. 뭐, 어차피 이렇게나 큰 도시에 옷 파는 곳이 없을 리 없겠지. 나는 주변을 둘러보았고, 근처에서 가장 가까운 곳에 있는 옷가게로 들어갔다.

“어머. 어서오세요.”

“이 녀석들에게 맞는 옷이 있습니까?”

“물론이죠. 어머, 귀여워라. 어떤 옷을 원하시나요?”

“활동복으로. 좀 많이 걸어야 하니까 괜찮은 것으로 추천해 주십시오.”

뭐, 상점 NPC들은 라비린토스하고 크게 다를 바 없군. 어차피 라비린토스에 있는 NPC들도 자신이 게임 속 존재라는 것을 모르고 있는 것이 대부분이었으니까.

나는 고개를 돌려 내 뒤에 서 있는 엘과 넬을 보고 말했다.

“난 잠시 뭣 좀 사 올 테니까 들어가서 옷이나 골라. 괜히 이리저리 나대다 납치 같은 거 당하지 말고.”

“헤헤. 걱정하지 말아요. 엘은 꽤 세거든요.”

“아, 그래. 깜빡할 뻔했군. 이게 몇 개지, 엘?”

“다섯 개입니다만. 대체 무슨 소리를 하시… 엣?!”

나는 그녀가 내 손에 정신이 팔린 틈을 타 그녀의 허리에 걸려 있던 검을 빼앗았다. 흠. 이제 준비 대사는 없어졌다고 했지?

“감정(勘定).”

가벼운 읊조림과 함께 푸른색의 창이 떠오른다. 어디 보자, 이름은 로테스튼. S++급에 드워프가 만든 물건이군. 만들어진 시기는 대충

80년 전. 지금까지의 사용자는 네 명. 걸려 있는 마법은 6클래스 블레이즈 커팅(Blades Cutting).

"……."

브, 블레이즈 커팅? 라비린토스도 아니고 파니티리스에서 6클래스라니… 장난 아니군. 단순히 검의 예기를 증가시키는 샤프니스와 달리 블레이즈 커팅은 직접적으로 검날 앞으로 뿜어나가 대상을 잘라 버린다. 전에 오우거 팔을 잘랐을 때도 이것을 이용한 건가.

"무슨 짓입니까? 돌려주십시오!"

"그러지. 그전에 약속 하나 하고."

"약속… 말입니까?"

난데없이 진지한 내 표정에 긴장하는 엘. 나는 말했다.

"너도 알고 있겠지만, 이건 마법 무기다. 인간을 향해 휘두른다면 부상 정도로 끝나지 않겠지."

"……."

"위험하니 사용하지 말라는 헛소리는 하지 않겠다. 하지만 이걸 뽑겠다면, 적어도 후회하지 않겠다는 결심을 하고 뽑아라. 알았지?"

"후회하지 않겠다는… 결심?"

"그래."

엘은 내가 넘겨주는 검, 로테스튼을 받아 들며 조용히 눈을 감았다. 잠깐 시간이 흘렀을까? 그녀는 눈을 뜨더니 조용히 말했다.

"예."

"좋아."

보기보다 심기가 굳은 녀석이군. 나는 넬을 바라보았다. 친구가 자랑스럽다는 듯 씩 하고 웃는 넬. 나는 말했다.

"가난한 오빠 거덜 내지 말고 적당히 골라."

"예!"

즐겁게 웃으며 가게 안으로 들어가는 넬. 나는 몸을 돌려 건물 밖으로 나온 다음 뒤쪽 골목으로 들어갔다. 골목 밖은 사람들이 우글우글한데 여기는 하나도 없군. 나는 주머니 속 인벤토리를 뒤져서 한 장의 카드를 꺼냈다.

"아이템 카드 오픈(Item Card Open)."

공간이 일렁이며 하나의 문이 떠오른다. 라비린토스에서도 거의 없다시피 한 레어 급 아이템 카드가 이곳에서 들키면 아주 난리가 나겠지? 난 잽싸게 문을 열고 안으로 들어갔다.

차르릉.

사막의 모래알이 구르듯 맑은 울림을 내는 금화들에 다시 한 번 감탄하며 바닥에 있던 금화 여섯 개를 집어 들었다.

"충분하겠지."

겨우 여섯 개라고는 하지만 금화 하나가 50만 원이나 되는 화폐 가치를 가지고 있다는 걸 떠올리면 결코 무시할 수 없게 된다. 쉽게 말해 내가 들고 있는 동전 여섯 개가 무려 300만 원이나 한다는 소리가 아닌가? 엄청난 낭비를 할 것도 아니고 이 정도면 여비 걱정 할 필요는 없겠지.

어쨌거나 원래 목적은 돈이었기에 주변을 살피며 생각한다.

"어디에 있었더라……."

오른쪽 눈꺼풀을 잡아당겨 아이템 열람표를 연다. 오호. 거기에 있었군. 나는 잔뜩 쌓여 있는 금화들을 헤치고 두 쌍의 팔찌를 꺼내 들었다.

딸깍. 딸깍.

한 쌍은 발목에 걸고 나머지 한 쌍은 팔목에 건 후 전신의 마나를 일으켰다. 고요한 물결을 일으키며 가라앉기 시작하는 마나의 흐름. 잘 작동하는군. 나는 다시 팔찌들을 풀었다.

"그러고 보니 색이 달랐었네."

내가 쓸 만한 아이템이 아니라 잊고 있었지만 그것들은 각각 금색과 은색이었다. 헷갈릴 염려는 없어서 좋겠군. 나는 금색의 팔찌 중 하나를 오른팔에 끼고 은색의 팔찌 중 하나를 왼팔에 꼈다. 이제 남은 것은 금색과 은색으로 이루어진 팔찌 한 쌍. 나는 그것들을 챙긴 후 공간의 문 밖으로 나왔다.

지금쯤이면 대충 골라 입었겠지. 나는 카드를 휘둘러 공간의 문을 닫아버린 후 옷가게로 돌아왔다.

"오빠! 이거 어때요? 예쁘죠?"

"예쁘냐고? 오! 예쁘군. 하지만 드레스를 벗고 다시 드레스를 입어서야 아무 의미 없다고 생각되지 않나?"

"아차차."

"뭘 아차차야. 어서 갈아입어!"

넬 녀석이 다시 탈의실로 들어가는 것을 확인하고 이번에는 엘 쪽을 바라보았다. 넬과 반대로 아직까지 입을 것을 고르지 못하고 망설이는 엘. 나는 잔뜩 쌓여 있는 옷들을 둘러보았다.

훗. 내가 이래 봬도 옷을 만들어 팔던 재단사거든. 여기서 옷을 만들어주기는 좀 그렇겠지만 어울리는 옷 고르는 것 정도야 간단하지.

난 주변에 있는 옷들을 뒤적여 한 벌의 옷을 찾아냈다.

"이거 입어."

"예? 하지만……."

"입어."

저런 타입은 그냥 놔두면 천년만년 고민만 하게 마련. 어차피 돈 대는 사람이 나인만큼 입으라면 입겠지.

나는 엘마저 탈의실로 보내 버린 뒤 품속을 뒤졌다. 골드를 챙겼기는 했지만 겨우 옷 사고 내기는 그러니 은화나 동화를 내려 하는 것이다.

"얼마입니까?"

"1실버 2코퍼입니다."

"비싸군요. 계산도 쉽게 1실버로 합시다."

"어머어머. 무슨 소리를 그렇게 하세요. 요새 살기가 얼마나 힘든……."

"감사합니다, 아가씨."

이 아줌마 같은 베테랑한테 말로 이길 수 없는 법이지. 나는 잽싸게 1실버를 넘기고 탈의실로 도망쳤다. 이번에는 간편한 활동복을 입은 것인지 가벼운 몸으로 내 앞에 나서는 넬과 엘. 좋아. 이 정도면 별 어려움 없이 걷겠군. 나는 엘을 보고 말했다.

"갑옷은 어쨌어?"

"따로 정리해 놓았습니다. 조금 부피가 크기는 하지만 약식이라 그렇게 무겁지는 않으니까요."

나는 그녀가 들어올린 갑옷을 바라보았다. 별로 무겁지 않다고 했지만 저런 걸 들고 가기는 번거롭겠지? 나는 그것을 받아들었다.

"내 가방에 넣고 갈 테니 도착하면 달라고 해."

"예? 하, 하지만 그 가방에는 계란이 들어 있을 텐데."

“괜찮아.”

나는 가볍게 웃으며 그녀의 갑옷을 가방에 넣었다. 떨떠름한 표정으로 가방을 바라보는 엘. 훗! 말이 좋아 가방이지 사실 인벤토리라니까. 유저들이 가지고 있는 인벤토리는 기본적으로 3세제곱미터 정도의 공간인 데다 객체 보존도가 높아 물건끼리 부딪치지 않는다. 계란과 갑옷을 같이 넣는다 해도 하등 문제가 되지 않는다는 소리지.

넬은 새로 산 옷이 마음에 드는 듯 나풀거리는 동작으로 뛰어다녔다. 오두방정 떨기는.

나는 아이템 카드 속에서 찾아온 팔찌들을 꺼내 들었다.

“자자, 줄 게 있으니까 잠깐 와봐.”

“선물입니까?”

“뭐, 일단은.”

나는 은색의 팔찌를 엘에게, 금색의 팔찌를 넬에게 넘겼다. 세공사인 내가 봐도 멋진 문양이 새겨져 있는 팔찌였기에 넬은 호들갑을 떨었다.

“와! 이런 걸 주셔도 되는 거예요?”

“되니까 주겠지. 맘에 들어?”

“네!”

“엘은?”

“…예.”

좋아. 일단 거부당하지는 않았군. 나는 그녀들을 향해 두 손을 들어보였다. 내 오른팔에는 넬의 것과 같은 금색 팔찌가, 왼팔에는 엘의 것과 같은 은색 팔찌가 껴 있었다.

“에? 똑같은 팔찌다.”

“당연하지. 원래 금색이 한 쌍이고 은색이 한 쌍이니까.”

“아하! 그러니까 커플링을 양팔에 꼈다?”

“커플링? 그런 종류의 것은 아니지만 그렇다고도 볼 수 있지.”

아무렇지도 않게 대답했지만 넬은 뜨악한 표정으로 나를 바라보았다. 얘가 왜 이래? 나는 엘을 바라보았는데 엘 역시 나를 창백한 표정으로 바라보고 있는 게 아닌가?

“왜 그래?”

“몰라서 묻는 거예요?”

“팔찌에 문제라도 있나?”

“그런 게 아니잖아요! 두 쌍의 팔찌 중에서 각각 하나씩 팔에 걸다니! 이건 대놓고 양다리를 걸치겠다는 선포?”

나름대로 진지한 그녀의 모습에 잠시 당황했다. 양다리? 하하하. 이 아가씨가 아주 단단한 착각에 빠져 버렸군. 나는 손을 들어 넬을 가리켰다.

“꼬마 하나.”

이번에는 엘을 가리켰다.

“꼬마 둘.”

그리고 피식 하고 웃는다.

“어쩌라고.”

“이익!”

자존심이 상한 듯 발끈하는 넬. 그녀는 이번에도 치맛자락을 끌어올리려는 듯 고개를 숙였지만 아쉽게도 그녀가 지금 입고 있는 옷은 바지다.

“우우우. 바지를 입게 한 것에 이런 음모가 숨어 있었다니……”

"헛소리 말고 걷기나 해. 좀 성숙하기나 한 여자가 그런 말을 하면 이해하련만… 목적지까지는 대충 일주일 정도 걸릴 것 같으니까 아무 여관이나 잡아서 식사하고 쉬… 응?"

나는 몸을 돌리려다 깜짝 놀라 움찔했다. 퀘스트? 아직 하나 깨기도 멀었는데 무슨 퀘스트가 또 와? 하여튼 나는 그것을 슬쩍 앞으로 이동해 그것에 어깨를 댔다. 손을 들어 허공을 누르는 모션을 취하면 사람들이 미친놈 보듯이 할 위험성이 있었으니까.

루네스를 만나자!

새롭게 접한 파니티리스에서의 첫날. 메인 시나리오를 진행하고 싶은가? 그럼 일단 그녀를 만나라!

만나는 장소는 바로 벽. 응? 박치기 할 생각은 마라! 아무의 시선도 없을 때 벽을 세 번 두드리면 그녀에게 향할 문이 열릴지니.

나는 걸음을 멈추고 생각했다. 장난스러운 문체야 언제나 그렇듯 넘긴다 치고 루네스라……. 저런 장소에 있을 여인이라면 분명 운영자 아니면 NPC겠지? 사실 NPC와 유저는 팔등의 문양으로 구분한다고 쳐도 운영자는 도저히 알아볼 방법이 없다. 바로 옆에 있다 해도 방도가 없는 것이다. 게다가 그들은 이 세계를 만든 존재. 마나 감지 같은 게 먹힐 것 같지도 않고…….

"오빠?"

"응? 아, 미안. 배고프니 식사나 하지."

음식을 못 만드는 것은 아니지만 솔직히 귀찮았기에 주변을 둘러보았다. 여행자가 많이 지나가는 도시일까? 꽤 많은 여관들이 있다.

난 딱히 까다로운 조건을 가지고 있지 않았고 공주인 넬 역시 어디로 가든 상관없다는 태도였기에 나는 가장 가까워 보이는 여관으로 들어갔다.

"하루 묵으려는데 남은 방 있습니까?"

"충분해요. 식사하실 건가요?"

"예. 내려와서 먹을 테니 가져다주실 필요는 없습니다."

"방은 몇 개 드릴까요?"

"작은방 두 개로 주세요."

오오. 사실 여관이라는 곳에 와 보는 건 처음이거늘 능숙하게 말할 수 있구나. 뭐, 그렇게나 어렵고 심각하던 상황극을 통과해 놓고 이런 곳에서 버벅대면 가슴 아프겠지만 말이다.

"1실버입니다."

깎을까? 아냐. 세 명이 묵고 식사까지 하는데 이 정도면 싸지 뭐. 난 넬을 돌아보며 말했다.

"일단은 씻고 나서 식사하지. 여기 열쇠."

"감사. 그런데 이렇게 돈 쓰셔도 되는 거예요?"

"쪼들릴 정도는 아니니까 걱정하지 마. 좀 있다 보자."

나는 열쇠에 적힌 번호를 따라 방 안으로 들어갔다. 말 그대로 작은 방. 나는 문이 잠겼는지 확인한 후 손을 들었다. 분명 벽을 세 번 두드리면 된다고 했으렷다?

똑. 똑. 똑.

세 번 두드렸다. 그러자 평범하던 벽이 끼익— 하는 소리와 함께 열린다.

"⋯⋯?"

공간의 문을 말하는 게 아니었어? 아니, 아무 벽이나 저렇게 열린다면 공간의 문하고 다를 게 없겠지만 이렇게 보면 꼭 원래부터 있던 비밀 통로 같군.

"가볼까."

나는 벽 안에 있는 계단을 통해 내려가기 시작했다. 어두워서 꽤 깊어 보였는데 그렇지도 않군. 나는 금방 새로운 문을 마주하게 되었고 망설일 이유가 없었기에 그것을 열었다.

"어? 손님이네?"

작은 방에 한 명의 여인이 앉아 책을 읽고 있다. 보는 순간 딱하고 멈칫거릴 정도로 독특한 분위기.

이건 뭐랄까… 그래, 육감적이랄까? 산뜻한 분위기를 가진 방 안에서 오직 그녀 주위로만 페로몬이 떠다니는 느낌이다.

"당신이 루네스입니까?"

"그래. 메인 시나리오에 대한 기본적인 설명 겸 점쟁이 역할을 하고 있지. 만나서 반가워, 밀레이온 더 윈드리스."

그녀는 부드럽게 책을 덮으며 웃었는데 그 아무렇지 않은 동작에서조차 색기가 철철 넘친다. 마, 만드느라 고생했겠군, 이 캐릭터. 이미지는 일본 동인지에서 흔히 나오는 여인의 그것이었지만 그 아름다움과 색기는 쉽게 설명할 수준이 아니었으니까.

나는 그녀의 색기에 휘둘리지 않도록 고개를 흔들어 정신을 가다듬었다. 우와! 아무리 캐릭터 간에 특성이라는 게 있어도 그렇지, 보고만 있어도 성욕이 끌어오를 정도는 심하잖아. 이건 시험이냐?

어쨌든 그녀를 덮칠 수는 없었기에 나는 혼란스러운 감정을 자제하며 헛기침을 했다.

"흠흠. 그래, 메인 시나리오는 어떤 방식으로 진행됩니까?"

"간단하지. 이미 시나리오에 대한 지식은 알고 있겠지만 먼저 해야 할 일은 스무 가지의 퀘스트 해결. 파니티리스에는 1억 8천 개의 퀘스트가 있으니 그중에서 골라잡는 거야."

"메인 시나리오의 최종적 목표는?"

"이 세상을 멸망에서 구하는 거고."

세상을 구한다라? RPG게임에서 흔히 추구할 만한 목표로군. 하고 중얼거리며 묻는다.

"어떤 멸망에서 구하는 겁니까?"

"마족의 공격에서부터. 아직 한 번도 안 만나봤겠지?"

그녀는 부드럽게 몸을 일으켜 벽장에 가득 진열되어 있는 책들을 둘러보기 시작했다.

몸을 돌리는 동작, 고개를 숙이는 각도, 어디 있지? 하고 중얼거리는 목소리, 탄력있게 흔들리는 가슴.

"……."

잠깐. 잠깐! 위험해. 정말로 위험하다고!! 나름대로 여자에 초탈하다고 생각했던 나조차 흔들릴 정도로 매혹적인 여인이라니? 농담이 아냐. 이런 여자가 길가를 걸어가다 아무 이유 없이 강간을 당한다 해도 이해할 수 있을 정도다!

흔들리는 마음에 정신을 집중하는 나. 하지만 루네스는 아무렇지도 않다는 듯 설명을 시작했다.

"찾았다. 그럼 설명을 시작할 테니 잘 들어. 파니티리스에는 1억 8천 개의 퀘스트가 있어. 그것들은 그냥 유저한테 날아드는 게 아니라 유저가 특정 조건이나 행위를 만족시켜야 생성되지. 요컨대 너 같은 경우는 공주 호위 퀘스트를 받았지? 그건 네가 공주를 구했기 때문에 일어난 퀘스트야."

그런 거였어? 하긴 아무리 환상의 대륙이라 해도 전부가 공주를 호위하는 퀘스트를 맡을 리 없지. 몇백 명이나 되는 공주라니… 생각만 해도 난감하지 않은가?

나는 대충 이해가 갔기에 고개를 끄덕였고, 루네스는 여전히 매혹적인 분위기를 풍기며 말을 이어갔다.

"스무 개의 퀘스트는 어떤 방식으로든 깨기만 하면 돼. 마음에 안 드는 퀘스트는 포기할 수 있고 퀘스트가 아닌 사건이라도 하고 싶으면 해도 되니까. 하지만 그건 어디까지나 기본일 뿐, 진짜 메인 시나리오는 거기에 두 가지 조건이 더 붙어."

"두 가지 조건?"

"그래. 새로운 병기의 획득을 위한 재료 수집과 마족 퇴치지. 네가 선택한 건… 타이탄 P타입(Titan P-type)이군. 타이탄 P타입을 만들기 위해서는 최상급 정석 네 개에 진황석 하나가 필요해. 말이 좋아 진황석이지, 그건 구하기 힘드니 보통 상급 정석 몇 개를 융합해 만든 정석을 이용하지."

"최상급 정석?"

"그래. 라비린토스에서 왔으니 알겠지?"

"그렇기는 합니다만… 최상급 정석이라는 게 있습니까?"

정석이란 몬스터를 잡으면 떨어지는 마나의 집결체를 말하는데 마스터 급 마법사, 혹은 NPC들의 능력으로 변환시켜 여러 용도로 쓸 수 있다.

가장 가까운 예라면… 역시 내가 허리에 차고 있는 40여 개의 단검이겠군. 여기에 장착된 것이 바로 마정석. 정석의 변환 상태 중 하나로 비행 능력을 지니고 있다.

어디 생각해 보자. 오우거들이 하급 정석을 드랍했었고, 트윈헤드 오우거 정도면 중급 정석을 드랍한다. 와이번 중 가장 강력한 힘을 가지고 있다는 그레이터 블랙 메탈(Greater Black Metal)이라는 녀석 정도면 상급 정석을 드랍한다 했었지.

그런데 최상급 정석이라… 어리둥절한 내 표정에 루네스는 웃었다.

"그래, 라비린토스에는 상급 위의 정석은 거의 없지. 대충 어감만 봐도 알겠지만 최상급은 바로 상급 위에 존재하는 등급. 그리고 거기서 한 등급 더 올리면 진황석(眞皇石)이야. 최상급 정석의 경우에는 상급 마족이 드랍하고 있고 진황석의 경우에는 최상급 마족이 드랍하지."

"마족이 드랍한단 말입니까?"

"그래, 마족은 총 일곱 단계가 있는데 바로 최하급, 하급, 중급, 상급, 최상급, 마족공, 마왕이 바로 그것이거든. 대충 들어도 알겠지만 그 중에서 가장 약한 게 바로 최하급. 최하급이라지만 몬스터들 중에서는 상급 이상의 힘을 가지고 있는 녀석이야. 그 다음이 하급 마족. 최하급 마족의 열 배에 달하는 마력을 가지고 있지. 마력 보유량이 바로 전투력이다, 라는 법은 없지만 마족은 마력으로 이루어진 존재라서 전투력도 대충 열 배는 돼."

"열 배라… 모든 등급에 그 법칙이 먹히는 겁니까?"

"그래. 중급 마족은 하급보다 열 배 강하고 상급 마족은 또 중급보다 열 배 강하지. 물론 평균적인 거라 같은 등급에서도 강한 녀석 약한 녀석으로 나누어지지만 대체로 그래."

잠시 생각한다. 쉽게 말해 마왕이라는 녀석은 최하급 마족보다 백만

배 강하다는 건가? 물론 이런 숫자놀음이야말로 가장 의미없는 짓이지만 상황을 이해하기는 제일 쉬운 법이지.

"흐음… 그럼 그 마왕이라는 녀석은 얼마나 셉니까?"

"무지무지. 너희들이 따지는 레벨이라는 걸로 치면 100레벨 정도랄까? 당연한 이야기지만 마스터들이 모인다고 이길 수 있는 존재가 아냐. 89레벨과 90레벨이 어마어마한 차이를 가지듯 99레벨과 100레벨 역시 어마어마한 차이를 가지고 있으니까. 굳이 마왕을 칠 것도 없이 마족공만 해도 9클래스 마법을 난사할 수 있는 녀석이니 행성 파괴까지 가능해. 쉽게 설명하자면… 그래! 베타 테스트 때 스페셜 보스로 나왔던 메크로네스 있지? 걔보다도 마족공이 강해. 마왕은 더 말할 필요도 없고."

아무렇지도 않은 듯한 그녀의 말에 충격을 받는다. 메, 메크로네스보다 강하다고!? 그것보다 더 강한 마왕은 대체 어떤 경지야?

아차차! 혹시나 내가 드래곤 슬레이어라는 타이틀을 가지고 있다 해서 드래곤을 이길 수 있을 거라는 생각은 안 하기를 바란다.

간단하게 말하지.

난 드래곤을 못 이긴다.

절대.

저―얼대.

저―어―얼―대.

후후. 이렇게 말하는 건 나 또한 매우 가슴이 아프지만 어쩔 수 없다. 응? 아무리 다른 베타테스터들의 도움이 있었다 해도 지금은 예전보다 훨씬 강하지 않느냐고? 후후후. 그까짓 베타테스터들, 지금의 나라면 혼자서도 상대할 수 있다. 내가 메크로네스를 이겼던 것도 메크로네스에게 가해진 치명적인 페널티와 우리에게 주어진 여러 가지 특전 때문이니까.

만약 메크로네스가 덤볐을 때 성에서 생겨난 방어막이 그녀의 브레스를 막지 않았다면 어땠을까? 한 방이다. 쉽게 말해, 그때 유저들이 아무리 강했다 해도 결국 한 방감이라는 거다.

운영자가 하늘을 날고 있는 메크로네스를 추락시킴과 동시에 그녀에게 걸려 있던 모든 마법을 해제해서 그렇지 우리는 결코 그녀의 상대가 아니었다. 만약 그녀가 처음부터 땅에 있었다 해도 그녀는 9클래스 마법을 자유롭게 사용할 수 있다. 애초에 전투가 오래갈 수 있었던 것도 파괴되지 않는 땅에 추락해서 어마어마한 타격을 입었기 때문이지, 보통 상태라면 그녀의 몸에 걸려 있는 보호 마법 때문에 근처에도 못 갔을 거라는 말이다.

좋아. 그럼 다시 생각해 보자. 마족공이 메크로네스보다 강하다면 마족들의 힘은 가히 초월적이다. 하지만 그렇다면 너무 강하잖아? 난 어이없는 표정으로 말했다.

"그럼 대체 어떻게 해야 유저가 이길 수 있다는 겁니까? 지금 말대로라면 마왕 하나만 떠도 유저는 전멸할 텐데."

"마왕은커녕 마족공도 뜰 계획 없으니 안심해. 설정상 마계와 물질계의 경계가 약해져서 찌질이들이 새어 나온다는 거니까. 물론 설정상 인간들은 그것도 못 막을 정도로 약하니 너희가 구하는 거야."

"우에~ 왠지 비참한 스토리."

RPG게임 하면 마왕을 최종 보스로 하는 게 보통 아냐? 마족들을 쓸데없이 강하게 해서 찌질이(라곤 해도 정말 강한 녀석)들만 상대하는 스토리라니 원.

잠시 어이없어하고 있는데 루네스가 웃으며 책을 내밀었다. 뭐야, 타이탄 P타입(Titan P-type) 선택서?

"이건……."

"모델을 고르는 거야. 타이탄 P타입이라고는 해도 모델은 꽤 많은 편이니까. 왼쪽에 디자인이 있고 오른쪽에 능력치와 설명이 있어."

나는 그녀가 내민 책을 받아 읽기 시작했다. 휘우. 역시나 메카닉이 군. 하지만 그럴듯한 디자인인데? 능력치들을 보니 대체로 고르게 분 포되어 있다. 차이가 있다면 어떤 녀석은 항마력이 높은 대신 물리 방 어력이 약하고 어떤 녀석은 운동력이 뛰어난 대신에 마력 증폭도가 떨 어진다.

딱히 등급이 나누어진다기보다는 각기 특성이 있는 녀석들이군. 나 는 잠시 둘러보다가 하나를 골랐다.

"흠. 그걸 고를 거야?"

"예. 운동력이 매우 뛰어나고 방어력도 좋군요. 마력 증폭도 강력한 편이고."

"하지만 항마력이 거의 없다시피 한 데다가 결정적으로 비행 능력이 없잖아? 의외의 것을 고르는군."

"나에게 가장 어울릴 물건이라 생각하니까요."

항마력? 후후훗. 나에게는 카이더스가 있다. 들고만 있어도 5클래스 이하 마법을 자동으로 걸어주며 최대 발휘하면 9클래스 마법까지 견딜 수 있는 초절의 신기. 어디 그뿐인가? 글레이드론까지 있다. 여기 보니 변신을 해도 신장은 2.3미터 정도밖에 안 되는 것 같으니 변신 상태에 서라도 얼마든지 녀석의 등에 탈 수 있을 것이다.

어쨌든 이걸로 모델은 고른 건가? 나는 내가 고른 모델에 대한 설명

과 재료에 대해 읽고 있다가 문득 궁금한 사항이 떠올라 고개를 들었
다.

"그런데 그 진황석이라는 것 라비린토스에는 없는 겁니까?"

"없는 건 아니고 4대 금지에 있는 스페셜 보스라는 녀석들이 드랍한
다고 하더군. 하지만 솔직히 그 녀석들을 이길 유저는 없다시피 한 상
태잖아? 보아하니 매물도 별로 없는 것 같은데 조금 출력이 떨어지더
라도 최상급 정석 몇 개를 융합하는 게 속 편하지."

나는 스페셜 보스들을 쓰러뜨린 다음 얻었던 정석들을 떠올렸다. 헬
하운드의 심장, 레비아탄의 뿔, 루인 포레스트의 눈, 썬더버드의 머리
깃털.

아하! 그게 바로 진황석(眞皇石)이라는 거구나. 한 개도 얻기 힘들다
고 말하지만 난 이미 네 개나 가지고 있다.

…….

아니, 잠깐. 그렇다면…

"최상급 정석 네 개에 진황석 한 개라고 했었죠?"

"그렇지."

"그렇다면 진황석을 네 개를, 아니, 다섯 개를 가지고 있다면 타이탄
에 장착하는 게 가능합니까?"

"응? 흐음… 진황석을 네 개나 가지고 있을 만한 녀석이 있을지도
의문이지만 가지고 있다고 해도 불가능해. 네 개의 최상급 정석하고
진황석이 필요하다고 한 건 네 개의 정석이 양팔과 다리에 장착되고
진황석이 명치 부근에 자리하기 때문이지. 명치 부근에 있는 정석은
나머지 정석들을 제어할 수 있어야 하기 때문에 필연적으로 나머지보
다 한 단계 높아야 해. 재주 좋게 진황석 네 개를 구한다 해도 가운데

서 그것들을 제어할 만한 정석은 어디에도 없으니까.”

그녀의 말에 나는 희열에 전신이 떨리는 것을 느꼈다.

있다. 나는 있다! 네 개의 진황석을 제어하는 정도가 아니라 가뿐히 압도할 만한 지상 최강의 정석이!

그래, 이제 누구도 감히 손에 넣지 못할 최강의 정석,

드래곤 하트(Dragon heart)가!

만약 그게 가능하다면. 드래곤 하트가 다른 스페셜 보스들의 마력을 제어할 수 있다면?

나는 허탈하게 웃었다.

“맙소사. 나 진짜 사기 캐릭터 되는 거 아냐?”

“무슨 소리야?”

“아니, 아닙니다. 하하하! 더 설명할 사항은 없습니까?”

“있어. 이제부터 퀘스트를 완료하려면 마족을 잡아야 하는데 그 마리 수가 최하급이 400마리, 하급이 100마리, 중급이 20마리, 상급 4마리.”

그녀의 말에 따라 새로운 퀘스트를 받았다는 정보가 떠오른다. 아마 그녀가 말하고 있는 내용들이겠지. 나는 다시 물었다.

“그리고?”

“그리고? 퀘스트 지시랑 설명은 끝이야. 이제 남은 건 점 보는 거랑 재미있는 거지.”

“재미있는 거?”

“설명해 줄 테니 일단 점이나 봐둬. 과거에 대한 점은 프라이버시

문제가 있으니 넘기고, 현재 상황과 미래를 봐주기로 하지. 손 줘봐."

"소, 손금입니까?"

"가장 편하거든."

아니, 잠시 잊고 있었지만 그녀가 뿜어내는 색기와 매력은 보통이 아니다. 손만 잡아도 덮치고 싶어질 것 같은데. 무, 물론 난 자제심있는 사나이다. 손 만지는 것 정도로 이성을 잃지는 않겠지.

"……."

아마도.

루네스는 부드러운 동작으로 내 손을 잡아들더니 손금을 살피기 시작했다. 우와. 우와. 그냥 잡고 있는데도 애무하는 것 같아. 나와는 다른 의미로 사기잖아. 뭐 이런 게 다 있어?

"어디 보자. 오호. 넌 부자군. 가지고 있는 재물이 장난 아닌 모양이야. 게다가 강하네. 어지간한 마족도 상대할 정도로."

자꾸만 치밀어 오르는 흥분을 주체하거나 말거나 그녀의 설명은 계속된다.

"미래에는… 고생이 심하겠군. 사방에 난관과 적들로 가득하다. 하지만 걱정하지 마. 네 녀석에게는 육체적으로 도움을 줄 여자들이 많으니까."

"유, 육체적으로 도움을 줄 여자들이라니. 무슨 뜻입니까, 그건!?"

"행복한 미래가 기다린다는 뜻이지."

내가 당황하거나 말거나 장난스럽게 미소 짓는 루네스. 자자, 손금 다 봤으면 이제 손 놓지? 난 지금 필사적으로 자제하는 중이니까.

나는 그녀에게 잡혀 있던 손을 당겨 빼내려고 했다. 그런데 루네스가 내 손을 놔주기는커녕 부드럽게 딸려와 내 품에 안겨드는 게 아닌가?

"우웃?"

"왜 그렇게 당황해? 재미있는 것 하려는데."

"재미있는 것이 설마 이… 흡?"

매끄러운 느낌과 함께 혀와 혀가 얽힌다. 아니, 얽힌다기보다 얽혀진달까. 단지 입맞춤 한 번뿐이었는데도 난 정신이 혼미해지는 것을 느꼈다.

맙소사. 어, 엄청 잘한다! 인정하기는 싫지만 완벽하게 리드당하고 있어.

솔직히 황홀한 상황.

에에잇. 감탄하고 있을 때가 아니잖아! 나는 재빨리 그녀의 어깨를 밀쳐 냈다. 객관적으로 그녀의 육체적 능력은 그리 강하지 않은데도 밀어내는 동작이 매우 힘겹다. 정신은 밀어내라 명하지만 육체가 떨어지기 싫어한다고 할까? 하여튼 그런 느낌이다.

"무슨 짓입니까!?"

"흐음. 왜, 내가 마음에 안 드는 거야?"

"그, 그런 게 아니라 너무 갑작스러워서……."

"갑작스러울 것 없어. 난 일종의 이벤트. 파니티리스는 19세 제한이 해제된 것 정도는 알고 있겠지?"

"그럼……."

"그래, 이왕 겪을 거라면 최상의 상대와 겪으라는 뜻이지. 난 아름다운 데다 잘하지. 유저들 입장에서 보면 마스터 급이랄까?"

보통 여자가 하면 천박하게 느껴질 만한 대사인데도 그녀가 하니 참을 수 없을 만큼 매혹적으로 들린다. 그래, 확실히 그녀는 아름답다.

한 번도 상상한 적 없을 정도로 매혹적이다. 게다가 그 혀놀림은……
흠흠. 하여튼 그녀의 말에 거짓은 없다.

"……."

문득 내가 이렇게까지 질겁할 이유가 없다는 것이 떠올랐다. 아니,
그냥 솔직히 인정하지. 난 저 여자를 안고 싶다. 상관없는 일이잖아?
상대는 인간이 아니다. 내가 안는다고 임신을 하는 것도 아니고 인생
을 책임져야 하는 것도 아니다. 그냥 게임처럼, 흔히들 아는 그런 게임
처럼 즐거운 경험 한 번 하고 끝내는 거야. 그럼 상관없잖아?

"어때?"

"어떠냐고요?"

난 거칠게 루네스의 어깨를 잡으며 키스했다. 시작만 거칠었지 곧
그녀의 기교에 밀리기 시작했지만 어차피 이기기 위한 행위가 아니니
상관없지 않은가? 어차피 게임이 즐거움을 위해서 하는 거라면 이것
역시 그런 즐거움 중 하나일 뿐이다.

나는 그녀를 쓰러뜨리며 그녀의 상의를 벗겼다. 풍만한 가슴과 매끈
한 몸매. 옷을 입고 있었을 때도 그랬지만 그냥 보기만 해도 아득해질
정도로 아름다운 몸.

나는 그녀의 가슴을 움켜쥐며 키스했다. 마스터 급이라는 농담이 오
히려 부족하지 않았나 싶을 정도로 하나하나가 쾌락으로서 다가오는
모든 행위.

루네스는 부드럽게 키스하며 내 몸을 끌어안았고, 나는 바지를 벗으
며 본격적인 행위에 들어가고자 했다.

그리고 그때,

기억 속에 잠겨 있던 목소리가 떠올랐다.

“네가 좋으니까.”

아련하고 애틋한 감각에 순간적으로 화가 나는 것을 느낀다. 뭐야, 대체? 이제 끝났어. 다 끝난 일이라고! 왜 이런 상황에서 떠오르는 거지?

내 움직임이 멈추자 루네스가 달뜬 신음을 내뱉으며 내 몸을 끌어당기려고 한다. 부드럽고도 매혹적인 움직임. 하지만 나는 몸을 일으켜 그녀를 떨쳐 내고 벗겨졌던 옷들을 걸쳤다.

“왜?”

간절한 목소리와 표정이 더없이 매혹적이지만 그럼에도 전혀 감흥이 일지 않는다. 흥이 깨졌군. 젠장맞을. 나는 그녀를 향해 고개를 숙였다.

“죄송합니다.”

“후후. 꽤 흥분한 것 같았는데 시작하자마자 식어버리는 거야?”

“…죄송합니다.”

나는 아직도 흐트러진 복장의 그녀를 놔둔 채 몸을 돌렸다.

그다지 길지 않은 복도. 문을 열고 방으로 돌아오자 밋밋한 나무 냄새가 코를 간질인다.

운디네 소환.

나는 멍하게 서 있었고 그런 내 앞으로 투명한 물결이 생겨나 내 몸을 휘감기 시작했다.

한차례 싸늘하게 식었다가 곧 뽀송뽀송하게 변하는 피부. 꽤나 상쾌한 기분임에도 나는 그저 멍하니 서 있을 뿐이었다.

그렇게 잠시 있었을까.

나는 내가 서 있는 자리를 파악했고, 마침내 내가 무슨 짓을 한 건지 깨달았다.

"아아… 아아… 아아아앗!?"

미친놈, 이런 미친놈! 어, 어떻게 그 좋은 기회를 차버릴 수가 있어!? 매력적인 여인이었다. 매력적이다 못해 황홀한 여인이었다고! 그런데 미안합니다? 먼저 공략해도 부족할 판에 이게 무슨 짓이야, 대체!!

"아아. 젠장. 내가 이렇게나 바보였다니."

나는 눈물을 흘릴 것 같은 기분을 느끼며 방문을 열고 밖으로 나갔다. 저렇게 매력적인데다 적극적인 여인이 일행이면 얼마나 좋을까? 그렇다면 날마다 삐— 삐리리~ 삐—(자체검열) 한 일들을 즐겁게 수행할 수 있을 텐데.

"어. 나왔어요, 오빠?"

"……."

"왜 그래요?"

나는 내 현 일행인 넬을 바라보았다. 전체적으로 예쁘장한 외모에 오목조목한 이목구비. 슬쩍 봐도 기분이 좋아질 정도로 반짝이는 금발에 또렷한 눈.

그래, 그녀는 분명 미소녀에 속하는 외모를 가지고 있다. 굳이 현실에서의 관점을 들먹일 필요 없이 NPC 중에서도 그녀는 분명 예뻤다. 하지만 시야를 좀 넓게 잡으면 어떨까? 언제 클지가 궁금할 정도로 짜리몽달한 키에, 마찬가지로 짧은 팔다리, 그리고 무엇보다 눈에 들어오는 것은…….

"……."

아무런 말도 할 수가 없다.

작은 가슴.

보기에도 안쓰러울 정도로 작은 가슴.

마구 짓눌린 찹쌀떡. 프라이팬 위에서 늘어진 계란후라이. 수천 대의 차가 밟고 지나가 마침내 그 흔적조차 사라지려 하는 아스팔트 위에 껌딱지.

나는 한숨 쉬었다.

"후… 역시 꼬맹이."

"왜, 왜 또 시비야!"

드디어 반말이 나왔지만 난 신경 쓰지 않았다. 그래, 너도 그런 몸을 가지고 있으니 고민이 많겠지. 치마를 들어올리는 너의 그 행동 뒤에는 이런 고민이 숨겨져 있었구나.

나는 갑자기 무한의 이해심이 피어오르는 것을 느끼며 그녀의 머리를 쓰다듬었다. 싫은 기색을 보이며 벗어나려 하는 넬. 나는 웃었다.

"괜찮아, 괜찮아. 내가 널 이해한다."

"뭘 이해해!"

"오호. 반말하는 거니?"

"웃… 뭐, 뭘 이해한다는 거예요!"

"전부 다."

"으으……."

분한 표정을 감추지 못하고 부들거리는 넬. 그때 그녀들의 방에서 엘이 나왔다. 막 목욕을 끝낸 듯 생기 넘치는 머리칼과 표정. 그녀는 부들거리는 넬을 보고 놀라 물었다.

"공… 아니, 넬이 왜 그러는 겁니까?"

"후훗. 내가 다 이해한다니 그러네."

"……?"

전혀 이해하지 못하고 갸웃거리는 엘. 나는 그녀들을 데리고 식당으로 나왔다. 오는 동안 넬이 몇 번 구시렁거렸으나 웃어넘길 수준이다.

자리를 잡아 적당한 음식을 주문한다. 주변에서 식사를 진행하는 수많은 사람들. 나는 그 모든 이들의 기척을 느끼며 식사를 시작했다.

"오랜만에 쉬니까 살 것 같군요."

"그치? 앗! 이 닭고기 스튜 맛있다."

"그래, 괜찮군. 사람 많은 게 이해가 가."

나는 닭고기를 나이프로 자른 후 한 점 씹어 먹었다. 그러자 자연스럽게 떠오르는 문구.

닭고기 스튜에 닭고기가 포함되어 있다는 걸 알았다!!

오, 이런 놀라운 발견이! 닭고기 스튜에 닭고기가 포함되어 있었단 말인가!?

"……."

재미없으니 그만 하지.

나는 태연히 웃으며 식사를 계속했고 얼마 지나지 않아 끝냈다. 사실 마나의 힘을 흡수한다면 아무것도 먹지 않고 버틸 수 있지만 먹는 느낌이라는 건 소중한 것이거든. 가뜩이나 영양 캡슐과 미네랄 워터만 먹고 마시며 살아가는 나한테 여기서마저 음식을 먹지 말라는 건 고문이나 다름없는 일이니까.

즐거운 식사를 끝으로 우리는 일어나려 했다. 지금 시간은 대충 2시.

가을이라고는 하지만 햇볕이 따가우니 하루 정도는 쉬는 게 좋겠지. 사실은 처음으로 도착한 파니티리스의 도시를 둘러보고 싶은 마음이 더 강하지만 말이다.

"잠깐 도시 둘러볼 건데, 따라올래?"

"네에~! 안 그래도 하루종일 뭐 할지 심심하던 차였어요. 갈래, 엘?"

"넬이 간다면."

"좋아."

나는 그녀들을 이끌고 식당을 나왔다. 어디부터 볼까? 파니티리스에는 노예제라는 게 있다던데. 경매장 같은 거라도 찾아서 사볼까?

시장은 처음 본 이미지 그대로 활발했다. 가득 쌓인 물건들 위에서 호객 행위를 하는 사람들부터 신나게 뛰어다니는 꼬맹이들까지. 이들은 모두가 자신들의 과거를 가지고 자신들의 인생을 살아가고 있다. 이렇게나 방대한 데이터를 가지고 있는 게임이 존재할 수 있다니… 언제 봐도 거짓말 같은 일이군.

주변을 구경하며 산책하듯 이동하고 있는데 십수 명 정도의 떡대가 나타났다. 험악한 외모와 덩치로 주변을 압박하는 떡대들. 퀘스트인가? 하고 고개를 들어보았지만 퀘스트창은 잠잠하기만 하다.

"흐음."

"왜 그러세요?"

"아냐."

그러고 보니 아무런 일이 안 일어나는군. 떡대들이 나타났다고는 하지만 주변에 행패를 부리거나 하는 것도 아니고 딱히 뭔가 수상한 행동을 보이지도 않았다. 아니, 사실 수상하게 보자면 좀 수상하기도 하군. 긴장한 표정으로 주변을 경계하며 걷는 그들 사이로 마른 체형의 사내 한 명이 걷고 있었으니까.

언뜻 깡패들에게 포위당한 듯하다, 라는 느낌을 풍길 만한 포지션이 지만 가운데 있는 사내의 표정을 보아 그것도 아닌 것 같다. 그럼 보호 하는 건가? 하지만 무엇을 대비해서 저렇게 보호해야 한단 말인가. 자 객에게 노림이라도 받나?

내가 의아한 표정으로 그들의 모습을 보고 있는데 반대쪽에서 또 한 무리의 떡대들이 모습을 드러냈다. 아, 그리고 보니 저 녀석들 나름대 로 검도 차고 갑옷도 입고 그랬군. 위험한 분위기인데.

사내를 둘러싸고 걷고 있던 무리들은 인상을 찡그리며 그들을 노려 보았고 그들의 한가운데 있던 사내는 미소 지으며 입을 열었다.

"오랜만인데. 이 아우님이 보고 싶어서 왔냐?"

"오랜만? 하! 설마 도주도 포기하고 나타날 줄은 몰랐다, 퍼드. 짐작 하지 못한 건 아니지만 아주 미쳤구나!"

두 무리의 모습에 분위기가 좋지 않다는 것을 깨달은 사람들이 사방 으로 흩어지기 시작했다. 하지만 흩어진다고 해도 아주 사라지는 것은 아니다. 세상에서 가장 신나는 구경이 불 구경과 싸움 구경이라 하지 않는가? 사람들은 그들로부터 멀찍이 떨어진 곳에 거대한 원을 만들고 그들의 모습을 구경했다.

"아직도 퀘스트가 아니라니."

"무슨 소리예요, 오빠?"

"아무것도 아냐. 그나저나 위험할 것 같은데 안 피해도 되겠냐?"

"괜찮아요. 저 말고도 구경하는 사람이 이렇게 많은데 별일이야 있 겠어요?"

맞는 말이다. 지금 싸우려고 준비하는 녀석들은 합쳐 봐야 4~50명 정도. 그에 비해 구경꾼은 3백 명도 넘는다. 저 녀석들의 기운을 파악해 보았을 때 마나를 다룰 수 있는 녀석은 떡대들에게 둘러싸여 있는 사내 하나뿐인데 이 많은 사람들에게 피해를 줄 수는 없을 것이다. 지들끼리 싸우고 결론 나겠지 뭐.

떡대들은, 아니, 대충 분위기를 봐서 용병들이군. 하여튼 용병들은 각기 무기들을 뽑아 들었다. 하지만 아무리 봐도 차이가 명확하군. 저기 퍼드라는 녀석이 마나를 다룰 수 있기는 하지만 그 하나뿐이다. 그에 비해 상대편은 마나를 다룰 수 있는 인간은 없었지만 기본적으로 쪽수도 더 많고 실력도 뛰어나 보인다. 꼭 마나를 지니고 있어야 센 건 아니지 않은가? 전투 상황이 벌어지기 직전인데도 차분하게 검을 들고 상대방을 노려보고 있는 이들. 저 두 무리의 떡대가 모두 용병이라면 아마 한쪽은 D등급, 다른 한쪽은 A등급일 것이다.

"우하하! 확실히 미치기는 했구나, 퍼드. 그깟 조무래기들 몇 명 모인다고 우리들을 이길 것 같나?"

"아니, 나라고 그렇게 바보는 아냐. 그쪽 녀석들은 게리온 용병단이 아닌가."

순순히 인정했다? 과연 그가 인정하자 상대편은 훗! 하고 웃었고 그의 용병들은 벌레 씹은 표정을 지었다.

싸우기 전에 아군의 사기부터 꺾는다니. 승패에는 그다지 관심이 없는 스타일이든지 숨겨놓은 비장의 한 수가 있는 녀석이다.

나는 녀석의 기운을 감지했다. 마나를 사용할 수 있기는 하지만 끽해야 20포인트—일반 유저가 하나의 직업을 선택해 10레벨에 이르게 되면 10포인트의 마력을 얻는다—에 불과할 정도로 처참한 마력. 저것 가지고는 마나의 발현은커녕 유동조차 어렵다. 아무리 마력이 컨트롤하기 나름이라지만 기본은 돼야 하지 않겠는가?

하지만 그럼에도 그는 자신감이 넘친다. 주변에 복병이 있나? 아니다. 적어도 이런 곳에 내 이목을 속일 만한 녀석이 있을 리 없지. 그렇다면 마법 무기를 가지고 있나? 어! 있군. 하지만 겨우 저 정도의 마법 무기로 저 많은 녀석들을 처치하기는 무리일 텐데…….

"……."

잠깐. 뭐? 무기?

나는 식은땀이 흐르는 것을 느끼며 퍼드라는 사내를 바라보았다. 그의 손에는 은은한 암흑기를 뿜어내는 검이 들려 있다. 응? 그 검에서 뿜어지는 기운이 강력해서 긴장한 거냐고? 아니, 그런 게 아니다. 그의 검에서 암흑기가 흘러나오고 있기는 하나 결국 1~2클래스 수준으로 대단한 것은 아니었다. 중요한 건 그 기운 자체를 내가 전혀 느끼지 못했다는 것이지.

조금 쉽게 설명해 볼까?

나는 마법사를 선택했지만 처음부터 공격 마법에는 별 흥미가 없었다. 무려 열두 개의 직업을 가지고 있는 나에게 공격 수단은 많고도 많았고 사실 난 마법보다 검술 쪽에 더 재능이 있었으니까. 그렇다면 내 결정은 뭐였을까? 간단하다. 내가 관심을 가진 것은 바로 보조 계열의 마법들. 물론 공격 마법을 사용할 수 없는 것은 아니지만 그것은 대체로 1~2클래스 수준이고, 나머지는 모조리 보조 마법이다. 쉽게 말해 난 인챈터(Enchanter), 어떤 사물을 대상으로 마력을 부여하는 존재이다. 더불어 난 마나의 흐름을 느끼고 이해할 수 있기 때문에 마법 무기라면 설사 몇백 미터나 떨어진 장소에 있다 해도 간단히 파악할 수 있다.

그런데 그런 내가 감지 못한 마법 무기라고? 그것도 겨우 십여 미터 앞에서?

"하하하하! 그렇다면 그만 포기하고 검을 넘겨라, 퍼드. 어차피 뽑히지도 않는 검 따위 네가 가질 물건이 아니잖아?"

"오호— 뽑히지 않는 검이라니, 어째서 그렇게 생각하는 거지?"

"뭐? 무슨 바보 같은 소리를 하려는 거냐? 그 검은……."

스르룽.

"그 검은… 뭐?"

피식 웃으며 흑색의 검을 치켜드는 퍼드. 용병들은 너무나 쉽게 뽑힌 검의 모습에 당황하며 뭔가 말하려고 했지만 그는 망설임없이 검을 휘둘렀다.

콰득!

거친 소리와 함께 대치하고 있던 용병 중 3분지 2 이상이 잘려 나갔다. 말 그대로 적아군 가릴 것 없다는 태도. 사정없이 뿜어지는 마기에 놀라 그를 보호하려던 용병들마저 경악하며 사방으로 흩어진다.

도저히 있을 수 없는 상황.

대체 저 암흑투기는 뭐지? 분명 소량의 마력뿐이었거늘 검이 뽑혀 나오는 순간 수백 배로 증폭되었다? 순간적으로 검집이 봉인구가 아닐까 생각했지만 아무리 봐도 저건 그냥 가죽일 뿐인데……!

나는 생각했다. 있을 수 없는 일이지만 저 검에 담겨 있는 기운이 나를 능가하면 이런 일이 벌어질 수 있다. 아무리 나라도 나보다 강한 존재의 기운을 완전히 파악할 수는 없거든. 메크로네스가 그랬고 카이더스가 그렇다. 내가 파악할 수 있는 존재는 어디까지나 나보다 약한 존재들. 그랬기에 내가 여기 처음 와서 아무 기운 없던 기사들을 보고 긴장했던 것이다.

퍼드는 거대한 마기를 뿜어내며 용병단장의 앞에 섰다. 이미 그의 근처에 있는 갈기갈기 찢겨 있는 시체들뿐. 퍼드는 웃었다.

“큭큭. 크하하하! 그래, 이거다. 이거야말로 누구도 대적할 수 없는 힘. 큭큭큭큭! 그래, 어디 좀 더 떠들어보시지? 날보고 쓰레기라고 말해 봐. 혼자서는 아무런 의미도 없다고 떠들어봐! 호오. 왜 말 못하나, 앙?! 평소처럼 떠들어보란 말이다, 병신아!”

미친 듯이 화를 내며 용병대장을 걷어차는 퍼드. 그런데 좀 이상하군. 검에서 뿜어져 나오는 마기가 녀석의 전신을 감싸는 거야 동조라고 쳐도 온몸이 검어지는 건 정상이 아니다. 저건 마치… 그래, 마치 잡아 먹히는 것 같은 모양새였다.

“좋지 않은데…….”

인간이 검을 휘두르는 게 아니라 검이 인간을 조종하는 듯한 모습에 인상을 찡그렸다. 지금이야 인간의 감성이 조금이나마 남아 있다지만 조만간 완전히 사라지게 되겠지. 나는 엘과 넬의 어깨에 손을 올렸다.

“피하자. 여기는 위험해.”

“네? 하지만 경비대가 도착했습니다. 보아하니 마검 같은 게 등장한 모양인데 돕는 게 좋지 않겠습니까?”

“도울 만한 레벨이 아닌 것 같아서 그래. 경비대 숫자가 조금 되니 시간 정도는 있겠군. 어서 피하…….”

콰득! 콰드드득!

순간 흑색의 검에서 뿜어져 나온 마기가 신고를 받고 출동한 듯한 경비대를 ‘짓이겼다’.

사방으로 뿜어져 나가는 피와 살, 그리고 뼈와 뇌수. 맙소사! 온갖 상황으로 단련된 나조차도—시체 속에서 누워 있는 상황도 있었다—속이 울렁거릴 정도군. 과연 그 모습에 넬은 헛구역질을 하기 시작했고 엘의 표정 역시 창백하게 변했다.

[큭큭. 크하하하! 이거 좋은데!]

머릿속을 울리는 웃음소리에 기겁했다. 영언(靈言)? 게다가 이 엄청난 기운이라니! 나는 엘과 넬을 데리고 탈출하려 했지만 그보다 녀석에게서 뿜어진 원형의 파동이 먼저였다.

"장비 3번!"

묵직한 방패가 들리고 투구가 씌워진다. 다른 사람들을 구하기는 이미 늦었군. 나는 방패를 비스듬히 세우며 엘과 넬을 끌어안았다.

콰앙!

머리가 윙윙거리는 듯한 굉음과 함께 내부가 진탕되는 것이 느껴진다. 젠장! 능력들을 봉인하는 바람에 얻은 타격이 어마어마하다. 목구멍을 넘어 올라오는 화끈한 기운. 나는 엘의 옷이 피로 물드는 것을 보고 놀라 고개를 젖혔다. 이런, 산 지 얼마 되지도 않은 옷이 피투성이가 되어버렸잖아.

내가 그녀의 옷을 걱정하든 말든 엘은 피를 토하는 내 모습에 기겁하며 몸을 일으켰다.

"괘, 괜찮으십니까?"

"아아, 괜찮기는 한데 앞으로도 그럴지 모르겠군."

나는 허탈하게 웃으며 몸을 일으켰다. 아아 역시. 방금 녀석이 뿜어낸 것은 범위 공격이었기 때문에 주변에 살아 있는 인간은 녀석의 공격을 막아낸 나와 나에게 보호받은 두 명의 소녀뿐이다.

[오호? 내 공격을 막은 건가?]

"어찌어찌. 퍼드라고 했던가?"

[큭큭. 그건 숙주의 이름일 뿐이야.]

이미 그의 모습은 크게 변해 있었다. 갑각류의 벌레들이 흔히 가지고 있는 모양새의 외피로 전신을 뒤덮고 있는 흑색의 괴물.

그때 나는 내 눈앞으로 떠오르는 메시지를 보았다.

상급 마족 등장!

오, 이런! 너, 긴장 좀 해야겠다. 이 녀석은 마족 중에서도 강력한 녀석으로 그 전투력은 자그마치 78레벨이다. 그뿐인가. 인간형 생명체에 대해 공격 성향 +624포인트, 모든 물리&마법 공격에 대해 육체 강화 +233포인트나 된다. 마스터가 대여섯 명 이상 모여 있지 않은 이상은 튀는 쪽을 권장하는 바이다.

[여태까지 퇴치한 마족 숫자.]

최하급 0/400. 하급 0/100.

중급 0/20. 상급 0/4.

상급 마족. 처음부터 제대로 걸렸군. 그깟 마족 강해봐야 얼마나 강하겠나 생각했지만 이 정도면 장난이 아닌데?

나는 마나를 움직이며 말했다.

"엘, 녀석을 데리고 도시를 탈출해. 너희가 있으면 방해된다."

"하지만……."

"너희랑 티격태격할 틈이 없어. 정말로 나를 걱정한다면 뛰어."

"……."

엘은 잠시 망설이다가 이내 몸을 돌려 달리기 시작했다. 깜짝 놀란 넬이 반항했지만 그냥 끌고 간다. 생각보다 똑똑해서 좋군. 어쩌면 내 목숨보다 공주의 목숨이 더 중요하다고 판단한 것인지도 모르지만 그런 것 가지고 섭섭해할 때가 아니지.

[오호. 내가 여자는 봐준다고 했었나?]

"봐주게 할 거다!"

나는 샤프니스 소드와 물질의 방패를 들고 녀석의 앞에 섰다. 후우… 봉인 풀 시간이 있으면 좋겠지만 아마 힘들겠지? 젠장, 이놈의 봉인. 봉인 해제! 하고 풀리면 얼마나 좋아!

나는 전신 마나를 일으켰다. 전신 마나라고 해봐야 원래 상태의 3분의 1에도 못 미치는 양이지만 마족은 충분히 놀라는 분위기였다.

[호오… 너 꽤 세잖아? 마스터냐?]

"글쎄."

태연한 척 대답하는 순간 마족 녀석이 돌격해 들어온다. 흐음… 평화주의적 사고와 온화한 대화로써 상황을 풀어나가기는 어렵겠지? 나는 방패를 비스듬히 틀어 충격을 완화시키려 했지만 녀석이 허공을 박차더니 힘의 방향을 틀었다.

쾅!

[오오! 버텼다?]

"시끄러워!"

재빨리 샤프니스 소드를 휘둘렀지만 가볍게 피해 버린다. 젠장. 마나의 흐름을 파악했는데도 못 피할 정도라니. 속도에서 뒤지고 있잖아? 난 피가 목구멍까지 올라오는 것을 느끼며 물러서다가 발밑에서 꿈틀대는 느낌을 받았다. 살아 있는 사람? 하고 내려다보니 목이 완전히 꺾여 버린 시체가 일어서는 것이 아닌가!

[마족에게 죽은 인간은 언데드화되는 게 정석인데 뭘 그리 놀라?]

"정석이냐!"

소리치기는 했지만 행운이군. 나는 뒤로 물러서며 정신을 집중했다. 내 주변에서 몸을 일으키는 언데드의 숫자는 대충 5~60 정도. 나는 외쳤다.

"절대의 의지로서 명하노니, 행하라!"

[어엉?]

녀석이 당혹스러워하거나 말거나 주변에 있던 언데드들이 일시에 녀석을 향해 덤벼든다. 그냥 시체를 일으키려면 이런 저런 마력이나 발동 시간이 들게 마련이지만 낚아채는 정도라면 어렵지 않지.

뒤로 물러서며 마나를 운용한다. 상대가 상대이니만큼 봉인부터 풀고 싶지만 봉인 해제 상태에서는 6초간 무방비 상태가 되니 자제하는 게 좋겠군. 드래곤 슬레이어 타이틀 발동한 지 한 달이 안 지났으니 지금 죽으면 레벨 다운에 한 달간 접속불가가 되는 사태를 피할 수 없다.

[인간자식이!]

"마족자식이!"

쾅! 하는 효과음과 함께 내 몸이 형편없이 튕겨 나가는 게 느껴진다. 아아. 역시 세구나, 저 녀석. 나는 품속에서 반지 하나를 꺼내 꼈다. 요번에 비싼 돈과 금 같은 시간을 쪼개서 구입한 다리안의 성표(聖表). 나는 추락하는 와중에 그것을 발동시켰다.

"다리안의 영광된 가호여, 지금 상처 입은 그대의 종에게 안식의 빛을 내리소서."

성스러운 빛과 함께 몸 상태가 호전되기 시작했다. 공격하는 것조차 잊고 멈칫하는 마족. 녀석은 어처구니없다는 표정으로 말했다.

[흑마법과 신성마법을 모두 사용해? 뭐 하는 놈이냐, 넌!]

“관심 끄시지!”

대충 호전된 몸 상태로 주변을 살핀다. 아직 시야 안에서 달리고 있는 엘과 넬. 조금 더 끌어야 하나?

“장비 2번.”

방패, 투구, 검의 3종 세트가 사라지고 대신 클레이모어가 잡힌다. 역시 저런 녀석에게는 방패보단 이쪽이 더 어울리겠지. 나는 단숨에 돌격하며 클레이모어를 휘둘렀다.

깡!

[그만 죽어라, 하찮은 것!]

“거절이다!”

재빨리 녀석의 공격을 피하기는 했지만 역시 검이 통하지 않는 몸이다. 생긴 건 벌레 껍질 같은 게 강도 하나는 장난이 아니군. 나는 몸을 회전시킨 후 재차 공격하려 했는데 녀석의 몸이 삽시간에 다가온다. 빨라졌다? 하고 탄성을 지르기도 전에 녀석의 다리가 내 몸을 걷어찼다.

쾅! 쾅쾅!

식당으로 보이는 건물 벽을 부수고 반대쪽에 떨어졌다. 크윽. 골이 다 울리는군 그래. 난 녀석이 다가오는 모습에 황급히 몸을 일으키려 했지만 다리에 힘이 풀려 다시 쓰러지고 말았다.

아아, 젠장. 역시 이 상태로 싸우는 건 힘드는가. 나는 이를 갈며 정신을 집중했지만 그보다 마족 녀석이 내 앞으로 다가온 게 먼저였다. 까만 껍질 위에 상처 하나 없는 상태. 녀석은 득의의 미소를 지으며 내 멱살을 잡아 들었다.

[큭큭. 귀찮게 했지만 결과는 같군.]

"……."

녀석에게 들려진 채로 잠시 주변을 살핀다. 현재 내가 쓰러져 있던 곳은 식당 안. 창문 밖을 봐도 엘과 넬의 모습은 이미 사라지고 없다. 휴, 드디어 탈출한 건가.

나는 몸 안의 모든 마나를 공조시켰다. 녀석이 반사적으로 쳐버리면 죽게 될 테지만 그러면 팔자지 뭐. 나는 말했다.

"시리우스의 무한한 힘이여… 그런데 그거 알아?"

[웅? 뭘 말하는 거냐?]

내가 주문 비슷한 걸 외우자 주먹을 들어올리던 녀석이 뒷말에 의아한 표정으로 날 바라본다. 바보라 다행이군. 뭐, 시스템상의 능력이라 할 수 있는 봉인 해제와는 다르게 마법 주문은 떼어서 말할 수 없으니까. 이렇게 말하면 덜 긴장하는 것도 이해 가는 일이기는 하지만 말이야.

나는 웃으며 말했다.

"지금 그 영광으로… 아까 내 뒤에 숨어 있던 여자애들 멀리 도망갔어."

[흥. 그래서 어쨌다는 거냐. 이 근처에 있는 도시 모두를 멸절시킬 거다. 그깟 계집들이 도망쳐 봐야 죽을 뿐이겠지.]

"그런가? 그럼 이건 알아?"

[뭐?]

"적이 나타나면 빨리빨리 죽여야 하는 거다, 등신. 내 존재를 억압하는 그 모든 봉인을 해제한다!"

[무슨 소리를 하는지 모르겠지만 죽……!]

콰득.

내 몸을 바닥에 처박으려 하는 녀석의 팔목을 잡아 꺾는다. 역시 인간형인만큼 껍질에 둘러싸여 있어도 관절이 있군. 녀석은 자신의 손목이 부러졌음에도 멍청한 표정을 지을 뿐 아무런 행동도 취하지 못했다. 아무래도 지금 같은 상황을 염두에 두지 못한 것이겠지.

나는 슬쩍 뒤로 물러나 녀석과 거리를 유지했다. 내 왼손에 새겨져 있는 시리우스의 문장이 금색의 빛을 뿌리는데 그 빛이 강해질수록 비틀거리던 몸에 힘이 들어오고 소모되었던 생명력이 증가되었다.

[뭘 한 거냐.]

"봉인 해제랄까? 카이더스."

작게 속삭이자 왼 손바닥 위로 청색의 마법진이 새겨지더니 카이더스의 손잡이가 내밀어진다. 망설임없이 그것을 잡고 뽑는다.

좋아. 그럼 일단 기선을 잡아볼까?

클레이모어의 주위로 서른여섯 개의 물방울이 떠오른다. 기술의 중심은 마나의 회전. 검을 감싸고 있는 마나는 좌에서 우로 회전하고 검 안의 마나는 우에서 좌로 회전하게 되면서 서로 반발한다. 원래대로라면 서로 반발하다가 역류하든 소멸하든 해서 시전자에게 피해를 입히게 되는 기운들이지만 무투가 스킬과 암살자 스킬의 효능은 그것을 막는다.

원래대로라면 여기에 인챈트 라이트닝(Enchant Lightning)을 걸어서 전격을 생성시켜야 하지만 카이더스는 자체적으로 뇌전을 뿜어낼 수 있기에 발동 시간이 훨씬 빨라진다.

눈부시게 빛나는 전격의 기운. 나는 망설임없이 카이더스를 휘둘렀다.

"라이트닝 스트라이크(Lightning Strike)!"

잠시 당황하던 마족 녀석이 손을 치켜들었지만 전뇌의 창은 그대로 녀석을 후려쳤다. 와이번도 한 방에 추락할 정도의 위력을 에누리없이 얻어맞았으니 죽진 않아도 멀쩡할 수는 없을 것이다.

[크윽. 크아악! 인간 녀석이!!]

"인간 녀석이 뭐?"

막 발작하려는 녀석의 머리를 향해 폭강격(爆强擊)을 휘둘렀다. 쾅! 하는 소리와 함께 다시 뒤로 튕겨 나가는 마족. 나는 찌잉 하고 울리는 카이더스를 보며 생각했다.

허. 손목으로 전해지는 충격이 없다? 아무리 그래도 지금 내가 사용한 폭강격은 총 충격량이 20톤을 넘어갈 텐데…….

역시 초절(超絶)의 신기(神器). 나는 웃으며 몸을 날렸다.

[크윽… 인간 놈…….]

"아까부터 인간 더럽게 찾네. 마족 놈, 그만 죽여도 되지?"

[죽여? 네가 나를? 큭큭. 크하하하!]

녀석은 실성한 듯이 웃음을 터뜨리기 시작했다. 그만 끝내야겠군. 명색이 78레벨이라는 녀석이 이 정도밖에 안 된다는 건 조금 이상하지만 어쨌든 녀석을 죽이기만 하면 그만이니까.

나는 재차 뇌전을 일으키려 했다. 하지만 그것보다도 먼저 녀석의 몸에서 어마어마한 기운이 뿜어져 나왔다.

녀석의 이마 위에 묘한 문장이 떠오르고 주변의 바위들이 부서지기 시작한다.

나조차도 깜짝 놀랄 정도로 막대한 기운. 녀석이 말했다.

[크르륵. 진력(眞力)은 되도록 쓰고 싶지 않았지만 이런 상황이라면 할 수 없군.]

"너, 너도 봉인 같은 거 걸었던 거냐? 아하하. 에… 흠흠. 날씨가 참 좋네. 이렇게 좋은 날 평화적인 대화로 사건을 해결해 보는 건 어떨까?"

[평화적인 대화? 후후후후.]

녀석은 내 어색한 미소와는 감히 비교조차 안 될 정도로 즐겁게 웃었다. 하지만 그 미소와 함께 피어오르는 것은 분명한 살기! 녀석은 30센티 정도는 가볍게 넘을 것 같은 손톱들을 세우며 덤벼들었다.

쩌저정!

엄청난 속도와 힘! 나는 카이더스로 녀석의 공격을 막아내며 천천히 물러섰다. 아아. 분명 78레벨이라고 했었지? 그렇다면 80레벨대라 할 수 있는 스페셜 보스에 비해 약한 수준이지만 나에게는 스페셜 보스보다 훨씬 난감한 상대였다.

응? 스페셜 보스보다 저 레벨인데 왜 난감하냐고? 바보 같은 질문이군. 실제의 전투력이란 드래곤 볼에서 나오는 전투력과 그 개념이 분명하게 다르다. 누군 전투력이 50이고, 누군 전투력이 100이니 100이 강하다는 개념이 대체 어디에 있냐? 꼬마 애의 전투력이 10이고 어른의 전투력이 100이라 해도, 꼬마 녀석이 10층 건물 위에서 바위를 떨어뜨리면 1층의 어른이 할 수 있는 일이란 아무것도 없다.

좀 더 쉽게 설명해 볼까?

나는 분명 강하다. 하지만 내가 가장 강력할 때는 카이더스를 장착한 드래고닉 피어싱을 들고 글레이드론의 등에 탑승했을 때다. 카이더스가 가진 힘 때문에 전격을 자유자재로 뿜어내고 어지간한 마법은 다 막아낼 수 있으며, 글레이드론의 비행 능력으로 상상을 초월하는 이동력을 지니게 되고 드래고닉 피어싱의 공격력으로 상대방을 무력화시킬 수 있으니까.

　내가 스페셜 보스들을 손쉽게 잡았다지만 그것은 어디까지 내 성향이 거대 몬스터에 가장 적합하기 때문이다. 때문에 나는 스페셜 보스 중 가장 커다란 레비아탄은 순식간에 잡을 수 있었지만 가장 작은 편이었던 썬더버드에게는 죽을 고생을 했다.

　내 가장 강한 공격 방식은 역시 드래고닉 피어싱에서 뿜어져 나오는 고온 고압의 플라즈마 제트기류. 하지만 드래고닉 피어싱은 3.5미터에 이르는 거대 랜스이기에 나와 비슷한 크기의 적에게 사용하기에는 적합하지 않다.

　쩌정! 쩌저정!

　다시금 오가는 수십 번의 공방. 누가 뭐라고 해도 마나의 흐름을 파악하는 난 상대의 움직임을 알고 나아가 포착하는 게 가능하다. 쉽게 말해 적의 공격은 안 맞고 내 공격은 빗나가지 않는다는 말.

　나는 슬쩍 뒤로 물러섰다. 내가 녀석을 아홉 방 때렸고, 녀석은 아직 나를 치지 못했으니 내가 이득이라 할 수도 있는 상황이지만 아쉽게도 녀석의 외피에는 잔상처 하나 생기지 않았다. 역시 튼튼하군. 어떤 공격을 해야 하지? 명중시키기 좀 어렵겠지만 드래고닉 피어싱이라도 꺼낼까?

　확!

　어떻게 공격해야 하나 난감해하고 있는데 녀석의 몸 주위에서 새까만 암흑투기가 일어났다. 저건 녀석이 퍼드라는 녀석의 몸을 장악한 직후에 용병들과 주변을 둘러싸고 있던 수백의 구경꾼들을 단번에 죽여 버린 힘이로군. 어? 그러고 보니 이상하잖아. 정말 도시에 있는 인간들이 다 죽은 건가? 생각해 보니 죽은 건 그 근처에 있던 인간들뿐이었던 것 같은데 왜 도시 전체가 조용한 거야?

나는 궁금함을 참지 못하고 물었다.

"이봐. 그런데 어째서 도시 전체가 조용한 거지? 다 죽은 건가?"

[죽었냐고? 큭. 난 숙주 녀석이 들고 있던 검을 매개체로 물질계에 현신했다. 순간적으로라지만 마계의 문이 열렸으니 주변의 하찮은 존재들은 죽는 게 당연해.]

아하. 그러니까 녀석이 모습을 드러내면서 뿜어낸 파동은 마계의 공간이 열리면서 뿜어져 나온 거란 말이군. 쉽게 말해 내가 막아낸 정도의 파동이 도시 전체에 균등히 퍼졌단 말인가. 봉인을 풀지 않았다고는 하나 여섯 개 이상의 직업을 가지고 있던 내가 막고 피를 토할 정도의 공격을 일반 NPC들이 견디기는 힘들었을 것이다.

쾅! 쩌정!

녀석은 계속해서 공격했고 나는 이리저리 몸을 틀고 검을 뿌려 그 공격들을 피하거나 막았다. 으음. 하지만 몸이 쑤시는데. 나는 카이더스를 크게 휘둘러 녀석을 물러나게 한 후 잠시 숨을 몰아쉬었다.

[큭큭. 뭘 망설이는 거지? 지치나?]

"아직 팔팔하니 걱정해 줄 필요 없어!"

라고 소리쳤지만 이대로 가면 얼마 버티지 못하고 스태미나가 한계에 이르고 말겠지. 좋아. 그럼 신 스킬이라는 것들을 사용해 볼까?

몸 안의 마나를 활성화시켜 검으로 이동시킨다. 몸 안을 도도히 떠도는 막대한 기운. 나는 조용히 숨을 들이키며 내가 원하는 형태를 떠올렸다. 그것이 바로 이미지 메이킹(Image Making). 나는 내 모든 기운을 집중한 후 그것을 밖으로 끄집어냈다.

파직!

푸른색의 전뇌가 눈부시게 빛나기 시작한다. 어? 이게 검기(劍氣)? 전과는 모습이 조금 다르잖아. 이건 마치… 그래, 라이트닝 블레이드 같은 모습이 아닌가? 다른 게 있다면 거기에 담긴 기운이 놀랄 정도로 정순하고 또렷해 세상 무엇이든 베어버릴 것 같은 기분이 드는 정도.

카이더스에서 검기를 발현시켜서 그런가? 검기 자체가 속성을 얻어 한 단계 진화해 있었다.

딱히 나쁜 일이 아니다. 아니, 땡잡았지. 역시 카이더스는 언제 봐도 초절의 신기라니까. 하여튼 새로운 스킬은 검기뿐이 아니지? 나는 다시금 눈을 감으며 정신을 집중했다.

"이어서 마스터 스킬 발동! 위대한 맹세의 이름으로 명하노니, 행하라. 불사의 격노(Deathless Frenzy)!"

소리치는 순간 화악― 하는 느낌과 함께 머리털이 서는 듯한 느낌을 받았다. 온몸으로 찾아드는 어마어마한 힘. 그러고 보니 설명도 안 보고 사용했군? 나는 스킬 설명을 열었다.

불사의 격노(Deathless Frenzy).

기사―50레벨. 마스터 스킬(Master Skill).

스킬 발동 시 시전자의 생명력이 모두 소모되고 대신 힘, 체력, 순발력, 마력, 항마력을 200%씩 증가시킨다. 스킬이 지속되는 한 스태미나는 무한하며 100포인트 이상의 공격에 적중당했을 시 무조건적으로 사망. 그 이하의 공격은 무시한다.

200%라니. 이거 좀 무섭군 그래. 지금 당장이라도 나무를 뽑고 바위를 던지며 자동차를 밀며 조깅할 수 있는 나에게 +200%라? 요컨대

힘, 체력, 순발력, 마력, 항마력이 세 배로 늘어난다는 말이잖아?

하지만 사기 급 기술인만큼 패널티도 만만치 않다. 생명력이 모두 소모 되어버리고 100포인트이상의 공격에 맞을 시 무조건적으로 즉사. 나야 애초부터 한 대도 안 맞는 플레이를 즐기는 편이지만 맞으면 즉사라는 개념은 확실히 위험하다.

[죽어!]

죽으라고? 조금 힘들 듯한데. 우리는 조금 전만 해도 대등하게 싸우고 있었다. 그런데 내 능력치가 +200%면 더 이상 대등이 아니지 않은가?

쩌저정!

녀석의 모든 공격을 막아낸 후 품속으로 파고든다. 여기서 강격! 녀석은 흡! 하는 신음 소리와 함께 건물을 부수며 튕겨 나갔다. 놓칠 수야 없지! 나는 땅을 박차고 뛰어 날아가는 녀석을 재차 내리찍었다.

쿠앙!

녀석이 추락하자 주변 건물들이 사정없이 무너진다. 이거 애꿎은 도시 하나가 초토화되는군. 괜찮을까나?

꽤나 세게 그것도 검기로 내려쳤음에도 마족 녀석은 몸을 일으켰다. 하지만 비틀거리는 걸 보니 타격이 없지는 않은 것 같았다.

[크윽. 이건 말도 안 돼. 넌 대체 뭐 하는 녀석이지?]

"절대지존에 매력 넘치는 꽃미남 캐릭터!"

헛소리를 지껄이며 전격을 뿜어냈지만 녀석의 몸 주위로 일어난 흑마력이 그것을 막았다. 아직 여력이 남았나? 그렇다면 봐줄 필요 없지!

나는 말했다.

"기폭(氣暴)."

무투가 레벨이 25에 달하면 획득하는 특수 스킬, 기폭. 그것으로 나는 폭혈자(暴血子)가 되었다. 원래대로라면 버서크도 겸하겠지만 버서크는 에너지를 달게 하니 에너지가 몽땅 달아버린 지금 사용할 수는 없겠지.

당황한 모습으로 공격해 들어오는 마족을 피해 다시 주문을 외운다.

"눈부신 빠름을 선사하는 의지의 힘이여(Haste)! 지금 그 강함으로 나를 도와라(Strength)!"

기속 주문과 근력 강화 주문. 게다가!

"다리안의 영광된 빛이여! 지금 그 권능으로 그대의 종에게 불의를 넘어설 힘을!"

축복까지.

삽시간에 증폭하는 압도적인 기운에 마족 녀석은 어처구니없는 표정을 지으며 소리쳤다.

[이, 이건 사기야!]

"동의합니다."

고개를 끄덕인 후 단숨에 돌진한다. 알고도 피할 수 없는 빠르기! 변식 같은 건 없다. 카이더스를 정면으로 들고, 랜스차지 하듯 내 모든 힘을 실어버린다!

콰득!

카이더스가 녀석의 갑주를 뚫고 들어갔다. 믿을 수 없다는 표정으로 자신의 가슴을 관통한 카이더스를 응시하는 마족. 뭐, 더 볼 것도 없겠지. 나는 그대로 카이더스에 맺혀 있던 검기를 터뜨렸다.

쾅!

후아, 드디어 끝났군. 나는 카이더스를 왼 손바닥에 새겨져 있는 마법진에 집어넣으며 몸에 걸린 모든 옵션을 해제했다. 불사의 격노인가 뭔가 하는 것 때문에 생명력이 말이 아니군. 나는 포션을 꺼내 대충 마신 후 마족이 쓰러진 자리를 살폈다.

"최상급 정석인가?"

은은한 기운을 흩뿌리는 흑색의 최상급 정석. 그 귀하다는 진황석 네 개에 드래곤 하트를 가지고 있는 나에게는 별 필요 없는 물건이었지만 일단 챙겨둔다. 저렇게나 센 상급 마족이 드랍하는 물건이니 어찌 비싸지 않겠는가?

나는 몸을 일으켰다.

"그럼 꼬마 아가씨들을 찾아볼까?"

어디 가서 울고 있으면 어쩌나.

*   *   *

2021년 9월 15일. 오후 8시.

폐허가 되어버린 도시를 뒤진다. 슬금슬금 일어나더니 산 자를 찾아 방황하기 시작하는 망자들. 나는 가볍게 십자가(예수를 상징하는 십자가가 아니라 가로세로 길이가 똑같은 정십자. 빛의 신 다리안을 상징한다)를 그었고 그에 따라 새하얀 빛이 일어난다.

끼에엑!

괴로운 비명을 내지르며 쓰러져 버리는 언데드들. 이거야 원, 진짜로 도시에 있는 녀석들 전부가 언데드로 변한 건가? 나는 주변을 둘러보다가 도저히 안 되겠다 싶어 흑마력을 일으켰다.

"칠흑을 노니는 암흑의 정. 지금 그 편안함으로 기도하노니 존재를 허물어뜨릴 공포가 되어라."

한차례 일렁인 마기와 함께 괴성을 지르며 덤벼들던 언데드들이 일시에 우왕좌왕하기 시작한다. 내 근처에 있는 언데드들의 숫자만 해도 몇백을 넘어서니 조종하는 것보다 녹아들어 가는 게 합리적이겠지.

나는 태연하게 언데드들 사이를 걷기 시작했다. 이미 나는 어둠의 기운으로 충만해 있었기에 어떤 언데드도 내 근처에 다가오려 하지 않는다. 내 움직임에 따라 좌우로 갈라지듯 물러날 뿐.

"좋아. 그럼 탐색을 시작해 볼까?"

무기점에서 괜찮아 보이는 물건 몇 개를 집어 들고 보석상에서 보석들을 쓸어 모았다. 응? 넬과 엘을 찾으러 가기로 해놓고 이게 무슨 짓이냐고? 별거 아니다. 단지 주인이 없어진 물건들을 효용성있게 사용하려는 움직임일 뿐이지. 유저들의 인생 목표를 모르는가? 유저들의 인생 목표는 광렙 득템이다.

"감정(鑑定)."

어디 보자… 에이, 이 보석은 싸구려군. 이쪽은… 오호? 아티펙트? 겨우 2클래스라지만 아티펙트는 그 자체만으로 비싼 거니 챙겨두도록 하지. 어? 이쪽에는 풀 플레이트 메일이 진열돼 있군. 인벤토리도 아직 넉넉하니 이것도 챙기자.

나는 부지런히 움직이며 도시 안의 귀중품들을 말 그대로 싹쓸었다. 게다가 난 마법 물품의 기운을 몇백 미터 거리에서도 느낄 수 있으니 아티펙트 같은 경우에는 단 한 개의 오차도 있을 수가 없다.

"이 정도면 되었나?"

보람찬 일을 하고 나니 몸이 상쾌하다. 어디 보자, 이제 이 도시에 남은 아티펙트는 딱 하나뿐이군. 장소는 도시의 남쪽. 클래스는… 응?
이건 그냥 마법이 아니군. 신성 마법(神聖魔法)이 걸려 있는 장비인가?

“…….”

잠깐. 신성 마법이 걸려 있는 장비라고? 신성 마법 중에도 인챈트가
있었던가? 아니, 분명히 있기는 하지만 신성 마법은 시전자의 신앙심
으로 유지된다. 그런데 그 기운이 아직 남아 있다는 것은…….

“생존자가 남아 있다는 거군. 구하러 가자.”

마음먹는 순간 퀘스트 창이 떠오른다.

성기사 구출.

언데드가 가득한 도시에서 성기사 하나가 고립되어 있다. 꽤나 반반하니 구
하는 보람이 있… 엥? 여자가 아니잖아? 구하든지 말든지.

“…….”

구하든지 말든지? 뭐, 이딴 퀘스트가 다 있냐. 하고 생각했지만 구해
야 할 성기사가 남자라는 정보는 확실하게 의욕을 빼앗는다.

쳇. 이놈의 퀘스트는 왜 쓸데없는 정보를 줘서 사람을 실망시키고
난리야. 어쨌든 퀘스트를 안 하기도 뭐하겠군.

난 신성력이 느껴진 방향으로 이동했다.

암흑투기를 뿜어내는 날 마족이라 인식한 것인지 좌우로 갈라지는
언데드들 때문에 나는 비교적 쉽게 목표 지점까지 도착할 수 있었다.
그리고 그런 내 눈에 보이는 건 수백이 넘는 언데드들에게 포위된 석
조 건물. 그 건물 위에서는 전신을 은색의 갑주로 둘러싼 청년 하나가
신성한 기운을 뿜으며 서 있었다.

환상처럼 흩날리는 은발에 영기 어린 눈. 그의 몸에서 뿜어지는 성력은 그의 아름다움을 고결함으로 바꾸었고 그의 몸에서 뿜어지는 기백은 그 고결함을 힘으로 승화시켰다.

"맙소사."

미소년이다.

아니, 미청년인가?

어쨌든 난 쉽게 상상할 수 없는 아름다움에 순간 할 말을 잃었다. 저게 남자의 얼굴이라고? 여자 여럿 울리게 생겼군.

그는 은색으로 빛나는 검을 들어올리며 소리쳤다.

"물러서라!"

그의 검에서 은색의 기운이 초승달 모양으로 뿜어진다. 비, 비검기(飛劍氣)? 비검기는 분명 최상급 소드 마스터. 그러니까 70레벨에 들어서야 사용 가능한 고등 기술일 텐데 소드 마스터도 안 돼 보이는 녀석이 어떻게 사용할 수 있는 거야?

콰앙!

일순간에 수십 마리의 언데드가 잘려 나간다. 검에서 뿜어지는 신성력 때문인지 다시는 일어서지 못하는 언데드들. 난데없이 등장한 비검기에 놀라 숨었던 나는 의아함을 느꼈다.

약하다. 저게 정말 검기인가?

이해할 수 없는 일이다. 검기란 마나의 존재 형태에서 최상위에 존재하는 완전체. 그런데 그걸 저만큼 날렸는데 겨우 언데드 몇십 마리?

나는 고개를 흔들었다. 그럴 리 없다. 저것이 정말 검기라면 건물과 강철마저 자르며 뿜어져 나가 마침내 이 근처에 있는 모든 언데드들을 잘라내 버렸을 것이다. 다른 누구도 아닌, 검기를 직접 경험한 내가 확신한다!

"그렇다면."

나서지 않고 마나의 기운을 살핀다. 재차 뿜어져 나오는 초승달 모양의 기운. 나는 근처에 잡히는 검 쪼가리에 검기를 실은 다음 암살자 스킬 투(投)를 이용해 집어 던졌다.

핑!

은백색의 기운이 단숨에 잘려 나간다. 역시 검기가 아니군. 저건 검기라기보다 신성력의 응집이다.

흠. 그렇다고는 해도 신성력을 저만큼이나 날릴 수 있다니. 대충 잡아봐도 40레벨은 되겠군. 검술을 겸해서 그런지 좀 비실한 감이 없지 않아 있었지만 말이다.

"누구냐!"

바짝 긴장해 검을 들어올리는 녀석의 모습에 건물 뒤로 몸을 숨긴다.

자신이 뿜어낸 신성력이 잘려 나가는 장면에 놀라 긴장하는 사내. 하지만 실험 삼아 녀석의 검기를 잘라 버린 상황에서 나가기는 좀 그렇다. 게다가 저 녀석은 꽤 세잖아? 누가 뭐라고 해도 언데드의 천적은 신관이다. 좀 부족하기는 해도 신성력을 아무렇지도 않게 뿜어내는 녀석이거늘 언데드한테서 구하라는 건 대체 무슨 말이야? 내가 안 구해도 자력으로 잘 빠져나갈 것 같은데?

"모습을 드러내라! 어떤 녀석이지?"

소리치면서도 사방에서 덤벼드는 언데드들을 베어버리는 은발의 사내. 흠. 놔둬도 잘 싸울 것 같군 그래. 게다가… 솔직히 구하고 싶은 마음도 일지 않는다. 별로 위기에 처한 것 같지도 않잖아? 게다가 저런

미소년을 구한다는 건 좀… 이런 퀘스트는 여자 유저한테나 시킬 것이
지.

잠시 고민하고 있는데 만만치 않는 기운들이 몰려드는 것이 느껴진
다. 뭐지, 이건? 하고 생각하자 퀘스트가 떠오른다.

찌질이 등장!

최하, 하, 중급 마족이 등장했다. 어디 보자… 최하급은 서른 마리, 하급은
네 마리, 중급은 두 마리다. 꽤 센 녀석들이기는 하지만 상급 1:1로 잡는 네놈
에게 이 정도야 찌질이지 뭐.

아차! 아마 알겠지만 마족 잡는 건 메인 시나리오에 속하는 거라 스무 개의
퀘스트에 안 들어간다.

[여태까지 퇴치한 마족 숫자.]

최하급 0/400. 하급 0/100.

중급 0/20. 상급 1/4.

찌, 찌질이?

아니, 그것보다 상급 마족을 1:1로 잡은 너라면이라니, 유저마다
NPC가 하나씩 붙어서 상황에 맞게 퀘스트를 주는 건가?

잠깐 생각하는 사이 마족들이 다가왔다. 내가 암흑투기를 뿜어내고
있었기 때문인지 그냥 지나쳐 가는 마족들. 녀석들은 이내 괴성을 지
르며 모습들을 드러냈고—내 입장에서는 내 옆을 지나간 마족이 건물 위로
올라선 것뿐이지만 성기사 입장에서는 그렇게 보였을 것이다—성기사 녀석은
바짝 긴장한 듯 검을 움켜쥐었다.

"역시 이 참사는 마족들의 소행이었던가! 자애로우신 달의 여신이

여, 지금 바라노니 그 모든 부정함을 이겨낼 힘을."

다리안을 따르는 신도가 아니다? 아니, 다리안이 아닌 정도가 아니라 난생처음 겪는 패턴의 신성력이라니… 대체 어떤 신이지? 암흑의 신 사바인? 숲의 여신 가이아? 대지의 신 카툼?

아니, 녀석은 분명 달의 여신이라고 했다. 달의 여신? 아! 들어본 것 같아. 하지만… 적어도 라비린토스에는 달의 여신을 모시는 유저가 없다. 딱히 인기가 없어서라기보다는 선택 사항 자체가 없으니 할 수 없는 일 아닌가.

키에엑!

더욱더 강대해진 신성력에 반응하듯 흉성을 내지르는 마족들. 최하급 서른 마리에 하급 네 마리, 중급 두 마리라고 했던가? 상급만큼은 아니지만 꽤 위험한 상황이지만 난 나서지 않는다. 수십 개의 상황극을 겪으면 깨달은 법칙 첫 번째, 영웅에게 필요한 것은 강력한 힘도, 투철한 의지도 아닌 타이밍이다!

쾅! 콰광!

마족들과 성기사 녀석들이 충돌했다. 별 의미 없을지도 모르지만… 아니, 실제로도 별 의미 없겠지만 하여튼 상급 마족의 10분의 1의 전투력을 가지고 있다는 중급 마족 녀석이 성기사를 향해 브레스를 뿜었다. 거참, 괴상하게 생긴 녀석이군. 공룡 비슷한 외형에 전신을 가득 채우고 있는 까만 털까지는 그렇다고 쳐도 새머리라니. 하여튼 좀 우스꽝스럽기는 해도 녀석이 뿜어내는 브레스는 만만치 않은 것이었기에 성기사 녀석은 들고 있던 방패에 성력을 불어넣었다.

쾅!

녀석이 브레스를 방어하는 사이 주변을 포위하는 마족과 언데드를

보며 혀를 찼다. 저놈은 바보인가. 주변에 적들이 가득하다. 방패를 조
금만 틀어서 공격을 빗겨내기만 해도 상당수의 적이 죽을 텐데 그걸
정면으로 받아내면 어떻게 해? 신성력을 소비하는 것은 둘째치더라도
적들에게 시간을 주는 꼴이잖아?

크에엑!

전갈 비스무리한 모습의 최하급 마족이 먼저 덤벼든다. 이거 기운이
확실하게 차이나니 등급 구별하기는 쉬워 좋군. 최하급 마족의 힘은
대충 트롤 정도인가? 아니, 트롤보다는 조금 세고 오우거보다는 조금
약한 정도. 나한테는 어차피 한 방감이지만 녀석에게는 그렇지 않은
듯 사정없이 밀리고 있었다.

그워어!

코끼리를 닮은 마족 하나가 건물을 부수며 성기사 녀석을 공격했다.
가까스로 그것을 막아냈지만 형편없이 튕겨나 다른 건물과 충돌하는
성기사. 코끼리는 재차 기운을 일으켜 불꽃을 토해냈지만 성기사 녀석
은 성력을 일으켜 그것을 막았다.

"이러다 죽겠는데."

아아. 껄끄럽지만 안 구할 수도 없지. 퀘스트 안 깨기도 그렇고 사람
죽는 걸 보기도 싫으니까.

겨우 중급 마족들에게 카이더스를 꺼낼 필요는 없을 것 같아 클레이
모어를 잡아 들었다.

중급 두 마리, 하급 네 마리, 최하급은 대충 무시해도 되겠지? 이대
로 돌진해서 저 코끼리 같은 녀석을 후려친 후 그대로 검기를 일으켜
공룡 비스무리한 녀석의 목을 베자. 코끼리 녀석이 범위 공격을 사용
한다만 문제없이 피해낼 수 있는 수준. 범위는 작아도 공룡 녀석이 뿜

어내는 브레스가 더 위험하다.

확실한 처리를 위해 숨을 고르는 상황. 그때 나는 느닷없이 일어나는 기운을 느꼈다.

그리고 떠오르는 퀘스트.

실수다. 에헤헷;;;

다시 살펴보니 중급 마족이 두 마리 더 있구나. 거참, 내가 실수는 잘 안 하는 편인데. 미안하게 됐다.

"……."

자, 장난하냐? 말투도 마음에 안 드는 게 정확하지도 않다니!!

잠시 당황하는 사이 사자 비슷한 녀석과 독수리 비슷한 녀석이 성기사를 향해 달려든다. 젠장! 이대로라면 늦어.

나는 재빨리 돌진하며 흑마력을 일으켰다.

"절대의 의지로서 명하노니, 행하라!"

우어어!

주변을 포위한 채 성기사를 공격하고 있던 언데드 수십 마리가 일시에 몸을 돌려 마족들에게 덤벼들었다. 물론 그들의 전투 능력은 미미한 수준이지만 전혀 예상치 못한 공격에 마족들이 일순간 주춤한 데다 브레스까지 상당 부분 막혀 성기사 녀석이 죽는 사태는 벌어지지 않을 수 있었다.

하지만 내가 모습을 드러내는 순간, 성기사 녀석이 결연한 눈빛을 띠며 성력을 일으키는 게 아닌가?

"네 녀석이 원흉이었군. 죽어라!"

단숨에 은색의 검기를 만들며 덤벼드는 성기사. 허! 눈치가 없다 못해 어이가 없을 정도로 꽉 막힌 놈이잖아? 흑마력을 뿜어내는 인간은 모든 불화의 원흉이자 적이라는 거냐?

나는 녀석의 공격을 막아내려다가 녀석의 뒤로 덤벼드는 마족들의 모습을 바라보았다. 이대로라면 성기사 녀석이 죽고 만다. 녀석 정도 되면 그 사실을 모르지 않을 텐데 덤벼드는 건 내가 원흉이고 나만 처리하면 될지도 모른다는 생각을 하고 있다는 소리였지.

푸욱.

어깨 위로 검이 박혀든다. 와! 내 몸에는 스페셜 아이템인 메크로네스 아머가 뒤덮여 있는데도 그걸 자르고 박히다니! 꽤 좋은 검이군. 게다가 신성력까지 담겨 있어. 뭐, 녀석은 아마 날 잘라 버리려고 했던 모양이지만 나는 그대로 녀석을 끌어안으며 운디네를 소환했다. 고통? 훗! 어차피 일루전의 시스템에 따라 일정 이상의 고통은 모두 차단된다. 고통이 없으니 동작에 망설임 역시 있을 수 없지.

운디네를 이용해 서른여섯 개의 물방울을 띄운 뒤 거기에 충만한 기운을 담는다. 그리고 전격 부여.

나는 순식간에 빛나기 시작하는 검을 들어 그대로 좌에서 우로 그어 버렸다.

라이트닝 템페스트(Lightning Tempest).

그 강렬한 뇌광이 주변에서 덤벼들던 마족들을 일시에 감전시켰다.

"이게 무슨……?"

나에게 안긴 채 당황하는 녀석의 모습에 인상을 쓴다. 크윽. 정말이지 엿 같은 인연이군. 생명을 구해주는 대가가 겨우 칼질이라니. 나는 녀석을 밀어버리며 성력을 일으켰다.

"다리안의 영광된 가호여, 지금 상처 입은 그대의 종에게 안식의 빛을 내리소서."

성스러운 빛과 함께 몸 상태가 호전되기 시작한다. 어안이 벙벙한 표정으로 당황하는 성기사. 그는 믿을 수 없다는 듯 소리쳤다.

"흐, 흑마법과 신성 마법을 모두 사용하다니……."

"놀라시는 겁니까? 전 생명의 은인에게 검을 휘두르는 뻔뻔함이 훨씬 더 놀랍습니다만."

"예? 하, 하지만 당신은 사악한 흑마력을 사용했지 않습니까!"

"사악한 흑마력이라……."

나는 주변을 둘러보았다. 역시나 범위 공격인 라이트닝 템페스트로 쓰러진 건 언데드들뿐, 마족들은 으르렁거리며 주변을 포위하고 있었다. 아하! 그러고 보니 궁금해지는군. 저 성기사 녀석은 분명 성력을 마치 검기처럼 사용했다. 그렇다면 성력과 검기는 호환되는 능력인가?

"장비 1번."

장비 1번은 맨손. 난 클레이모어를 마법처럼 사라지게 만든 후 다시 말했다.

"그리고 카이더스."

왼 손바닥 위에 새겨져 있던 마법진이 빛나며 푸른색의 손잡이가 스며 나온다. 이것이 카이더스의 소환진. 나는 그것을 잡아당겨 칼집에서 칼을 꺼내듯 뽑았고 단검 형태로 빠져나온 카이더스는 이내 기다란 클레이모어로 변했다.

좋아. 이 정도면 준비 끝인가?

조용히 눈을 감고 검기를 끌어올리자 이내 파짓. 파짓. 하는 느낌과 함께 푸른색의 검기가 생성되었다.

조용히 눈을 뜨며 이번에는 신성력을 일으킨다.

신성력의 발휘 조건은 흔들리지 않는 믿음과 깨끗한 마음. 물론 내가 순결한 성격의 소유자인 것은 아니었지만 25레벨 정도의 신성력은 나 정도만 착해도 사용할 수 있기 때문에 이내 일어난 신성력과 검기가 호응하기 시작했다.

우우웅.

딱히 강해졌다, 라는 느낌은 들지 않았지만 카이더스에서는 성스러운 기운이 넘쳐 나고 있었다. 성검기(聖劍氣)랄까? 이걸로 마족을 베면 아마 치명적인 타격을 입힐 것이다.

하지만 반대로 생각해 보면 마검기(魔劍氣) 역시 만들 수 있겠군. 물론 지금 실행할 필요는 없겠지만 말이다.

검에서 뿜어지는 성력에 주저앉아 버리는 성기사. 녀석은 말했다.

"어, 어떻게……."

"뭐가 놀라우신 겁니까?"

"놀라지 않을 수 있을 리가 없지 않습니까! 사악한 흑마력을 다루는 사람이 이렇게나… 이렇게나……."

"고결한?"

"윽……."

녀석은 움찔했으나 반박하지 못하고 고개를 숙였다. 순진한 녀석이군. 나는 말했다.

"신앙이란 흔들림없는 확신의 이름입니다. 신을 믿고, 세상과 자신을 믿는다면 그 영혼이 설사 무저갱에 빠진다 해도 존재할 수 있을 테니까요."

"……."

나는 할 말을 잃어버린 녀석을 향해 웃어주며 카이더스를 들어올렸다. 좋아, 생각해 보자. 카이더스는 나에게 뇌광인(雷光刃)이라는 기술을 전수했었다. 그것은 카이더스에서 뿜어지는 자체적인 뇌전을 내 몸을 통해 발현하는 능력. 만약 거기에 내 고유한 기술을 합한다면 어떨까?

"뇌광인(雷光刃)."

어마어마한 기운이 몰려드는 것이 느껴졌지만 무시하고 전신의 마나를 순환시켰다.

"라이트닝 템페스트(Lightning Tempest)."

그리고 말한다.

"융합(融合)."

우우우우우웅!!!

카이더스에서 어마어마한 빛과 마나의 파동. 나는 그대로 검을 휘둘렀다.

그리고,

하늘을 뒤덮는 거대한 뇌광.

블레이드 오브 썬더스톰(Blade Of Thunder Storm)!

성기사 녀석은 홀린 듯 주변의 모든 마족을 집어삼키는 빛을 바라보았다. 그렇다고는 해도… 정말 어마어마하군. 충동적으로 사용한 기술이라고 하기에는 지나칠 정도로 강력하다. 물론 그만큼 많은 마력과 체력을 잡아먹었지만 뇌광인보다 훨씬 부담이 덜하기까지 하다니.

당연하다면 당연하다지만 뇌전이 지나간 자리에는 단 한 마리의 마족조차 남아 있지 않았다. 솔직히 나도 내가 사용한 위력에 매우 당황스럽지만 그걸 표현할 수는 없겠지. 나는 당황하는 대신 다 알고 있었다는 훗, 하는 미소를 지으며 주저앉아 있는 그에게 다가갔다.

"괜찮으십니까?"

"괘, 괜찮습니다."

당황하며 몸을 일으키는 성기사. 흠… 다시 봐도 정말 잘생긴 녀석이다. 흔히 말하는 '남성의 적'이라는 모습이 바로 이런 것일까. 꼭 석구 같은 녀석이군.

나는 다리가 풀린 듯 비틀 하는 녀석을 잡았다. 풀 플레이트 메일에 망토까지 걸치고 있어서 잘 몰랐지만 의외로 키가 작군. 대충 170 정도 일까? 물론 나에 비해 작다는 거지 흠이 될 정도는 아니다.

"상황은 이렇지만 어쨌든 반갑습니다. 이름은?"

"세이란 문이라고 합니다. 당신은?"

"밀레이온 더 윈드리스. 떠돌이죠."

바람이 불어오는 쪽으로 고개를 돌리고 부드럽게 웃으며 카이더스를 사라지게 만들었다. 이 일련의 동작은 하도 많이 연습했던 거라 물 흐르는 것처럼 자연스럽기만 하다.

깔끔한 자세 처리, 그리고 내 멋진 모습에 반해 버린 녀석은 얼굴을 붉…

"……"

부, 붉혀? 왜 붉혀!? 야!

내가 당황하거나 말거나 잠시 얼굴을 붉히고 있던 성기사. 그러니까 세이란은 이내 정신을 차린 듯 고개를 흔들더니 나를 바라보았다.

"다시 소개하겠습니다. 제 이름은 세이란 문. 세상을 여행 중인데 당신을 따라도 되겠습니까?"

"사, 상관은 없지만……."

"감사합니다!"

진정 기쁜 듯 환하게 웃음 짓는 세이란.

어떤 상황극에서도 보여주지 않았던 그 사태에 난 단지 식은땀을 흘릴 뿐이다.

이건 아닌데… 하면서.

잔혹(殘酷)의 성신(聖神)

Chapter 21

잔혹(殘酷)의 성신(聖神)

2021년 9월 16일. 오전 9시.

빽빽하게 들어서 있는 나무들을 지나자 탁 트인 평원이 모습을 드러낸다.

커다란 나무 아래에 잠들어 있는 두 명의 소녀. 나는 한숨 쉬었다.

"날씨도 쌀쌀한데 그냥 잠들다니……."

상당히 고생한 듯 내가 다가갔음에도 깨어나지 않는다. 하긴, 내가 마족을 상대하기는 했지만 모든 언데드들을 처리한 것은 아니다. 물론 엘이 있기는 하지만 그녀들도 언데드들로부터 시달림을 당했겠지.

"이분들은?"

"일행이다. 오른쪽이 이레인의 공주님, 왼쪽이 그 호위 기사지."

"공주란 말입니까? 하지만 이 행색은……."

“몬스터들에게 습격당해서 호위하던 기사들도 다 죽었어. 우연히 구해서 모셔가는 중이다.”

“호위 기사들이 전멸할 정도라니… 마족의 짓일까요?”

“아니, 오우거 떼였어. 어차피 내가 쫓아버렸지만.”

아무렇지도 않게 말하자 세이란이 다시 날 선망의 눈길로 바라보기 시작한다. 흐음… 얼마나 솔직하고 직선적인 녀석인지 눈빛만 봐도 무슨 생각을 하는지 알 것 같군. 저것은 ‘기사단조차 전멸시킨 몬스터들을 쫓아내다니… 역시 대단하세요’ 라는 의미의 눈이다.

이주 초롱초롱 빛나는군, 초롱초롱 빛나. 화려한 은발의 미소년이 눈을 빛내는 모습은 눈 내린 설원의 모습처럼 깨끗하고 아름다운 것이지만 같은 남자인 나로서는 단지 껄끄러울 뿐이었다. 하지만 이제 와서 ‘남자는 꺼지세요~’ 라고 말할 수도 없는 노릇이 아닌가?

잠시 고민하는 사이 기절한 듯 자고 있던 넬과 엘이 뒤척이기 시작한다. 그나저나 이 아가씨들 행색이 말이 아니군.

“운디네.”

허공에 물방울이 뭉치며 하나의 형상을 만들어낸다. 손바닥보다 조금 작아 보이는 소녀의 모습. 세이란은 깜짝 놀라 말했다.

“저, 정령술까지 사용하실 수 있는 겁니까?”

“하찮은 정도지. 아, 그리고 날 음유시인 겸 하급 정령술사 정도로만 알아줬으면 좋겠어. 난 내 능력을 광고하고 다닐 생각은 없으니까.”

“예? 하, 하지만 어째서……..”

“우리 둘만의 비밀인 거야, 알았어?”

“둘만의 비밀……..”

얼굴을 붉히며 수긍하는 세이란의 모습에 약간 소름이 돌았다. 아,

진짜! 그러니까 얼굴 붉히지 말라고! 누가 보고 오해라도 하면 어떻게 하려고 그러냐?

속으로 화내던 나는 운디네를 이용해 넬과 엘을 단숨에 씻겨 버렸다. 더불어 그녀들이 입고 있던 옷 역시 세탁. 수면을 취하다 난데없이 찬물을 뒤집어쓴 두 소녀는 화들짝 눈을 떴다.

"어? 오, 오빠!?"

"좋은 아침."

"우… 우아앙!"

난데없이 울음을 터뜨리며 안겨오는 넬의 모습에 한숨을 짓는다. 에구, 도시를 털고 오기까지 한 건 좀 지나쳤나? 녀석들은 나름대로 절박한 심정이었을 텐데.

"무사하셔서 다행입니다, 밀레이온님."

"고맙다. 하지만 너도 고생이 심했겠군."

"괜찮습니다. 그나저나 함께 오신 분은?"

"요번에 만난 성기사다."

내 말에 엘과 넬의 시선이 세이란에게로 향했다. 이미 말한 바 있지만 세이란은 보는 사람이 화들짝 놀랄 정도로 꽃미남. 과연 엘과 넬은 순간적으로 눈을 동그랗게 떴다.

하지만 어쩐 일일까? 의외로 당황하지 않고 입을 연다.

"만나서 반가워요. 전 네레이드, 네레이드 이레인이라고 해요."

"엘루미아 리스멘타인입니다."

나를 처음 만났을 때처럼 공손한 태도들. 세이란 역시 한쪽 무릎을 꿇고 기사의 예를 취했다.

"만나게 되어 영광입니다. 전 루나님의 네 번째 검, 세이란 문이라고 합니다."

"와! 달의 일족이신가요?"

"예, 수행 중이지요."

오면서 들은 이야기지만 파니티리스에는 달의 일족이라 불리는 소수 민족이 살고 있다고 한다. 같은 일족끼리 모여 사는 그들은 문 캐슬이라는 거대한 성을 터전 삼아 살아가는데 성 하나에 살면서도 어떤 나라에도 속해 있지 않다고 들었다.

달의 일족은 달의 여신 루나를 섬기는 이들의 모임으로 주민의 대부분이 루나의 독실한 신자라고 한다. 남들에게 지배당하느니 목숨을 걸고 저항하는 수만 명의 신자들이 존재하는 문 캐슬. 그렇기에 그들은 어떤 국가로부터도 지배당하지 않고 대륙을 뒤덮다시피 하며 횡포를 부리는 다리안 교로부터도 무사하다고 들었다.

"……."

횡포 부리는 다리안 교라… 내가 다리안의 힘을 쓰는 걸 보고서도 미안하다는 표정을 지은 채 그 말을 정정하지 않는 걸 봐서 현재 다리안 교의 인식이 얼마나 나쁜지 알 수 있었다. 뭐, 그 안 좋은 인식이 나에게까지 전해지지 않는 게 그나마 다행이랄까.

"그나저나… 도시는 어떻게 되었습니까?"

"괴멸. 대충 분위기를 살펴보니 마족이 등장한 것 같던걸?"

"마, 마족이요?"

"맙소사! 소문이길 바랐거늘……."

창백한 표정의 두 소녀를 보며 생각한다. 확실히 내가 봐도 파니티리스의 인간들은 마족을 막을 만한 여력이 없다. 상급 마족만 해도 나와 거의 맞먹을 만한 능력을 가지고 있어 어지간한 NPC는 대항조차 할 수 없는 데다 마족이 죽이는 생명체들은 언데드로서 부활하기 때문에 수적 우위를 과시하기도 힘들었으니까. 만약 그들이 꾸준히 세를 늘려 인간들을 압박해 나간다면 아마도 파니티리스의 모든 NPC들은 죽음에 이르게 되고 말 것이다.

뭐, 결과적으로 그것을 막는 것이 바로 메인 시나리오(Main Scenario). 일루전이 게임이라는 걸 생각할 때 파니티리스가 위기인 건 당연한 일인지도 모른다. 만약 세계가 평화롭다면 전투 스킬만 가득한 유저들을 어디다 써먹겠는가?

나는 휘파람을 불었고 그에 따라 네 마리의 말이 따라왔다. 이것들은 세이란이 묵고 있던 여관에 있던 덕에 무사했던 말들. 도보 여행은 한계가 있다고 생각하고 준비한 포획 품 중의 하나다.

"이건?"

"마을에서 가져온 거다. 내가 너희들을 그 파동에서 구해냈듯이 세이란은 말들을 구해낸 거지."

"그, 그건 우연히 마구간에 있었기 때문입니다! 저 역시 근처에 사람이 있었다면……."

"탓하는 거 아니니까 긴장하지 마. 뭐, 죽은 사람들에게는 미안한 말이지만 솔직히 지금의 우리들에게는 피난민 몇보다 말들이 훨씬 도움되는 것도 사실이니까. 그나저나 넬은 승마할 줄 알아?"

"그 정도야 교양이니까요."

"엘은?"

"알고 있습니다."

세이란이야 애초에 물을 필요도 없겠지. 그것도 그럴 것이 그가 마구간에 있던 것은 자기 말을 관리하기 위해서였으니까.

하지만 그럼에도 날 바라보는 세이란의 눈에는 어떤 의미가 담겨 있는 게 아닌가? 저 애타는 시선이라니… 난 엘과 넬이 이상함을 느끼기 전에 서둘러 물어보았다.

"세이란도 탈 줄 알지?"

"예!"

기쁜 표정의 그를 보고 잠시 혼란스러웠다. 아닌데… 이건 분명 아닌데. 물론 녀석은 예쁘지만 난 남자한테 사랑받고 싶은 생각은 전혀! Never! ぜったい! 없다. 그럼 어떻게 해야 하나?

"흐음……."

하지만 생각해 보면 민감하게 반응할 문제도 아니잖아? 녀석은 강한 힘을 가진 날 동경하고 있는 것일지도 모른다. 강대한 신성력에 매료된 건지도 모르지. 내 멋대로 상상하는 걸로 녀석을 판단해 버린다면 그 또한 바보짓 아니겠는가?

잠시 고민하던 난 머리를 흔들어 잡념을 떨친 후 말들을 불렀다. 죽음의 기운을 잔뜩 접한 말들은 상당히 흥분한 상태였지만 난 카드마스터로서 테이밍(Taming) 능력을 가진 존재이다. 부르는 정도가 아니라 재주를 부리게도 할 수 있으니 좀 흥분해 있어도 상관없는 일이지.

나는 말들을 배분했고, 두 명의 소녀와 한 명의 사내는 능숙하게 말 위로 올라탔다. 뭐, 나야 말이란 생물을 단 한 번도 타본 적이 없지만 드래곤의 형상을 하고 있는 글레이드론을 타고 다녔던 전적이 있는 데다 테이밍 능력까지 갖추고 있으니 말 타는 것 정도가 문제될 리 없지. 곧 우리는 다음 도시를 향해 달리기 시작했다.

"그런데 다음으로 가야 할 곳은 어디지?"

"목적지가 이레인의 수도 데카른이라면 딱히 거쳐야 할 곳 같은 건 없습니다. 있다면 자잘한 마을들과 검문소 정도? 물론 수도랑 직통으로 연결된 곳이라 경계는 엄중한 편입니다만."

경계가 엄중하다라… 나는 고개를 돌려 넬을 바라보았다.

"신분을 상징하는 물건 같은 건 가지고 있어?"

"후후. 물론 증명패 정도라면 있어요. 그냥 금 쪼가리지만 이레인 소속 군대까지 활용할 수 있죠."

마음껏 잘난 자세를 취하는 넬, 좀 전에 울음을 터뜨렸었다고는 생각되지 않을 정도의 활발함이군. 나는 웃었다. 어쨌든 밝은 분위기라 다행이랄까? 게다가 왕족 증명패라면 검문소 정도야 어렵지 않게 지나갈 수 있겠지.

"그럼 출발하지."

나는 드라마에서 봤던 장면들을 떠올리며 말의 옆구리를 찼다. 뭐, 솔직히 승마라면 전혀 모르는 편이지만 말을 모는 것은 별다른 어려움 없이 이루어졌다. 누누이 말하지만 나는 테이밍 능력을 가지고 있으니까 적당히 지시 내린 후 누워서 수면을 취해도 되는 것이다. 물론, 말 위에는 누울 만한 자리가 없으니 정말로 누우라면 다시 생각해 보겠지만 말이다.

천천히 달리기 시작하자 주변 광경이 시야를 잠식하기 시작한다. 푸른 하늘과 시원한 바람. 그러고 보니 파니티리스는 관광하기에도 참 좋은 곳인 것 같군. 공해라는 단어 자체가 생소한 만큼 공기가 깨끗한 데다가 물은 맑고 시원하다. 땅 끝까지 펼쳐져 있는 평원이나 높다란 나무들이 빽빽하게 들어서 있는 숲 등. 모두가 현실에서는 감히 볼 수 없었던 것들이니까.

봐도 봐도 질릴 것 같지 않을 정도로 아름다운 세상.

나는 생각했다.

"시리우스 사(社)는… 어째서 일루전을 만든 거지."

만약 돈을 위한 것이었다면 훨씬 많은 방법이 있었을 것이다. NPC들의 외모는 자유자재로 정할 수 있으니 아름다운 외모에 이상적인 성격으로 조정하여 성매매를 할 수도 있고 지금 내가 보고 있는 것처럼 아름다운 자연 풍경을 만들어서 휴식을 취하게 해도 되니까.

도저히 이해할 수가 없다.

어째서 이렇게나 많은 NPC들을 만든 것일까? 수억이 넘는 NPC는 관리하기조차 벅찰 텐데.

어째서 전투 위주의 게임을 만든 걸까? 이토록 완벽한 세계는 굳이 전투 중심의 스킬을 만들고 퀘스트를 만들지 않아도 열광할 텐데.

단지 주변을 둘러보는 동작으로도 이 세상에 빨려들 것 같다.

일루전은 진실 같아서, 정말이지 너무나도 진실 같아서 자기도 모르게 현실이라고 여길 정도였으니까.

"괜찮아요?"

나는 말을 타고 내 곁으로 다가온 넬을 바라보았다. 반짝이는 금발에 귀여운 외모. 나는 웃었다.

"물론이지. 아파 보이니?"

"그게 아니라 걱정이 있는 것 같아서요."

"별일 아니니까 신경 쓰지 않아도 돼."

"……."

진심 가득해 보이는 눈. 하하하. 메모리얼 탱크를 장착한 다음 로그인해 들어온 게 아니라면 세상 누가 있어 저것을 가짜라 평할 것인가.

나는 고개를 들어 하늘을 보았다. 하늘 한쪽을 확실하게 차지하고 있는 금색 글자.

일루젼. 어디에서도 경험할 수 없었던 그 환상의 세계.

항상 하늘에 있는데도 오랜만에 보는 것 같군.

나는 거부할 수 없는 증거를 보면서 헛웃음을 지었다. 그래, 이건 즐기기 위한 게임이다. 쓸데없이 진지해질 필요 따위는 없겠지.

나는 분위기 전환 겸 말했다.

"저쪽에 있는 건 상인들이냐?"

"저쪽? 어디를 말하는 거죠?"

"정면. 마차들이 잔뜩 뭉쳐 가고 있군. 대충 보니 거의 다 짐마차고 사람은 몇 없어 보인다."

내 말에 넬은 의아한 표정으로 주변을 둘러보더니 한참 후에야 마차 무리를 발견했다.

"맙소사! 저게 보여요?"

"시력이 좋은 편이라."

사실은 마차에 타고 있는 인간들의 표정까지 보이지만 말할 필요는 없겠지. 어쨌든 다른 사람들이 보인다는 말에 일행 모두가 고개를 돌렸다. 말을 타고 있었기에 가까워지는 것도 금방. 눈을 가늘게 뜨고 전방을 살피던 세이란은 알았다는 듯 말했다.

"상단이로군요. 보아하니 무역을 하려는 것 같습니다."

"무역?"

"네. 이대로 북상하면 크로아 왕국이거든요. 이레인 왕국의 월석(月石)들은 좋은 마법 재료이니 비싼 값에 팔 수 있죠."

월석이라면 하급(下級) 시약 중 하나이다. 생각해 보니 파니티리스에는 미스릴이나 만드라고라 같은 것들이 상당히 귀하다고 했었지? 그 대용이 월석이라면 이해 못할 것도 없다.

"그런데 그 월석이라는 게 얼마나 비싸?"

"예? 자세히는 모르지만 같은 무게의 황금과 비교하면 대충 3분의 1 정도의 가격입니다."

"그럼 월석이 네다섯 마차 정도에 가득 차 있다면 소드 익스퍼트 중급(마나로 육체나 무기를 강화할 수 있는 경지. 대충 30레벨) 정도의 검사가 참여하는 강도단이 생길 수 있나?"

"익스퍼트 중급이요? 말도 안 됩니다. 익스퍼트 중급이라면 어느 나라에 가도 기사를 할 수 있을 정도인데 강도짓을 할 리가 없죠."

그의 말에 생각했다. 30레벨 정도는 흔치 않다는 말이지? 세이란이 상당히 강력한 힘을 가지고 있어서 이 세계의 수준을 조금 높였었는데 그것도 아닌 모양이군.

나는 세이란의 검에 찔렸던 어깨 부분을 만져 보았다. 어떤 상처를 입어도 일단 치료받으면 흉터조차 생기지 않는 어깨는 칼이 박혔었다고 생각할 수 없을 정도로 멀쩡했고 찢어졌던 메크로네스 아머 역시 재생되어 있는 상태였다. 뭐, 이번에 찢어졌다고 해서 이걸 우습게 볼 수는 없다. 메크로네스는 장착하는 것만으로 생명력 50, 체력 50, 항마력 100을 증가시키는 효과를 가지고 있었으니까. 어디 그뿐인가, 갑옷 자체적으로 자체 복구 능력과 생명력 회복 속도 상승은 물론 상태 회복 마법까지 걸려 있다. 이번에 찢어진 거야 세이란의 공격이 꽤 강해서였을 뿐, 마나가 실려 있지 않은 검으로는 아무리 내려쳐도 내 몸을 벨 수 없다.

좋아! 컨디션은 나쁘지 않은 것 같군. 나는 말했다.

"은신한 녀석들이 있다."

"은신이요?"

"그래, 대충 보니 우리가 목적인 것 같지는 않군. 소드 익스퍼트가 월석을 훔칠 리 없다 했으니 뭔가 비싼 물건을 운반하는 모양이야."

태연하게 말하는 순간 마차 근처의 땅이 뒤집어지며 수십 명의 검사들이 모습을 드러냈다. 검은 천으로 얼굴과 전신을 감싼 차림들. 쯔쯔. 보통 저런 방식의 습격은 밤에 하게 마련인데 아침에 이 난리라니. 나는 클레이모어를 꺼내기도 귀찮아 허리에 걸려 있던 단검들을 꺼내 들었다. 뭐, 정령술을 이용한다면 저 정도 녀석들 처리하는 거야 간단하겠지.

나는 대충 스무 개 정도의 단검을 꺼낸 다음 실프를 소환해 그것들을 띄웠다. 그리고 그대로 단검들을 날리려는 순간, 정면으로 백색의 문자가 떠오른다.

타 플레이어가 3인용 퀘스트를 진행 중.

참여할 거냐? 별 도움 없어도 될 것 같은데. 참고로 참여한다 해도 퀘스트 숫자는 안 쳐준다.

"타 플레이어?"

다른 유저들이란 말이야? 나는 손을 들어 막 달려 나가려고 하는 세이란을 말렸다. 이해할 수 없다는 표정의 세이란. 그는 의문을 표했다.

"왜 그러십니까? 저들 중에 소드 익스퍼트가 있다면 용병들로 막아낼 만한 수준이 아닙니다. 저라면 어렵지 않게 상대할 수 있으니 어서

도와주어야……."

"아니, 그럴 필요가 없어 보여서."

내 말을 증명이라도 하듯 마차 위로 새빨간 불덩이가 떠오른다. 파이어 볼? 아니, 아니다. 저 마력은 6클래스 급. 과연 그 불덩이는 이내 분열하더니 수십 개의 불화살로 화했다.

"왁?!"

"마법?"

마차로 접근하던 검사들이 일시에 뒤로 물러선다. 억지로 쳐내려는 녀석 또한 몇 있었으나 그 대가는 치명적인 부상뿐이다. 몇십 개로 흩어졌다고는 해도 6클래스 급 마력은 우습게 볼 만한 수준이 아니니까.

검사들이 뒤로 물러서자 마차 안에서 두 인영이 뛰쳐나온다. 저건 열풍보(熱風步)잖아? 열풍보를 사용한다면 역시 무투가. 당연한 이야기지만 마스터들이다.

"우하하하하! 잘 왔다!"

"맞고 시작해요!"

신나게 웃으며 뛰어다니는 녀석을 보고 약간 놀랐다. 레이그란츠잖아? 아직 시험 보는 줄 알았는데 나왔었군. 그리고 옆에 있는 소녀는 초면. 미국계로 보이는 외모에 적발의 소유자였는데 레이그란츠와 마찬가지로 쾌활한 성격인 듯했다.

"물러서지 마라! 적은 꼬맹이 둘이다!"

"하아!"

나름대로 기세를 세우며 덤벼드는 검사들. 하지만 저 숫자의 열 배가 있어도 밟힐 판에 상대가 될 리 있냐. 과연 레이그란츠는 우하하— 하고 웃으며 두 손을 들어올렸다.

“마스터 스킬 발동! 팔영분신!”

“나 역시 발동! 팔영분신!”

순식간에 두 명의 남녀가 열여섯 명의 남녀로 늘어나 버렸다. 팔영분신(八影分身)이란 무투가 레벨이 50에 이르면 획득하게 되는 특수 능력으로 불사의 격노와 마찬가지로 마스터 스킬이다. 스킬 발동 시 시전자와 같은 모습의 분신이 일곱 개 더 생기는데 힘을 분할하는 게 아니라 ‘늘어나는 것’이어서 실로 무시무시한 스킬이라고 할 수 있다. 농담하는 게 아니라 마스터가 하나인데 순간적으로 여덟 명이 돼버리는 것이다. 솔직히 불사의 격노가 사기라고 해도 어찌 저 기술에 비할 것인가!!

뚜둑! 뻐벅! 콰과곽!

당연한 일이지만 진압은 순식간이었다. 추풍낙엽이라는 게 이런 것이다! 라고 주장하듯 삽시간에 쓸려 버리는 검사들. 모두 쓰러뜨린 후 우하하하! 하고 웃음을 터뜨리던 레이그란츠는 곧 말 위에 타고 있는 날 발견했다.

“앗! 밀레이온 아냐? 오랜만!”

“하하.”

헐렁하게 입은 도복과 질끈 동여맨 머리띠, 그리고 등 뒤에 새겨진 태극 마크.

정말 길가다 봐도 ‘앗! 무투가다!’ 하고 소리칠 정도로 전형적인 외모를 가지고 있는 그는 열풍보를 이용해 쉬익— 하고 날아왔다.

뭐, 어쨌든 파니티리스 와서 처음으로 만나는 유저로군. 나는 웃는 얼굴로 그를 반겼다. 그런데 난데없이 내 정면에서 조금 위쪽의 마나가 일렁이는 게 아닌가?

“엉?”

“텔레포트?”

레이그란츠 또한 놀란 듯 내 앞에서 멈춰 선다. 텔레포트라면 무려 7클래스 마법이잖아? 그런데 그게 난데없이 튀어나오니 긴장하는 게 당연하다.

일렁이던 공간에서는 이내 하나의 인영이 뛰쳐나온다. 전체적으로 성숙한 외모에 늘씬한 몸매를 가지고 있는 여법사 제니카. 그녀는 내가 뭘 할 틈도 없이 안겨들었다.

“밀레이온!”

“어어……”

가슴팍에서 느껴지는 뭉클한 감각을 느끼며 얼굴을 붉힌다. 험험. 내 잘못은 아니지? 이 여자가 안겨든 거야. 내가 안아든 게 아니라.

나는 당당하게 웃으며 레이그란츠와 제니카를 일행에게 소개시켜 주려 했다. 그런데 넬과 세이란이 도끼눈을 뜨며 제니카를 노려보는 게 아닌가?

“저 여자는 누구죠?”

“천박하게 사람들 보는 앞에서 안겨들다니!”

어이어이, 넬은 그렇다 쳐도 세이란은 조금 자제하라고. 하고 웃어보려 했지만 그다지 웃음이 먹힐 분위기가 아니다.

골 아프게 되었군. 난 항상 그랬듯 작게 한숨을 쉬었다.

현재 파니티리스에 나와 있는 마스터의 수는 정확히 184명이다.

그걸 어떻게 아냐고 묻는다면… 뭐, 딱히 어려운 일도 아니다. 파니티리스에 있는 마스터의 수와 라비린토스에 있는 마스터의 수는 통합

게시판에서 언제든지 확인할 수 있으니까.

어쨌든 184명이란 숫자는 결코 적은 숫자가 아니다. 내가 일반 마스터들보다 강하다는 이야기를 흔히 했지만 아무리 나라고 해도 마스터가 열 명 이상 덤벼들면 목숨을 걸어야 하거든. 난 강할 뿐이지 무적은 아닌 것이다.

파니티리스의 NPC들은 감히 상상도 못할 정도로 강력한 유저들이 우글거리는 라비린토스.

지금 이 순간에도 라비린토스에는 마스터가 되기 위해 피땀을 흘리는—정확히는 날밤을 까는—유저들이 즐비했고 마스터의 수는 날이 가면 갈수록 늘어갔다. 요전번에 본 뉴스에서는 이대로라면 서비스 1년이 되는 해 마스터의 수가 800에 가까워질 거라고 했었다.

그리고 지금은 그렇게나 늘어난 마스터들이 파니티리스로 몰리는 상황이었다. 파니티리스가 열린 직후에는 대충 30명 정도의 마스터들만이 파니티리스로 나왔으나 이제는 거의 모든—총 마스터 수 208명. 나온 마스터는 184명—마스터들이 파니티리스로 나왔으니까. 무엇보다 메인 시나리오를 달성하게 되면 삼신기(三神器:타이탄 P타입. 파워드 웨폰. 비행선) 중 하나를 선택할 수 있었기에 유저들은 눈에 불을 켜고 마족들을 찾아다녔다. 나중에 안 일이지만 상급 마족은 강한 만큼 만나기도 어렵다고 했다.

"밀레이온의 환원령(還元靈)은 깨어났어?"

"환원령?"

제니카의 말에 잠시 고민하던 난 타이탄 P타입을 선택했을 때 루이가 넘겼던 목걸이를 떠올렸다.

아아, 분명 그때 루이가 그걸 주면서 환원령이라는 말을 했었지. 그런데 깨어나다니?

"이 목걸이의 자아가 깨어나는 건 메인 시나리오가 완료되는 시점이 아닙니까?"

"그건 완성되는 시점이고, 자아 자체는 일찍 깨어나는 편이야. 메티스."

그녀가 작게 속삭이자 은은한 기운과 함께 한 명의 여인이 모습을 드러낸다. 전체적으로 차분한 인상의 미녀. 신기하군. 몸이 투명해서 그런지 유령 같기도 했지만 그 뚜렷한 존재감이 그런 느낌을 어느 정도 누르는 것 같았다.

[만나게 돼서 반갑습니다. 저의 이름은 메티스, 부족하나마 제니카 님을 모시고 있습니다.]

공손한 태도로군. 유저를 주인처럼 모신다는 건가? 나는 옆에 있는 레이그란츠를 바라보았다.

"당신의 환원령도 깨어났습니까?"

"응. 나와라!"

[이름 부르라니까!]

"알았어. 가오가이거!"

[발진!]

가, 가오가이거? 내가 황당해하거나 말거나 유쾌한 목소리와 함께 상당한 덩치의 사내가 모습을 드러낸다. 덩치라고는 해도 몸이 투명해서 가벼운 분위기군.

"하지만 열받아. 왜 내 환원령은 남자인 거야?"

[시끄러워. 나도 여자 주인을 기대했단 말이야!]

티격거리는 두 사내의 모습을 보며 목걸이를 잡아 들었다. 아아, 이런, 설명이 늦었군. 우리는 마차에서 조금 떨어진 장소에서 서로 간의 정보를 교환하고 있었다. 당연하지만 유저가 아닌 일행들은 잠시 떨어져 있으라고 부탁했고 사소한(?) 반항이 있었으나 모두 제압했다.

뭐, 제니카들이 호위하던 상인들도 있지만 그들은 레이그란츠가 인상 한 번 찡그리자 곱게 물러섰다. 그들도 바보가 아닌 만큼 녀석들이 아니면 자신들을 지킬 존재가 없다는 것 정도는 깨달았을 테니까.

"그나저나 환원령이라……."

아직 내 환원령은 깨어나지 않았다지만 그다지 걱정할 건 없다. 어차피 난 파니티리스로 나온 지 얼마 되지도 않았으니 안 깨어난 게 오히려 당연한 거지 뭐. 나는 쓸데없는 고민을 하는 대신 궁금한 점을 물어보았다.

"메인 시나리오를 완성한 유저는 있습니까?"

"아직 없어. 소문으로 봐서 키리에라는 녀석이 거의 완료 상태라고 하더군."

오호, 그런가? 하긴, 우리 길드 사람들은 해방의 문이 열리자마자 파니티리스로 나갔으니 퀘스트를 상당 부분 진행했을 것이다. 이거, 뒤처지지 않으려면 서둘러야겠는데?

잠시 생각하던 나는 한쪽에서 뻘쭘하게 서 있는 적발의 소녀를 바라보았다. 이거 본의 아니게 외면하고 있었었군. 나는 그녀를 바라보며 살짝 웃었다.

"소개가 늦었군요. 제 이름은 밀레이온 더 윈드리스라고 합니다. 당신의 이름은?"

"에? 아! 반가워. 내 이름은 유리아, 유리아 디제스터라고 해."

그리고 보니 레이그란츠도 이 유리아라고 하는 녀석도 고딩 정도로

보이는데 초면부터 말을 깐다. 어떻게 된 게 어른인 내가 존대를 하고
쟤들이 반말을 하는 거야?

작게 한숨을 쉰 나는 유리아의 모습을 바라보았다. 전체적으로 생기
발랄한 분위기에 붉은 머리칼. 나는 물었다.

"그런데 미국인이십니까?"

"아, 맞아. 표시나?"

"표시랄 것까지야. 그나저나 일루전의 마스터들은 외모도 따지는 모
양이군요. 하나같이 아름다운 것을 보니."

아부 같은 게 아니라 진심이었다. 우주로 올라오기 전의 세상은 분
명 추자다 연자소(醜者多 妍者少:추한 사람은 많고 아름다운 사람은 적다)였
거늘 일루전에서 만나는 이들은 대체로 미인이니 어찌 신기하지 않겠
는가.

난 의문을 표한 것이었지만 유리아라는 녀석은 칭찬으로 받아들인
듯 얼굴을 붉혔다.

"헤헷. 그렇지? 제니카나 키리에도 예쁘지만 나도 예쁘지? 아아아, 내
아름다움은 뭐라고 칭해야 할지 모르겠어. 건강미(健康美)? 육감미(肉感
美)? 우아미(優雅美)?"

정신을 못 차리고 헤헤거리는 유리아. 레이그란츠는 퉁명스럽게 말
했다.

"니미."

"……"

유리아는 그대로 차분하게 몸을 돌리더니 레이그란츠를 개 패듯 패
기 시작했다. 흔히 있었던 일인 듯 표정 하나 바뀌지 않는 제니카. 그
녀는 웃었다.

“후훗. 그건 네가 복받은 게 아닐까? 난 마스터 중에서도 못생긴 사람 꽤 많이 본 것 같은데.”

“그런가?”

하긴, 마스터라서 아름다울 거라는 것 자체가 터무니없는 생각이지. 그렇게 생각하고 있는데 레이그란츠가 낭심을 얻어맞고 비명을 질렀다.

“으아아! 아냐! 난 단지 인터넷에서 봤던 유머를 떠올렸을 뿐이라고!”

“그럼 왜 그 상황에서 말했는데?”

“후후후. 물론 딱 맞아떨어지니까.”

“……”

아아, 유리아는 다시 그를 개 패듯 패기 시작했고 나는 더 이상 그 모습을 볼 수 없어 고개를 돌렸다.

뭐, 이러쿵저러쿵해도 현실에서는 있을 수 없는 일이다. 남자가 아무리 마음이 좋아도 여자가 저렇게 심하게 때린다면 화내게 마련이니까. 하지만 여기는 가상 현실이고 어차피 어느 정도의 고통은 차단해 주는 것이 일루전의 시스템이다. NPC들이야 어차피 능력이 안 되니 불가능하겠지만 유저들에게는 고통을 주어 자백시키는 고문 자체가 먹히지 않는다는 뜻이지.

“그런데 넌 어디로 가는 길이야?”

“이레인 왕국의 수도 데카른으로 향하고 있습니다. 공주 호위 퀘스트를 받아서요.”

“공주 호위라니? 그럼 아까 그 꼬마 애가 공주야?”

“일단은.”

“흠……”

제니카는 곰곰이 생각에 빠져들었고 그사이 구타는 끝이 났다. 뭐, 엉

망으로 얻어맞는 것 같았지만 공격을 틀거나 굴려서 흘리는 방식으로 실제적인 타격은 거의 피한 듯 레이그란츠는 아무렇지도 않다는 듯 몸을 일으키고 있었다. 단순한 열혈인 줄 알았는데 맞는 실력이 상당하군 그래.

생각을 대충 정리했다. 언뜻 너무 심한 게 아닌가 할 정도로 과격한 구타일 수도 있겠지만 저들은 사실 놀고 있는 것이다. 보기보다 친한 사이일지도 모르지.

나는 웃으며 말했다.

"하하. 그렇게 민감하게 반응하실 필요 없습니다. 어찌 되었든 유리아 양은 아름다우니까요."

"헤헷. 정말요?"

"웃는 거 봐라. 예쁘다니 그저 좋디야."

"……."

유리아는 다시 주먹을 휘두르기 시작했고, 레이그란츠는 비명을 지르며 굴러다닌다.

신경 쓰기가 싫어지는 커플이군. 나는 고개를 돌렸다. 고개를 숙인 채 고민하던 제니는 내가 가까이 다가서자 드디어 결심한 듯 고개를 들었다.

"좋아!"

"뭐가 말입니까?"

"널 따라가겠어."

"하?"

당황한 건 나뿐이 아니었다. 패고 있던 유리아도 맞고 있던 레이그란츠도 당황해서 고개를 쳐든다.

"이, 이봐. 너는 지금 퀘스트 중이라고."

"알아. 물론 퀘스트 포기할 생각은 없으니 걱정 말고."

자신만만한 그녀의 태도에 의아한 기분이 들었다. 퀘스트를 포기하지 않으면서 어떻게 나와 동행할 수 있다는 건지 이해할 수 없었으니까.

"무슨 소립니까, 그건?"

"간단한 일이야. 퀘스트 내용은 동행하라는 게 아니라 운송품을 보호하는 거였으니까. 잠깐만. 장비 4번."

가벼운 읊조림과 함께 기다란 마법 지팡이가 모습을 드러낸다. 대충 1.8미터쯤 되는 크기에 상당한 마력이 담긴 지팡이. 언뜻 봐도 굉장한 물건인데. 유니크 아이템인가?

어쨌든 그녀는 지팡이를 수평으로 들어올리더니 천천히 걸음을 옮기기 시작했다.

"존재가 탄생하니 일월(一月), 역경이 시작되니 이월(二月), 의미가 부여되니 삼월(三月), 영성을 깨우치니 사월(四月)……."

마법사인 나조차 듣도 보도 못한 주문. 어디 그뿐인가. 그녀의 주변으로 움직이는 마나의 파동 역시 전혀 생소한 것들뿐이다.

뭐야, 이 마법은? 일루전에서 가르치는 마법과 궤를 달리하고 있다?

우리가 당황하는 사이 제니카는 이미 멀찍이 이동해 있었다. 한 달을 말할 때마다 한 걸음씩밖에 안 움직이고 있었지만 한 걸음 한 걸음이 쭉쭉 뻗어나가 아차! 했을 때는 이미 상단이 쉬고 있는 마차에 도착한 상태였다.

그녀가 발걸음을 옮길 때마다 어마어마하게 증폭되기 시작하는 마력. 그녀가 강대한 마력을 끌고 걸어가자 마차에 있던 상단 녀석들은 공격 마법으로 오인한 듯 비명을 지르며 사방으로 흩어졌다.

나는 황급히 제니카를 따라갔고 레이그란츠와 유리아 역시 날 따라

왔다. 이미 주문은 거의 막바지. 제니카의 지팡이에는 눈부신 기운이 뿜어져 나오고 있었고 그것의 목표는 누가 봐도 마차였다.

"창생이 지연되니 육월(六月), 침묵이 지속되니 칠월(七月)……."

그녀는 지팡이를 들어올렸다.

"달아라. 모든 억압으로부터 흔들리지 않을 신성의 미궁. 생추어리 오브 메이즈(Sanctuary Of Maze)!"

지팡이 끝에 매달려 있던 거대한 기운이 그대로 마차에 직격했다. 에너지 총량으로 치면 마차 정도가 아니라 일대를 쓸어버릴 정도의 힘이었지만 밝은 빛이 있었을 뿐 아무런 일도 일어나지 않는다.

"이건?"

"보호 마법. 약속어가 없는 이상 저걸 뚫어버릴 녀석은 마스터 중에서도 흔치 않을걸."

"오호!"

농담이 아니라 실제로 그럴 것 같다. 물론 나라면 드래고닉 피어싱으로 부숴 버리는 게 가능하겠지만 안에 있는 물건을 원한다면 그 방법을 사용할 수는 없겠지. 하물며 마스터도 아닌 습격자들은 무슨 짓을 해도 저걸 풀어낼 수 없다. 설사 마차를 빼앗아도 안에 든 물건을 꺼낼 수가 없으니 얼마나 당혹스럽겠는가?

"그런데 약속어는 뭐야?"

"유리아 바보. 제니카님은 아름다워."

"……."

유리아의 표정이 굳었지만 제니카는 다만 웃을 뿐이다. 레이그란츠가 '마음에 드는 주문이다!' 라고 소리쳤다 좀 맞기는 했지만 상관없는 일이고. 어쨌든 이로써 새로운 일행 탄생인가? 제니카는 웃으며 손을 내밀었다.

"잘 부탁해."

거절할 수가 없는 상황이로군. 뭐, 그녀는 내가 아는 그 어떤 이보다 강한 마법사. 나는 웃으며 그녀의 손을 잡았다.

"저야말로."

*　　　　*　　　　*

2021년 9월 16일. 오후 9시.

레이그란츠와 유리에는 떠났다. 뭐, 애초부터 그쪽은 마차 여행이었으니 문제가 없지만 우리 쪽은 명당 한 마리의 말을 타고 있었기에 문제가 되었다.

현재 있는 말의 수는 네 마리, 그리고 사람은 다섯 명. 이미 말 위에 타고 있던 넬은 승자의 미소를 지으며 말했다.

"어머! 타고 갈 말이 없으니 이를 어쩌죠?"

"호호, 괜찮아. 나야 밀레이온 뒤에 타면 되니까. 뭐, 그게 싫으면 말을 넘겨도 되고."

"……."

괜히 말 꺼낸 넬은 본전도 못 건진 채 말을 빼앗기고 말았다. 쯔쯔. 실제 연령이고 정신 연령이고 상대가 안 돼. 게다가 제니카는 유저. 상대가 왕족이라고 해서 긴장 같은 걸 할 턱이 없다. 게임하다가 등장 인물 중에 왕족이 있다고 해서 긴장하는 녀석은 없지 않은가?

상황이야 어쨌든 넬은 내 말로 옮겨 탔다. 누누이 말하지만 넬은 꼬

마. 녀석 하나 더 탔다고 해서 말에 무리가 올 리 없고, 우리는 그렇게 이동해 벌써 밤이다.

항상 느끼는 거지만 일반 게임에 비해 이동에 드는 시간이 너무 많이 드는군. 하긴, 파니티리스는 무려 지구와 1:1 비율의 맵이니 늙어 죽을 때까지 돌아다녀도 다 못 돌아볼지도 모른다.

처음 출발했을 때야 다들 신나서 떠들었지만 슬슬 지친 듯 조용한 분위기. 왼손으로 양 눈을 가리고 있던 제니카는 왼손을 떼며 말했다.

"이제 거의 다 왔네. 저 숲만 지나가면 도착이야."

"이곳의 지형을 아십니까?"

의아한 표정의 세이란. 뭐, 왼손으로 양 눈을 가려서 [맵]을 보았다고 하면 설명이 안 되겠지만 모든 직업이 공통으로 겪는 네 상황 중에는 NPC들에 대한 대처 사항 역시 있으니 걱정할 필요 없겠지. 과연 제니카는 아무것도 아니라는 듯 자연스레 답했다.

"가벼운 탐지 마법이야. 어지간한 거리는 다 파악할 수 있지."

"그렇습니까?"

마법에 대해 잘 모르는 세이란은 그냥 넘어갔지만 탐색 마법은 결코 간단한 마법이 아니다. 아니, 뭐 솔직히 말하면 그렇게 대단한 마법도 아니지만 유저들 중 탐지 마법을 배운 이는 거의 없다. 맵을 보면 다 뜨는데 힘들게 마법까지 배울 필요가 어디 있겠는가?

맵은 언제나 그랬듯 정확했고, 우리는 마을에 도착했다. 별로 크지 않음에도 꽤 많은 사람들이 살고 있는 마을. 도시도 아닌 마을에서 신분 검사를 할 리 없으니 마을 안으로 들어가는 데는 아무런 문제도 없었다.

하지만 뭐랄까? 우울한 분위기의 마을이다. 생기없는 표정의 사람들. 초라한 건물들. 나는 뭔가 이상함을 느꼈다.

"여기는 수도에서 얼마 떨어지지 않은 곳 아니었나? 아무리 산속이지만 심한데."

"수도에서 얼마 떨어지지 않은 곳이니 더하죠. 수도 근처라면 세금 징수에 용이할뿐더러 성당까지 있으니까요."

세이란의 말에 잠시 생각했다.

"성당은 또 무슨 문제지?"

"설마 진짜로 모르시는 겁니까?"

어이없다는 듯 되묻는 그의 반응에 대충 짐작이 가기 시작한다. 오호. 그러니까 지금 녀석은 다리안 교가 평민들에게 세금마저 걷고 있다고 말하는 건가? 허. 아무리 그래도 그건 너무하는군. 다리안을 믿는 신도들 중 하나로서 좀 곤란한데.

대지의 신이나 숲의 신을 믿을 걸 그랬나, 하고 고민하고 있는 사이 마을 사람들의 시선이 모여들기 시작했다. 뭐, 눈에 띄는 일행을 데리고 있는 이상 신경 쓸 만큼 특별한 일도 아니지. 나는 고개를 돌리며 쓰게 웃었다.

"하여튼 쾌적한 수면은 기대하기 힘들겠군."

"그래도 노숙보다는 나을 겁니다."

세이란은 그렇게 말했지만 어차피 수면 모드로 로그아웃하는 나나 제니카는 어디에서 자도 상관없었다. 수면 모드 시 몸을 둘러싸는 막은 외부에서 가해지는 모든 피해로부터 육체를 보호하기 때문에 눈 속에서 잠들었다고 얼어 죽는다거나 하는 일은 절대 일어나지 않는 것이다.

뭐, 그렇다고 해서 길에서 노숙을 할 수는 없겠지. 우리는 근처에서 그나마 깨끗해 보이는 여관을 찾아 들어갔다.

생기없는 마을이기는 하지만 수도에서 가깝기 때문인지 사람이 적지는 않았다. 하지만 그 손님 구성원들이 멋지군. 험악한 인상에 무기들. 세이란은 얼굴을 굳히며 말했다.

"용병들이군요."

"용병?"

"예. 요즘 들어 몬스터들이 광포해지는 바람에 용병의 숫자가 부적 늘었죠. 물론 대부분이 영지에서 탈출한 농노나 범죄자들이어서 얽혀 봐야 좋을 것 없습니다만."

세이란은 그들과 별로 얽히고 싶지 않아 하는 것 같았고 나 역시 칙칙한 남자들과 얽히고 싶은 생각 따위는 추호도 없었다.

하지만 우리 일행에는 매혹적인 미모를 가지고 있는 제니카가 있었고 그들은 그녀의 육감적인 몸매를 보고 휘파람을 불어대기 시작했다.

"휘익! 예쁜데, 아가씨~!"

"옆에 있는 찌질이들은 버리고 한번 어때?"

폭력성과 음심으로 번들거리는 눈동자에 난 조용히 실프를 불렀다. 대충 봐도 일반인들이군. 저런 녀석들이라면 바람의 칼날을 만든다거나 하는 구차한 방식을 쓰지 않아도 간단히 살해할 수 있다.

기본적으로 같은 레벨의 정령술사와 기사가 맞붙으면 기사가 이기게 마련이다. 딱히 기사가 더 강해서라기보다 기사는 1:1 성향이니까.

반면 정령술사나 마법사 같은 클래스는 강한 한 명의 적보다 약한 다수의 적을 상대하기 쉽다. 요컨대 마나를 다루지 못하는 상대, 즉 지금 내 앞에 있는 용병들과 전투를 벌인다고 가정했을 때 25레벨 정도의 기사는 아무리 잘 싸워봐야 50명 정도가 한계인 반면 정령술사는 간단히 학살할 수 있다.

조금 쉽게 설명할까?

정령을 다룰 수 있다면 용병들의 호흡기를 막는 것만으로 그들을 살해할 수 있고, 마법을 사용할 수 있다면 용병들의 뇌에 작은 불꽃을 일으키는 것으로 살해할 수 있다.

만약 적이 마력을 가지고 있다면, 아무리 적어도 좋으니 다만 1클래스의 마력이라도 가지고 있다면 그와 같은 방법은 사용할 수 없겠지만 그렇지 않은 인간이나 몬스터들은 마법사나 정령술사에게 있어 일종의 밥이다. 물론 중급 몬스터만 되어도 어느 정도 마력을 가지고—사용하지는 못하지만—있지만 저들은 그렇지 않은 것이다.

이미 용병들은 모두 일어서고 있었고 개중에는 우리의 도주를 막으려는 듯 문 앞에 서는 녀석들마저 있었다.

뭐가 그렇게 좋은지 낄낄거리며 여자들의 모습을 훑어보는 용병들. 주변 상황이 좋지 않게 돌아가고 있다는 걸 느낀 세이란은 허리에 걸린 검을 뽑아 든 채 앞으로 나섰다.

"무례한 자들이로군요. 대체 무슨 짓입니까!"

"무슨 짓이라니? 우리는 아무 짓도 안 했어. 앞으로 하게 될지는 모르겠지만 말이야. 으하하하! 으하하… 하하…… 하?"

세이란을 비웃던 사내의 표정이 딱딱하게 굳기 시작한다. 그뿐이 아니다. 우리를 포위하던 녀석들도, 검을 뽑아 들고 흉흉하게 인상 쓰던 녀석들도 공포에 질린 표정으로 한 걸음씩 물러서기 시작했다.

세이란의 모습을 본다. 은빛으로 빛나는 풀 플레이트 메일과 어두운 밤에도 선명하게 빛나는 은발. 인정할 건 인정해야지. 녀석은 마남이다, 그것도 깜짝 놀랄 정도의 미남. 하지만 사람들은 그의 모습에 부들부들 떨었다.

"성기사다!"

"마, 맙소사! 어째서 이런 곳에 성기사가?"

놀란 정도가 아니라 아주 경악한 듯 모든 녀석들이 술렁이기 시작한다. 살기를 흩뿌리던 승냥이 무리가 단숨에 토끼 떼로 변한 느낌이랄까? 검을 꺼내 면을 훑다가 놀라 혀를 베인 녀석까지 보인다.

"위, 위, 위대하신 성기사님께서 이, 이런 지저분한 곳까지 귀한 걸음을 하시다니… 모, 모든 것이 다리안님의 은총입니다."

방금만 해도 위협적으로 웃음 짓던 녀석이 애처로울 정도로 떨고 있다. 맙소사! 어떻게 이럴 수가 있지? 한 종교가 사람들에게 이렇게나 두려운 존재가 될 수 있다니.

삽시간에 변해 버린 사람들의 모습에 세이란 역시 당황한 듯 손을 내저었다.

"난 다리안의 신도가 아니오. 루나님의 네 번째 검, 세이란 더 문이라고 합니다."

"달의 일족이십니까?"

"예."

"다리안 교가 아닌 거지요?"

"그렇습니다."

나는 재차 확인하는 사내의 모습에 확인이 끝나면 분노가 터져 나올 거라고 생각했다. '왜 비슷한 모습을 하고 다니고 지랄이야!' 라던가, '이마에 달의 일족이라고 써 붙이고 다녀!' 라는 방식으로 말이다.

하지만 뜻밖에도 사내들은 전혀 화를 내지 않았다. 아무렇지 않다기보다 그가 다리안의 신도가 아니라는 것에 안도하느라고 화낼 기운도 없는 듯했다.

"기분 잡쳤어. 다시 앉아."

"놀랐잖아. 젠장."

투덜거리며 주저앉는 녀석들의 모습에 나는 허탈하게 웃었다.

"이건 신기할 지경이군. 여기서 다리안의 기운을 쓰면 기절하는 녀석까지 나오겠는데?"

"자제하십시오. 녀석들을 너무 몰아붙이면 마을 밖으로 달아날지도 모릅니다."

몰아붙이면 덤벼드는 게 아니라 마을 밖으로 달아난다고? 맙소사! 그걸 아무렇지도 않게 말하는 세이란도 세이란이지만 당연하다는 듯 고개를 끄덕이는 넬과 엘 역시 충격이다.

"다리안 교의 힘은 이미 왕가조차 두려워할 정도로 커져 있어요. 고된 수련이나 재질이 있어야만 발휘되는 능력과는 달리 신성력은 그저 믿음만 있어도 되니까요."

신관은 일루젼에서 그다지 인기를 얻지 못하는 직업이다. 20레벨까지는 전 직업 중 가장 빠른 레벨 업을 자랑하지만 그 뒤로는 반대로 가장 느려지게 되니 당연한 일이다. 영혼의 올곧음―시리우스는 사고의 정밀함이라 설명했다―이란 말이 쉽지 완전 뜬구름 잡는 식의 개념이었으니까. 하지만 파니티리스에서는…

"20렙이면 대만족… 이란 건가."

40렙과 50렙의 차이는 막대하지만 20렙과 40렙의 차이는 그다지 크지 않다. 즉, 40레벨 정도의 힘을 가지고 있는 세이란이라고 해도 여기서 말하는 신관 몇십 명만 덤비면 위험하다는 결론이지.

하지만 단지 그 문제가 아니잖아? 누군가가 단지 강하다고 해서 주변 사람이 공포에 떨거나 하진 않는다. 주변 사람들이 공포에 질릴 지

경이 되었다면,

"그에 걸맞은 행동을 했다는 거겠지."

어쨌거나 다리안의 힘을 빌려 쓰는 난 씁쓸하게 웃으며 자리를 잡았다. 당연하다는 듯 테이블 위에 올라오는 맥주와 음식들. 시키지도 않았는데 멋대로 주는 건가? 난 투덜거리며 맥주를 마셨다.

텁텁시큼한, 농담으로라도 좋다고는 말할 수 없는 맛. 그 순간 내 눈앞으로 메시지가 떠올랐다.

맥주에 전갈독이 첨가된 것을 알았다!

항상 그랬듯 메시지를 무시하려다 멈칫했다. 독이라고? 나는 일행이 맥주를 마시기 전에 오른손을 들었다.

"잠깐!"

"응?"

순식간에 모여드는 시선을 잡아낸다. 여기에는 많은 사람들이 있다. 그중 맥주에 독이 들어 있다는 것을 모르는 녀석은 내 난데없는 행동에 의문을 표할 것이고 알고 있는 녀석은 들킨 건가, 하는 생각 때문에 긴장할 테니까.

하나, 둘, 셋, 넷…….

주변 녀석들을 살피던 난 곧 숫자 세는 것을 포기했다. 이거야 한둘이 아니군. 놀랍게도 여관 주인은 물론 주변에 있던 용병들 모두가 공범의 눈을 하고 있는 것이 아닌가?

나는 말했다.

"잠깐 음료들 좀 내려놔."

"무슨 일이십니까?"

"확인할 게 있어서."

물론 난 이미 독을 마셔 버린 상태지만 별로 긴장하거나 하지는 않았다. 메크로네스 아머에는 기본적으로 상태 회복 마법이 걸려 있는데다 난 독 속성력을 증가시키는 타이틀, 루인 포레스트 슬레이어를 가지고 있었으니까.

나는 옆에 있던 세이란의 맥주를 마셔보았다.

맥주에 전갈독이 첨가된 것을 알았다!

똑같은 거군. 이번에는 제니카의 맥주를 마셔보았다.

맥주에 돼지 발정제가 첨가된 것을 알았다!

돼, 돼지 발정제? 음약도 최음제도 아니고 돼지 발정제가 뭐냐, 돼지 발정제가!

나는 화끈한 기운이 일어나는 것을 느끼며 몸을 일으켰다. 발정제는 독약이 아니기 때문인 듯 저항력이 전혀 먹혀들지 않았다.

난데없이 변한 내 분위기에 당황하는 일행들. 나는 야수처럼 포효하며 당황하는 일행들을 밀어버린 후 저항하는 제니카의 옷을 찢고 단숨에 그녀를 범했다.

"……."

물론 그건 거짓말. 설마 믿는 사람이 있는 건 아니겠지? 발정제는 분명 내 몸속으로 퍼져 나갔지만 오히려 발정제가 독약보다 약한 듯 별

다른 피해도 오지 않는다. 무협지를 보면 만독불침(萬毒不侵)의 고수도 음약 하나면 다 먹혀들고는 하지만 생각해 보면 뼈를 통째로 녹이는 독약마저 저항하는 인간한테 음약이 먹힐 리가 있냐? 다 지들 좋으니까 걸린 척하는 거지. 가증스러운 놈들.

나는 나머지 일행의 맥주도 다 한 모금씩 마셔보았고 여자들의 맥주에는 발정제가, 남자들의 맥주에는 독약이 섞여 있다는 걸 알았다. 목적 의식이 너무 분명해서 할 말이 없을 정도군. 나는 속이 좀 니글거리는 것을 느끼며 말했다.

"타이틀 변경."

루인 포레스트 슬레이어(Ruin Forest Slayer).

순식간에 독에 대한 20포인트의 속성력을 얻은 나는 몸 안에 들어온 발정제와 독약의 기운 모두를 한곳으로 모았다. 내 의지에 따라 움직이기 시작하는 독기. 난 몸 안의 독마저 컨트롤할 수 있다는 사실에 신기함을 느끼며 모인 독들을 오른쪽 검지로 배출해 맥주잔에 따랐다.

손가락 끝이 싸—한 느낌이 들더니 누런 액체가 흘러내렸고, 난 그것으로 모든 독이 빠져나왔음을 느꼈다. 다른 일행들은 상황 파악을 못한 듯 의아해했지만 제니카는 그렇지 않은 듯 장난스럽게 웃는다.

"독에 대한 속성력은 또 언제 얻었어?"

"특수 타이틀을 얻어서요. 그나저나 멋진 마을이군요, 손님에게 독이 든 음료를 대접하다니."

아무리 그래도 수도 근처인데. 하고 투덜거리며 몸을 일으켰다. 독을 넣었다는 사실을 들키자 더 감출 필요도 없다는 듯 흉흉한 기세를 일으키며 무기를 꺼내 드는 용병들과 가게 주인. 제니카가 물었다.

"어쩔까?"

"수준 차가 너무 나니 어쩔 수 없이 죽였다, 라는 핑계도 필요없겠군요. 적당히 제압하죠."

실프를 소환해 주변 바람을 제어하기 시작한다. 말했다시피 상대가 일반인이라면 정령술만으로 어렵지 않게 상대할 수 있으니까.

흉흉하게 무기들을 집어 드는 용병과 그들 사이로 스며드는 바람. 나는 정신을 집중해 녀석들의 호흡을 막으려고 했다. 전멸시킬 것도 없이 녀석의 호흡을 막을 수 있다는 것만 보여줘도 녀석들은 겁에 질리리라.

하지만 녀석들을 막 제압하려는 순간, 건물 밖에서 거대한 힘이 느껴졌다.

"이건……."

"뒤로 물러서. 수호하라, 오월(五月)!"

제니카의 양손이 번쩍임과 동시에 반투명한 기운이 나를 포함한 일행 전체를 뒤덮었다. 어엇. 하는 사이에 몰아쳐 온 거대한 기운은 삽시간에 그 모습을 드러냈다.

화악!

건물을 부수며 들어온 빛이 무시무시한 열풍을 내뿜었다. 피부가 지글지글 끓어오르자 비명을 지르며 나뒹구는 용병들. 이어 거센 고함 소리가 들려왔다.

"사악한 어둠에 절어 타락한 이들이여, 참회하라!"

"참회하라!"

순식간에 절반 이상 파괴되어 버린 건물이 기우뚱하고 기울기 시작한다. 다행히 우리는 제니카의 보호막 덕분에 무사할 수 있었지만 건물 밖에서 벌어지고 있는 참상에 아연해질 수밖에 없었다.

"맙소사!"

빛의 폭격을 맞은 곳은 우리가 묵고 있는 여관뿐이 아니었다. 주변에 있던 모든 건물들이 파괴되어 무너지고 있었고, 눈부신 금빛 갑옷을 걸친 기사들이 혼란에 빠진 주민들의 목을 가차없이 잘라내고 있다.

삽시간에 그 모습을 드러낸 지옥도.

그 참상에 넬과 엘의 안색은 새하얗게 변했고 세이란은 신음성을 삼켰다.

"다리안 교의… 신성기사단(神聖騎士團)."

그의 음성에 섞인 참담함만큼 나 역시 당황하고 있었다.

뭐야, 이 당황스러운 힘은? 그 신성기사단이라는 녀석들은 대충 2~3백 명 정도였는데 하나하나가 상당한 수준의 신성력을 뿜어내고 있었다. 어디 그뿐인가. 녀석들의 우두머리로 보이는 녀석은 무려 마스터 급. 그러니까 하이 프리스트의 기세를 뿜어내고 있다.

녀석들의 학살은 말 그대로 가차없었다. 거대한 신성의 불꽃으로 건물을 파괴하고 불태운 뒤 거기서 뛰쳐나오는 인간들을 단 한 명의 예외없이 척살한다. 말을 탄 채 목을 베는 동작 자체가 얼마나 자연스러운지 수확기의 농부가 벼 베는 수준의 노련함이 묻어 나오고 있다.

"한두 번 해본 솜씨가 아닌데."

"게다가 검에 실린 신성력이 살을 태워 상처를 봉하고 있어. 살인하는 주제에 피는 보기 싫다는 건가?"

중얼거리는 사이에 한 마을이 몰살되었다. 몇몇 인간들은 자기가 대대손손 다리안의 믿음을 의심해 본 적이 없다는 등, 다리안의 권세에 영광이 있으라는 등의 말을 내뱉었지만 기사단은 눈 하나 깜짝하지 않고 그 모든 인간들을 척살한 것이다.

남은 것은 불타는 건물 안에서도 무사히 서 있던 우리들뿐. 기사단장으로 보이는 사내는 차갑게 웃으며 손을 휘둘렀고 주변에 일던 불꽃이 일시에 확! 하고 꺼져 버렸다. 대단한데? 이 정도면 어지간한 유저 못지않겠어.

"난 영광되고 영광되신 다리안님의 은총을 섬기는 리테인. 그나저나 자기들끼리 뭉쳐 사는 달의 일족이 여기까지 나오다니 놀랄 일이군."

녀석을 포함한 모든 성기사단의 표정에서 감출 수 없는, 아니, 정확히 말하면 별로 감출 생각도 없어 보이는 경멸과 살의가 새어 나온다.

하지만 화가 난 것은 세이란 역시 마찬가지인 듯 굳은 얼굴로 말한다.

"이게 대체 무슨 짓입니까? 마을 하나를 몰살시켜 버리다니!"

"흥! 그들은 사사로운 욕심으로 세상을 더럽히던 자들이다. 네놈이 아무리 어리석다 해도 그걸 모를 정도는 아닐 텐데."

실제로 그들은 우리의 음료에 독과 발정제를 섞었다. 만약 우리가 힘없는 일반인들이었다면, 그리고 신성기사단이 나타나지 않았다면 우리는 강간당하고 살해당했을 것이다.

분명 맞는 말이긴 하지만 납득하기는 좀 어렵다. 아무리 이 마을에서 죽은 사람들이 있다 해도 마을 전부가 합심해서 그런 것이라고는 볼 수 없었으니까.

마을에 살던 대부분의 사람들은 가난에 지쳐 있던 평민일 뿐이고 개중에는 아무런 죄도 짓지 않은 아낙이나 어린아이도 있었다.

그런데 그 모든 이들을 재판이나 용서없이 죽여 버린단 말인가? 신의 이름으로?

슬슬 화가 나는 것을 느끼고 있는데 세이란이 말한다.

"그들은 분명 우리에게 해를 끼치려 했지만 학살당할 정도의 죄는 아니었습니다. 대체 당신들은 소중한 생명을 어떻게 생각하기에……."

"소중한 생명?"

세이란의 진심 어린 말에 리테인은 차갑게 웃었다. 흔들림없는 눈동자 속에서 당연하다는 듯 몰아치고 있는 광기. 그는 싸늘하게 웃었다.

"이교도나 내뱉을 만한 말이군."

그는 더 이상 세이란의 얼굴조차 보기 싫다는 듯 몸을 돌렸고, 다른 성기사들 역시 그를 따라 마을을 빠져나가기 시작했다. 당장이라도 죽여 버리고 싶다는 표정으로 세이란을 바라보던 것치고는 간단히 물러서는군. 나는 세이란을 돌아보았다.

"괜찮아?"

"괜찮습니다. 아무리 다리안 교라 해도 달의 일족까지 건드리지는 않으니까요."

말이야 그렇게 했지만 별로 동의하기는 힘들었다. 건드리지 않아도 그 밖의 일은 다 할 것 같은 모양새던데? 녀석들의 행동이나 말투를 봐서 건드리지 않는 것 역시 언제까지 유지할지 알 수 없는 일이고 말이다.

나는 운디네를 소환해 근처의 불을 끄면서도 점점 멀어지는 성기사들의 모습을 바라보았다.

"이교도나 내뱉을 말이라……."

엄밀히 말해 그들과 나는 적이라 할 수 없다. 그들은 다리안을 모시는 성기사단이고 나 역시 다리안의 힘을 사용하고 있었으니까.

하지만 어째서일까? 나는 그들과 반목할 것 같다는, 마치 예언과도 같은 기묘한 확신을 느꼈다.

이레인

Chapter 22

문이 열리자 캄캄했던 방이 환하게 밝아진다.

그것은 실로 오랜만에 접한 빛. 나는 반가움에 일어나려 했지만 며칠간 한 모금의 물조차 마시지 못한 몸은 그 뜻을 실현시키기 못했다.

저벅. 저벅. 저벅.

탁.

열려진 문 사이로 20대 중반쯤 되어 보이는 여인이 들어온다. 탄성이 나올 정도로 늘씬한 몸매에 가슴이 거의 다 드러날 정도로 파인 옷. 그녀는 잠시 방 안을 둘러보다가 바닥에 쓰러져 있는 내 모습을 발견하고는 불쾌하다는 듯 인상을 찡그렸다.

"아직도 이 방에 있었던 거야? 알고는 있었지만 지독한 놈이군."

내가 방 안에 갇혀 있던 이유가 방 안에서 나가지 말라던 자신의 말 때문이라는 걸 모르는 것일까? 그녀는 아무렇게 쌓여 있는 물건들을 치우며 방 안으로 들어왔다. 천천히 가까워지는 발소리. 나는 그녀가 날 일으켜 세워주기를 기대했다. 방 밖으로 데리고 나가주기를 기대했다. 화난 듯 인상을 쓰면서도 어쩔 수 없다는 듯 한숨 쉬기를 기대했다.

하지만 그녀는 그 모든 행동 대신 날 걷어차는 것을 택했다.

퍽!

하는 소리와 함께 전신을 뒤흔드는 고통. 그녀는 나를 찬 그 행위조차 불쾌하다는 듯 발을 털며 말했다.

"기분 나쁘니까 노려보지 마. 방 안에서 며칠간이나 갇혀 있었으면서 울음소리 한 번 내지 않다니. 아비를 닮아서 그런지 지독하군."

아니, 아니다. 난 단지 그녀를 찾아오는 남자들에게 내 존재를 알리고 싶지 않았을 뿐.

나를 본 남자들의 반응이야 어린 나조차 알 수 있을 정도로 뻔했고, 그렇기에 난 방 안에서 울음조차 참으며 견뎠던 것이다. 그녀를 곤란하게 만들지 않기 위해, 그녀에게 거슬리는 아이가 되지 않기 위해.

하지만 그녀의 눈에는 나를 향한 그 어떤 애정도 담겨 있지 않았다. 그윽하게 타오르는 분노와 증오. 그녀는 잠시 나를 바라보다가 이내 돌아서 버리고 말았다.

난 놀라 뭔가 말하려 했지만 내가 고개를 들어올렸을 때 이미 문은 거칠게 닫히고 있는 중이었다.

"……"

발소리가 멀어지자 방 안은 다시금 어둠과 정적으로 가득 찼다. 나는 소리쳐 그녀를 불러보려 했지만 잔뜩 잠겨 있는 내 목소리는 나조차 듣기 힘들 정도로 작을 뿐이었다.

"쿨럭."

악물고 있던 숨이 트임과 동시에 한 움큼의 액체를 토한다. 그것을 토하자 목과 복부가 바늘로 찌르는 것같이 아파오기 시작했지만 대충이나마 일어나 벽에 몸을 기댈 수 있었다.

"어째서."

많은 걸 바라는 게 아니다. 단 한 번이라도 좋으니 따스한 눈으로 바라봐 주었으면… 마음껏 때린 후라도 좋으니 꼭 껴안고 사랑한다고 말해 주었으면…….

"어째서……."

그것만으로도, 단지 그것만으로도 나는 세상 그 어떤 누구보다 착하고 순종적인 아들이 될 수 있었을 텐데.

*　　　*　　　*

2021년 9월 24일. 오후 4시.

"젠장. 오랜만에 엿 같은 꿈을 꿔버렸군."

전신을 감싸고 도는 불쾌감에 인상을 찡그린다. 한동안 잊었다고 생각했는데 설마 꿈속에서 나올 줄이야. 요새 게임하느라고 정신이 허해지기라도 한 건가.

다시 잠들려 눈을 감았지만 이내 다시 뜨고 말았다.

흐음… 이건 생각보다 훨씬 더 불쾌한 기분이군. 하루 두 시간만 수면하는 폐인 생활을 몇 달간이나 유지해 온 터라 오늘만큼은 제대로 잠 좀 자보려 했는데 이런 꿈이라니. 한동안 푹 자기는 글러 버린 것 같다.

언제나와 마찬가지로 캄캄한 우주의 모습에 한숨 쉬며 천천히 일어나 몸을 풀기 시작한다. 우주 공간은 기본적으로 무중력 상태이기 때문에 늘어져 있다가는 근력 자체가 말도 못할 정도로 약화되어 버린다. 하물며 하루 20시간가량을 일루전에 투자하는 나야 더 말할 것도 없지 않겠는가. 일루전 전용 캡슐인 우로보로스(Uroboros)는 기본적으로 누운 자세를 요하고 있으니 말이다.

"하지만 요새는 좀 이상하단 말이야."

나미코 자체에 트레이닝 기구가 배치되어 있는 덕택에 난 하루 한 시간씩 꼬박꼬박 트레이닝을 할 수 있었다. 아무리 우주에 있다고 해도 결국 지구로 돌아갈 게 뻔한 데다가 내 몸이 헐렁하게 변하는 건 스스로도 용납할 수 없는 일이기 때문이다.

하지만 아무리 그렇다 해도 이렇게까지 몸 상태가 좋다니? 내가 작정하고 운동을 한다 해도 운동을 하는 장소는 어디까지나 우주 공간, 그리고 그 시간도 겨우 한 시간뿐이다. 그런데 약해져야 할 몸에 점점 더 힘이 들어가는 듯한 이 기분은 무엇일까? 손가락으로 동전을 구겨 버릴 수 있는 일루전을 플레이하다 보면 오히려 상대적 박탈감이 느껴져야 하는데 전혀 그런 기분이 들지 않는다.

띠리리리리.

"어?"

느닷없이 울리는 신호음에 반사적으로 중앙 제어 장치를 살폈다. 반짝이는 영상과 함께 떠오르는 문자. 나는 그것을 보고 의문을 표할 수밖에 없었다.

"도킹 요청이라니. 태극의 귀환은 아직 오 일이나 남았을 텐데?"

의아해하기는 했지만 도킹 요청을 거부하거나 하지는 않았다. 지금 이 무슨 전쟁 상황도 아니고 저들이 범죄자인 것도 아니니까. 때문에 도킹은 순조롭게 이루어졌고, 태극의 승무원들이 하나둘 내리기 시작한다.

"안녕~! 오랜만이야."

"글쎄요. 어제도 보지 않았나요?"

"하지만 현실로는 3개월 만인걸."

친한 척 엉겨 붙는 그녀가 부담스러워 약간 물러섰다. 뭐가 그렇게 좋은 건지 계속해서 웃고 있는 혜림과 그런 그녀의 뒤에서 떨떠름한 표정을 짓고 있는 태극의 승무원들. 나는 그들의 모습에 의아함을 느꼈다.

"멋진 표정들이군요. 무슨 일이라도?"

"아, 아니네. 그럼."

"수고하십시오!"

엉거주춤한 자세와 떨떠름한 표정을 유지한 채 태극으로 돌아가 버리는 승무원들의 모습에 눈썹을 찡그린다. 뭔가 있군. 나는 고개를 돌려 언제나와 마찬가지로 미소 짓고 있는 혜림을 바라보았다.

"저들에게 무슨 일이라도 있습니까?"

"문제라면 별로 없어. 그냥 내가 너랑 친한 척하니 질투하는 것뿐이지."

"으음……."

그다지 질투하는 분위기인 것 같지는 않은데. 뭐, 내가 그들 분위기를 신경 쓸 필요는 없겠지. 어차피 오늘이면 떠날 이들이 아닌가?

난 몸을 돌렸고 혜림은 싱글거리며 우로보로스에 걸터앉았다. 전체적으로 늘씬한 몸매에 작은 키에도 성숙한 이미지를 풍기는 흑발의 미녀. 그녀에게서 느껴지는 익숙함은 언제나와 마찬가지로 진한 것이었지만 난 아직도 그녀의 정체를 모르고 있었다.

"그나저나 요번 크리스마스는 어쩔 거야?"

태연한 그녀의 물음에 생각한다. 크리스마스? 오늘은 9월 24일이다. 크리스마스라면 아직 세 달 가깝게 남았는데 난데없이 크리스마스라니?

"질문의 의도를 알고 싶습니다만."

"어머. 여자가 남자의 크리스마스 동향을 묻는데도 그 의도를 모르겠어?"

장난스럽게 웃으며 오른팔을 껴안는 혜림. 좁은 선실 탓에 그것을 피하지 못한 나는 팔에 와 닿는 뭉클한 감촉을 맛보아야만 했다.

어허. 이건 꽤… C급? 잘하면 D에 가까… 아니, 이런 생각을 할 때가 아니야. 이럴 때는 화를 내야지.

"무슨 짓입니까?!"

나름대로 화난 표정을 지으며 그녀를 떨쳐 버렸으나 전혀 먹히는 분위기가 아니다. 아무런 상관 없다는 듯 장난스럽게 웃는 혜림. 그녀는 말했다.

"무슨 짓이기는. 어때, 크리스마스에 시간 좀 내줄래?"

"크리스마스라면 12월입니다. 지금은 9월입니다만."

"예약이지."

"어째서?"

"일이 생겼거든. 크리스마스까지는 일루전에 접속할 수 없을 것 같아."

전혀 뜻밖의 말이었다. 생각해 보니 태극호도 오 일이나 빨리 왔었지. 무슨 일이라도 있는 걸까?

"3개월이나 쉬는 겁니까?"

"일급 기밀 사항이지만… UFO가 나타났거든."

"하?"

황당한 표정을 지었지만 적어도 지금의 그녀는 진지했다. 맙소사. 그럼 그걸 나도 진지하게 받아들이라는 말이야?

"이상하게 들리지? 하하. 하지만 아무리 그래도 UFO라니. 덕택에 시리우스 사의 직원들이 외계인이라는 황당한 주장이 설득력을 얻고 있어."

그녀의 말에 나는 잠시 고개를 숙였다. 분명 황당한 일이기는 하지만 있을 수 있는 일이다. 일루전의 기술력은 확실히 인간의 수준을 넘어섰으니까.

솔직히 인간들 중 천재 집단이 있어 보편적인 과학력을 몇백 년이나 초월했다는 것보다 외계인 쪽이 조금 더 타당한 결론이 아닐까?

뭐, 이러니저러니 해도 UFO는 분명 뜻밖의 것이었음으로 물을 수밖에 없었다.

"어떤 형태인 겁니까?"

"검."

"검(劍)?"

"응. 하지만 아무리 검의 모양을 가지고 있다 해도 길이가 1,500㎞나 되는 그걸 검으로 받아들일 인간은 아무 데도 없지."

"그래서 UFO라?"

하지만 아무리 그래도 한반도보다 더 큰 검이라니 황당하군. 분명 그만한 크기의 검을 누가 만들 일도 없을 테고 그만한 크기의 물건을 실제 검이라 생각할 만한 녀석 역시 없을 것이다.

하지만 어째서일까? 난 혜림이 그 검이 UFO라는 의견에 부정적이라는 느낌을 받았다.

"당신은……."

"아아, 거기까지. 일급 기밀 사항이라고, 일급 기밀 사항. 내가 이거 말했다는 것도 잊어. 괜히 암살당하고 싶지 않으면."

물론 그냥 으름장이라는 걸 안다. 어차피 그만한 크기의 검이 발견되었다면 아무리 소식을 막는다고 해도 곧 퍼져 나가게 마련일 테니까. 하지만 일급 기밀이라는 건 정말인 것 같으니 묻는 건 그만두기로 할까.

"그나저나 그걸 조사하느라고 3개월 동안 빠지는 겁니까?"

"응. 그러니까 크리스마스 약속이나 잡아놓으려고. 시간있지? 응, 응?"

난 다시금 내 손을 잡는 그녀의 모습에 당황한 외중에도 머리를 굴리기 시작한다. 시간을 내달라? 물론 시간이라면 있다. 넬 녀석의 호위도 거의 끝나가는 데다 일루전 내에서도 언제나 솔로 플레이(Solo Play:아무의 도움도 받지 않고 혼자서 게임을 진행하는 플레이 스타일)를 고수하는 나인만큼 약속 같은 게 있을 리 없으니까.

하지만 그렇다고 해서 반드시 그녀와 만나라는 법은 없지 않은가? 약점을 잡힌 것도 아니고 신세를 진 적도 없는 이상 내가 그녀의 의도대로 움직여야 이유는 어디에도 없는 것이니까.

때문에 난 말하려 했다. 미안하지만 당신에게 내줄 시간 같은 건 없다고. 나한테 왜 이렇게 신경 쓰는지는 모르겠지만 그 정체부터 밝히지 않는 이상 더 이상의 접근은 허락하지 않겠다고 말이다.

더 생각할 필요도 없을 정도로 간단한 일. 나는 말했다.

"그러죠."

아니, 내가 지금 뭐라고 한 거지?

나는 스스로도 믿을 수 없는 발언에 황당해했고 혜림 역시 이렇게나 간단히 응할 줄은 몰랐다는 듯 놀란 표정을 지었다.

"진짜? 정말? 난 단박에 거절할 줄 알고 협박거리까지 준비해 왔는데."

오호, 그러셨수? 거참, 철두철미한 성격이시구랴!

얼결에 내뱉은 말을 정정하려 했던 나는 협박에 굴하는 것보다야 깨끗하게 승낙하는 편이 낫겠다는 쪽으로 생각을 전환했다. 좀 꺼림칙해서 그렇지 혜림 역시 미녀가 아니던가. 크리스마스에 만나자는 미녀의 부탁을 무작정 거절하는 것보다는 승낙하는 게 더 괜찮을 것 같다.

"그러면 크리스마스 때 뵙도록 하죠."

"아잇! 얘기 끝나니까 쫓아내는 거야?"

"어차피 할 말 끝나면 갈 거였잖습니까."

여유있게 웃어주자 그녀는 뾰루퉁한 표정을 지으며 물러섰다. 으음. 성숙한 이미지를 가지고 있기는 하지만 이렇게 보니 꽤 귀엽기도 하군. 평상시 능구렁이같이 행동한다 해도 역시 미인이니까.

나는 그녀가 태극으로 돌아가는 것을 지켜보다가 잠시 생각에 빠졌다. 그나저나 나는 물론 혜림, 그러니까 제니카까지 나와 버렸으니 넬 녀석도 꽤나 암담하겠군. 이제 목적지에 거의 도착했으니 별문제도 없을 거라는 생각이지만 말이다.

아, 그리고 보니 설명이 늦었군. 오늘은 9월 24일, 즉 신성기사단을 만난 지 무려 팔 일이나 지난 상태이다.

시간을 이렇게 막 넘겨 버리면 어떻게 하냐고 물을 수도 있겠지만 나도 어쩔 수가 없다. 신성기사단이 떠나 버린 후 팔 일 동안의 여행에는 말 그대로 아무런 문제도 없었으니까. 나로서는 그냥 일루전의 세계를 관광하는 정도의 시간밖에는 되지 않았다는 말이다.

이제 슬슬 이레인의 수도 데카른에도 거의 도착한 상태이고 그동안 만난 마족 역시 없었다. 어느 도시가 마족에게 전멸했다, 어디에 언데드 군단이 나타났다, 하는 소문들 때문에 전체적인 분위기는 매우 흉흉했지만 의문의 용병단이나 기사들이 처리했다, 라는 식의 이야기도 들려오는 걸 보니 나오는 족족 유저들이 퇴치하고 있는 모양이었다.

"어쨌든 잠도 다 깼으니 가볼까? 물론 세이란이 있는 만큼 넬 녀석이 위험에 처할 확률은 적겠지만 그래도 만약이라는 게 있으니까."

나는 일루전에 접속하기 위해 그대로 우로보로스로 향했다. 장갑 끼고 헬멧 착용. 하지만 그때 묘한 전자음이 울린다.

띠리리리리.

"아, 진짜 뭣 좀 하려고만 하면 태클이야."

난 투덜거리며 벽을 박차 바닥에 놓여 있던 노트북을 잡아 들었다. 으와아. 채팅 요청? 석구 이 자식, 이젠 별 해괴망측한 방식으로 연락하는군.

난 인상을 찡그리면서도 채팅 요청에 응했다. 모니터의 대부분을 파랗게 채우며 떠오르는 창. 아아, 분위기를 보니 녀석이 만든 프로그램이로군.

(System) 건영님께서 참가하셨습니다!

건영:무슨 일이냐? 그런 이상한 아이디로.

미소천사:이상하다니! 이래 봬도 신경 써서 지은 아이디야. 귀엽잖아? ^_^;;;

건영:전혀.

미소천사:그, 그래? ㅡ_ㅡ;;;;

건영:그래, 하지만 무슨 일이야, 난데없이 채팅이라니?

미소천사:아, 그렇게 대단한 건 아냐. 단지 네 일정에 변경 사항이 생겨서.

건영:변경 사항?

미소천사:응. 아마 넌 안 좋아하겠지만.

건영:나쁜 소식인가 보지?

미소천사:약간은. 사실은 네가 나미코에서 보낼 시간이 더 길어질 것 같아. 사실은 나미코를 맡기로 한 연구원이 요전번에 사고를 당했거든. 그리 큰 부상은 아닌데 우주선이라는 게 몸 상태를 워낙 따지는 물건이잖아.

더 길어졌다니… 확실히 예전이라면 안 좋아했을 만한 소식이지만 이제는 상관없는 일이다. 어차피 이 상황에도 충분히 적응하는 중이니 말이다.

그나저나 검 모양이라는 UFO에 대해 말할까? 아니, 굳이 그럴 필요는 없을 것 같았다. 일단은 일급 비밀이라니 함부로 말하기도 뭐하고 말이다.

그렇기에 난 아무렇지도 않게 타이핑했다.

건영:대충 얼마큼 길어질 것 같은데?

미소천사:어? 화 안 내? 너 거기 가는 무지 싫어했잖아.

건영:아아, 여기 생활도 익숙해지니 꽤 괜찮더라고. 한가하게 노는 것도 꽤나 오랜만인 것 같고.

미소천사:후훗. 일루젼이지?

건영:뭐, 그렇지. 그나저나 넌 일루젼 플레이 안 하는 거야?

미소천사:아아, 사실 오픈베타한 후에는 캐릭터 생성도 하질 않았어. 솔직히 건진 게 없는 뻘짓이기는 하지만 I.B.L에서도 일루젼의 기본 구조를 알아내려 필사적이라서 말이야. 일에 이리저리 치이다 보니 할 시간이 없더라고.

건영:그건 좀 의외네. 난 네가 한참 일루젼을 플레이하고 있을 줄 알았는데. 일루젼은 그 자체로 흥미로운 게임이잖아?

미소천사:그렇긴 하지만⋯ 괜찮아. 베타 기간 때 마스터에 도달하기도 했으니 할 만큼 했다고 생각하기도 하고.

건영:뭐? 베타 때 마스터 레벨에 올랐다고?

미소천사:으응. 그게 유저의 능력을 요구하는 방식이니 연산을 조금 잘하는 나로서는 플레이가 쉬운 편이더라고.

건영:거⋯ 참. 아, 그러고 보니 넌 마법을 몇 개까지 사용할 수 있어?

미소천사:사용하다니?

건영:그러니까 동시 연산. 사실 일루젼을 플레이하다가 전혀 다른 속성 마법 네 개를 동시에 사용하는 사람을 봐서 말이야.

미소천사:진짜? 대단한데.

건영:너는?

미소천사:전혀 다른 속성 마법이라면 일곱 개.

건영:뭐?

미소천사:일곱 개. 같은 종류의 마법을 동시 반복 연산이라면 38개까지 할

수 있다. 나 대단하지? ^_____^

　　건영:그, 그렇군. ―_―;;;

　　미소천사:아아. 슬슬 시간이다. 뭐 더 할 말 있어?

　　건영:아 이제 별로 없… 아! 사실은 하나 더 있어.

　　미소천사:뭔데?

　　건영:너 나랑 오랫동안 알아왔지?

　　미소천사:에? 일단은 그렇지.

　　건영:그럼 홍혜림이라는 여자 알아?

　　미소천사:홍혜림? 음… 모르겠는데. 왜? 또 새로운 여동생이라도 생긴 거야?

　　건영:모르면 됐어. 아, 시간있으면 일루전 가입이라도 해놔. 이렇게 채팅하는 것보다는 일루전에서 만나는 게 나을 것 같으니까.

　　미소천사:알았어. 그럼 나중에 보자. ^O^!

　　건영:그러지.

　　(System) 미소천사님께서 나가셨습니다.

　　(System) 채팅을 종료합니다.

　　허망한 표정을 지은 채 채팅을 종료한다. 허허. 옛날부터 알고 있었다지만 녀석이야말로 진정한 괴물이군. 전혀 다른 속성 마법이면 일곱 개. 같은 종류면 서른여덟 개라고? 더블스펠만 해도 열 번 중 아홉 번을 실패하는 내가 있는데 일곱 개의 술식을 동시 연산할 수 있다니. 이 정도면 황당하다 못해 어이가 없는 일이다.

　　"아아, 일루전 최강일 거라는 자신감이 약해져 가는데."

투덜거리며 우로보로스 안으로 들어간다. 넬 녀석에게 잠시 어디 좀 간다고 한 다음에 로그아웃했으니 불안해하고 있겠군. 나는 장갑과 헬멧을 착용한 후 그대로 버튼을 눌렀다.

*　　　*　　　*

2021년 9월 24일. 오후 5시.

떨어진다. 무시무시한 속도로 떨어진다.

멀기만 하던 대지는 광포한 기세로 내 시야를 정복해 들어오기 시작했고 귓가를 스치는 바람은 날카로운 폭음이 되어 아찔한 감각을 증폭시킨다.

"……."

아니, 이 표현 왠지 많이 써먹은 것 같은 기분이 드는데 착각인가?

하여튼 요즘에는 수면 방식 로그아웃을 해서 추락도 꽤 오랜만이군. 수면 방식 로그아웃을 하면 로그인 시 추락 이벤트—일까, 이거?—를 생략하게 되니까.

나는 고개를 들었다. 오호, 새로운 공지 사항이군. 나는 그것을 읽었다.

일루전 시작과 더불어 패치 사항을 알려드립니다.

1. 긴급 패치에 대한 보상으로 모든 유저 분들에게 '불사조의 깃털'을 드립니다.

불사조의 깃털은 부활용 아이템으로 캐릭터—유저에 한합니다—사망 후 5분

만에 사용하면 죽은 이를 부활시킬 수 있습니다. 죽은 이는 아무런 딜레이 없이 부활이 가능하나 스스로 사용하는 것은 불가. 거래 역시 불가능합니다.

2. 신 개념 '단련'이 추가됩니다. 금일 2021년 9월 24일. 오후 6시부터 유저는 운동이나 명상을 함으로써 체력이나 마력을 증가시킬 수 있습니다. 단련해 획득한 능력치는 단련하지 않고 장시간 쉬면 다시 하락하며 기본 능력치 이하로는 하락하지 않습니다.

3. 별로 말할 거 없습니다. 뭘 더 바랍니까?

그럼 일루전과 함께 오늘도 즐거운 하루 되시길 바랍니다.

오호, 긴급 패치에 대한 보상을 논의 중이라더니 아이템을 하나 뱉는군. 불사조의 깃털이라… 부활용이라면 분명 무시무시한 가치를 가지겠는데?

누가 죽은 다음에 '살려 드릴 테니 10골드(오백만 원) 주세요' 같은 상황도 벌어질 수 있다. 말 그대로 생명을 가지고 흥정하게 되는 건가.

그리고 다음 사항인 단련이라… 이거 이제부터 운동하는 유저를 질리게 보게 될 듯하다. 레벨과는 별개로 단련해 체력을 올릴 수 있다면 하루종일 뛰어다닐 인간들이 넘치고 넘치는 현실이니까.

그리고 마지막 3번은… 별거 없군. 뭘 더 바라나.

쉬이이이!

이런 저런 생각을 하는 사이에 지면이 모습이 확대대기 시작한다. 기본적으로 낙하형 로그아웃은 종료한 장소에서 위쪽 장소로 떨어진다. 요컨대 내가 4층 건물의 1층에서 로그아웃을 했다면 다음에 로그인할 때는 그 장소가 아니라 4층 건물의 옥상에 내려서게 되는 것이다.

뭐, 하늘에서 떨어지는 로그인이니 당연하다면 당연한 일이랄까? 덕

분에 지하 던전 같은 데 가면 전부 클리어하기 전에 함부로 종료할 수
가 없다더라.

"그나저나."

난 추락 속도가 조금씩 감소되는 것을 느끼며 조금 당혹스러운 표정
을 지었다.

내가 로그아웃한 장소는 여관의 옥상이었다. 옥상쯤 되면 사람도 별
로 없을 거라 생각했기 때문인데 어이없게도 별로 넓지도 않은 옥상은
한 무리의 기사들로 가득 들어차 있는 상태였다.

어차피 감속 타임에서는 속도를 줄이기 위해 무형의 기운이 몸을 붙
잡는다는 걸 떠올린 난 몸을 틀려고 헛되이 움직이는 대신 상황극 때
질리도록 해왔던 상황 파악을 시작했다.

생각해 보자.

현재 옥상 위로 올라와 있는 기사의 수는 정확히 서른 명이다. 거기
에 넬과 엘, 세이란까지 있으니 그다지 넓지 않은 옥상은 빽빽하게 들
어차 있는 것이지.

상식적으로 기사가 공주를 모시는 자리에 기사단 전부가 올라갈 필
요는 없다. 그냥 기사단장이나 대표자 같은 녀석이 가서 예를 표하면
되는 문제니까.

하지만 이 녀석들은 기사단 전부가 옥상을 가득 채웠을 뿐만 아니라
모든 기사들이 완전무장을 마친 상태였다. 무릎을 꿇고 예를 취하지
않은 건 둘째치더라도 지나칠 정도로 건방진 모습은 아무리 되짚어보
아도 충성심과는 거리가 있어 보이는 것이었다.

잠시 다른 나라의 군대가 아닐까 생각해 보았지만 여기는 이레인의
중심부에 가까운 장소인데다가 녀석들의 방패에 새겨진 드래곤의 모습

은 분명 이레인의 것. 나는 그 모든 상황을 통틀어 그들이 넬에게 그다지 호의가 없다는 것을 깨달았다.

생각을 정리한다.

1. 그들은 이레인의 기사단이다.

2. 그들은 넬에게 호의가 없다.

3. 그들이 찾아온 이유는 넬을 데려가기 위해서이다.

4. 달의 일족인 세이란은 타국인 이레인의 행사에 함부로 관여할 수 없다.

나는 가볍게 자세를 잡았다. 말이야 길게 했지만 이 모든 생각은 10미터의 감속 시간, 그러니까 대충 3~4초 만에 이루어진 생각이다. 비정상적이라고? 훗! 몇천 번이 넘도록 연습해 봐라, 나만큼은 아니어도 충분히 비정상적인 눈치를 기를 수 있게 될 테니까.

"좋아."

생각을 정리하자 결론도 분명하게 보이는군. 말했는지 모르겠지만 일루전의 로그인 시스템은 타 유저나 NPC에게 보이지 않는다. 물론 아예 안 보이는 건 아니고 유저의 몸이 지면에서 10미터 위, 그러니까 감속하기 시작하는 시점에서부터 보이기 시작하는 것이다. 아래에 있는 게 유저라면 [지정 자리에서 타 유저가 로그인 중입니다]라는 경고를 받고 적당히 자리를 피하겠지만, NPC에게는 말 그대로 날벼락이겠지.

나는 가볍게 오른손을 들어올렸다. 그리고 넬에게 손을 내밀던 사내의 정수리를 내려쳤다.

빡!

"커억?!"

상상조차 못한 기습에 외마디 비명과 함께 쓰러져 버린 금발의 사내. 나는 네 마리의 실프를 소환해 바람을 일으키며 넬의 옆으로 천천히 내려섰다.

"미안. 좀 늦었군."

"밀레이온님?"

난 부드럽게 웃으며 그녀의 머리칼을 헝클어뜨렸다. 잠시 상황을 인식하지 못해 멍청하게 서 있던 기사들은 드디어 상황을 인식한 듯 분노하며 검을 뽑아 들었다.

"네, 네놈! 지금 왕자님께 무슨 짓이냐!"

"왕자? 설마 저분이 왕자란 말입니까?"

난 능청스러운 표정으로 쓰러진 왕자를 바라보았다. 애초에 슬쩍 친 것이기에 왕자 녀석은 비틀거리면서도 몸을 일으켰다.

"크윽. 네 녀석은 뭐냐!"

"조난당하신 공주님의 호위를 맡고 있습니다. 수상쩍은 분들이 심상치 않은 분위기를 풍기고 있기에 일단 공격을 한 것이죠."

"수상쩍다니! 네놈은 스스로의 말에 책임을 질 수 있나?"

녀석은 이를 갈며 나를 노려보았는데 난 녀석으로부터 상당한 기운이 뿜어지는 것을 느낄 수 있었다.

이 녀석, 서먼 마스터군. 기운이 좀 매끄럽지 못한 경향이 없는 것은 아니지만 상급 소환수를 부를 수 있겠어.

나는 차분하게 녀석을 관찰했다. 하지만 그 시선이 마음에 들지 않았던 것인지 녀석은 인상을 더욱 찡그렸다.

"대답해라. 수상쩍다니 무슨 소리지?"

"당연합니다. 그 존재만으로도 힘의 상징이라 불리는 기사단이 이

좁은 옥상에 빽빽하게 서 있는 것만 해도 놀라운데, 그들 모두가 완전 무장까지 하고 있으니 어찌 아군이라 생각할 수 있겠습니까.”

이런 상황에서 말을 더듬거나 망설이게 되면 할 말을 다 못하게 된다는 것을 알고 있는 나는 아무렇지도 않다는 듯 웃었다. 분명 틀린 말은 아니었기에 녀석은 말이 막힌 듯 아무런 말도 하지 못했다.

하지만 언제나 그렇듯 나서기 좋아하는 녀석이 있는 법이지. 녀석의 부관, 아니, 정확히는 시종 정도로 보이는 녀석이 얼굴을 붉히며 앞으로 나섰다.

“무엄한! 이분은 이레인 왕국의 제1왕자 포랜스 이레인님이다! 당장 엎드려 예를 표하지 못할까!”

녀석의 말에 나 역시 진지한 표정으로 말했다.

“무엄한! 이분은 이레인 왕국의 제1공녀 네레이드 이레인님이시다. 왕가에 충성을 맹세한 기사로서 당장 예를 표하지 못할까!”

똑같은 말이었지만 내 쪽은 오우거조차 놀라 물러날 기백이 담겨 있었다. 살기(殺氣)라면 살의(殺意)를 동반해야 하기 때문에 까다롭지만 기백은 나와 상대의 능력이 차이가 나면 날수록 자유롭게 뿜어낼 수 있는 것이었으니까.

상황극에서의 숱한 연습이 헛되지는 않은 듯 앞으로 나섰던 녀석을 포함한 기사단 전체가 움찔하며 뒤로 물러선다. 분위기를 무겁게 끌어갈 생각이 아니라면 기백 후 분위기를 풀어주는 것이 낫다. 어차피 기백을 정면으로 당한 인간은 한동안 나에게 함부로 굴 수 없으니 이제부터는 조금 저자세로 나가도 녀석들이 짓밟으려 들지 않을 테니까.

나는 오른손을 내 등 뒤로 내밀어 넬에게 손짓했다. 어리버리한 녀석이라면 그저 당황하겠지만 총명한 넬은 내 손짓의 뜻을 알아채고 앞으로 나섰다.

"너무 흥분하지 마세요, 윈드리스. 그래도 그분은 제 오빠니까요."

"진짜 왕자님이란 말씀입니까? 이런 실수가!"

나는 능청스레 웃으며 뒤로 물러섰다. 이 정도면 넬을 압박하던 분위기는 대충 흐트러진 듯하군. 내 존재도 존재지만 녀석들에게 그녀는 왕족이라는 걸 분명하게 각인시켰으니까.

과연 포랜스는 분한 표정을 삼키며 억지웃음을 지었다. 일단 왕위를 노리는 왕자니까 이미지 관리를 해야 한다는 뜻이겠지. 그가 말했다.

"흠흠. 내가 조금 실수한 듯하군. 어쨌든 내가 왔으니 더 이상의 호위는 필요없소. 게다가 왕가의 문제에 달의 일족을 끼어들게 할 수는 없는 일이니까."

녀석은 냉정하게 세이란의 모습을 바라보았다. 생각보다 차분한 녀석이군. 왕족쯤 되는 녀석이 정체도 모를 녀석에게 모욕당하고 얻어맞기까지 했으니 이성을 잃을 만도 한데 녀석은 일단 달의 일족의 개입부터 막으려 하는 것이다.

실제로 왕가의 문제에 달의 일족이 개입해서는 안 되는 것인지 세이란의 표정이 딱딱하게 변한다. 잠시 아무 말도 못하고 머뭇거리는 세이란. 그는 잠시 고민하는 듯하다가 말했다.

"알고… 있습니다."

"그럼 되었군. 지금까지 못난 내 동생을 지켜주신 것에 감사를 표하오. 그리고 윈드리스라고 했나? 마찬가지로 감사를 표하지. 보상은 군수계에 가 받도록 해. 섭섭치 않을 테니까."

녀석은 놀랄 정도로 빠르게 상황을 정리했다. 무시한 건 아니지만 과연 왕위를 노릴 만한 녀석이군. 나는 어쩔 줄 모르고 당황하고 있는 세이란의 팔을 잡고 약간 뒤로 물러섰다.

"침착해. 짐작치 못했던 상황도 아니잖아?"

"그렇지만… 밀레이온님은 어쩌실 생각이죠?"

나는 슬쩍 각지를 껴 퀘스트창을 확인했다. 역시 퀘스트 완료가 안 되었군. 어디까지나 퀘스트 완료는 넬을 데카른까지 보호하는 것이었으니까.

"일단은 넬을 따라갈 생각이다. 아무래도 불안해서 말이야."

"그, 그럼 저도……."

"안 돼. 너라면 그 정도는 알고 있잖아?"

"……."

난 분한 표정을 지으며 이를 악무는 녀석의 모습을 뒤로하고 기사들의 분위기를 살펴보았다. 내가 빠진 사이에 넬을 데려가려 하는 왕자와 연신 불안한 표정으로 뒤돌아보는 넬과 엘.

이거 길가에서 만난 남자한테 너무 기대는 거 아냐? 어쨌든 내가 손을 뗐다고 생각하기 전에 돌아가야겠군.

나는 세이란의 모습을 바라보았다.

"헤어지기 전에 몇 가지 당부하지. 어떤 경우에도 너의 정의를 무너뜨리지 마라. 네가 진정한 성기사라면 믿어야 하는 것은 신이 아닌 세상이니까."

녀석의 머리를 당겨 눈동자를 똑바로 맞춘다. 녀석이 얼굴을 붉히는 바람에 조금 거북스러운 기분이 들었지만 어차피 마지막이니까. 난 웃으며 녀석을 놓아주었고 녀석은 완전히 빨개진 얼굴로 물러섰다.

"알았지? 일단은 여행을 계속하도록 해. 나중에 봤을 때는 조금 더 성장한 모습이었으면 좋겠군."

나는 몸을 돌렸다. 넬과 함께 왕성으로 갈 작전쯤은 다 생각해 놓은 상태였다. 물론 이런 상황극이 있던 건 아니지만 이 세계를 조금만 이해하면 응용 역시 어려운 일이 아니니까.

나는 그대로 앞으로 나서려 했다. 하지만 그전에 세이란이 말했다.

"잠깐만요!"

"응?"

내가 뒤돌아보자 세이란은 말했다.

"호, 혹시라도 문 캐슬에 오실 일이 있다면 세레나 문이라는 여인을 찾아주실 수 있나요?"

"세레나 문?"

무슨 뜬금없는 소리인지는 잘 모르겠지만 고개를 끄덕였다. 어차피 문 캐슬이라면 한 번쯤 들를 계획이었으니 아무래도 상관없겠지.

"알았죠? 꼭입니다!"

녀석은 더 이상 견딜 수 없다는 표정으로 몸을 돌리더니 그대로 건물 밖으로 뛰어내려 버렸다. 뜬금없는 녀석이군. 나는 피식 웃으며 몸을 돌렸다.

내가 다시 돌아오자 긴장하는 기사들과 대놓고 불편한 기색을 드러내는 포랜스. 그는 어이없다는 표정으로 말했다.

"아직 용건이 남았나?"

"예. 죄송한 말이지만 공주님과 맨 처음 약속했던 기간은 한 달이라서 적어도 기간은 채우고 싶군요."

내가 미소 짓자 녀석은 마음에 안 든다는 표정으로 날 바라보았다. 하긴, 왕족인 그에게 이렇듯 당당하게 말하는 녀석이 어디에 있었을까. 어차피 유저들에게 있어 왕자든 농부든 결국 NPC에 불과하겠지만 말이다.

녀석이 말했다.

"웃기는 말이군. 네레이드의 호위는 지금부터 나와 서몬 나이트 (Summon Knight)가 맡을 것이다. 감히 너 따위가 우리의 능력을 의심 하겠단 말이냐?"

응.

이라고 말하면 녀석들과 사생결단을 내야겠지? 아무리 마음에 안 드 는 녀석들이라고 해도 함부로 죽이고 다닐 수는 없었기에 나는 고개를 흔들었다.

"강대하신 기사단이 있는데 어찌 제가 그럴 수 있겠습니까. 저는 호 위가 아닌 이로서 동행할까 합니다."

"호위가 아니다? 그럼 뭔데?"

이해할 수 없다는 그의 표정에 나는 웃었다.

"시종."

Chapter 23

8시의 황혼

2021년 9월 25일. 오전 10시.

　말 위에서 내리자 농담으로라도 곱다고는 못할 시선들이 날아와 박히는 게 느껴진다.

　아아, 저깟 시선에 굴할 필요는 없겠지? 나는 주변에서 쏟아지는 그 모든 시선을 무시하고 이레인의 수도, 데카른의 모습을 바라보았다.

　"멋진데!"

　도시 여기저기에 서 있는 풍차를 보며 탄성을 터뜨렸다. 데카른의 동쪽에는 파니티리스에서도 가장 높은 편에 속하는 켈튼 산맥이 있고, 남쪽으로는 폭만 해도 3킬로에 달하는 그라나 크레바크가 있다.

　그 바닥을 알 수 없는 그라나 크레바크는 그 자체만으로 강한 바람을 생성시키고, 그 바람은 병풍처럼 늘어져 있는 켈튼 산맥에 가로막힌다.

본디 동북풍이어야 하는 그러나 크레바크의 바람은 켈튼 산맥을 따라 북상하게 되고 그 중도 지점이라 할 수 있는 데카른에는 1년 내내 강한 바람이 분다. 물론 그 주변에 언덕이나 방풍림(防風林) 같은 게 존재하기 때문에 바람이 부는 곳은 도시로부터 조금 더 위. 그러니까 대충 20미터에서 50미터 사이다.

험험, 잡소리가 조금 길었지만 쉽게 말해 데카른에는 1년 내내 바람이 불어온다는 뜻이다. 실제로 도시 여기저기에는 거대한 풍차들이 돌아가고 있는 상태였고, 30미터가 넘어가는 풍차들은 언뜻 봐도 탄성이 나올 정도로 장관을 이뤄내고 있었다.

"괜찮으시겠어요?"

주변 풍경을 관상하고 있는데 넬이 조심스럽게 다가와 속삭인다. 녀석의 드레스는 중세 영화에서 흔히 나오는 모양새로 허리를 조여 가슴을 강조하는 스타일이었는데, 한 번 말했듯이 녀석은 발육조차 제대로 되지 않은 어린애다. 어린애한테 이런 드레스를 입히다니 이 나라 녀석들도 제정신이냐?

"이런 상황에서 이런 말하기 미안하지만… 그 드레스 진짜 안 어울린다."

"시끄러워요."

"벽에 헐렁한 커버를 씌워논 꼴이랄까?"

"이보세요!"

얼굴이 빨갛게 물든 녀석의 모습에 웃음을 터뜨렸다. 역시 꼬맹이. 이런 녀석이 왕가의 음모나 계략에 휩싸이는 건 아무리 생각해도 마음에 들지 않는 일이다. 이 세계가 가상 현실이고, 이들이 모두 거짓이라고 해도 직면한 나로서는 그냥 지나칠 수 없으니까.

나는 잘 땋아 올린 녀석의 머리가 흐트러지지 않도록 조심하며 녀석을 쓰다듬었다. 아차, 난 이제 시종이었지? 나는 날카로워지는 기사들의 시선에 멋쩍게 웃으며 손을 치웠다.

"걱정하지 마. 내가 시종 일도 못할 것 같아?"

"그게 아니라 위험해요. 오라버니가 대범한 척하긴 해도 엄청 쪼잔해서 계속 알짱거리다간 살해당한다고요!"

"그래?"

나는 태연하게 웃으며 내 옆에 있는 엘을 바라보았다. 맨 처음 만났을 때처럼 가벼운 경갑 옷에 검을 차고 있는 엘. 나는 그에게 말했다.

"현재 녀석의 세력은 어느 정도지?"

"국가 권력에 대해서라면 거의 장악한 상태입니다. 이미 고위 귀족 중 반 이상이 그에게 포섭당한 상태이며, 그 자체만으로도 강력한 소환술사이니까요. 일단 적자는 공주님이지만 세력 면으로는 감히 비교가 되지 않습니다."

그녀의 설명을 들으며 왕궁으로 들어섰다. 포랜스인가 하는 왕자 녀석은 왕성에 도착하자마자 일이 있다며 가버렸고, 우리를 호위하고 있는 건 그가 이끌던 서먼 나이트 열세 명뿐이었다.

아, 그러고 보니 설명이 늦은 것 같군. 난 현재 넬의 시종 겸 음유시인으로 취직(?)한 상태다.

뭐, 넬은 누가 뭐래도 공주니까 아무리 무시당하고는 있다 해도 명색이 왕족이 시종 겸 음유시인 좀 데리고 다닌다는 데 태클을 걸 수 있는 인간이 어디에 있겠는가. 있다면 왕 정도겠지만, 포랜스는 왕자지 왕은 아니니까.

"이쪽입니다."

앞쪽에 선 시녀의 안내에 따라 복도를 따라 걷는다. 그나저나 역시 왕궁이라서 그런지 화려하군. 게다가 소환사의 나라라서 그런지 소환수가 많다. 주변에는 수많은 시녀들이 바쁘게 돌아다니고 있었는데, 그녀들의 숫자만큼이나 많은 소환수들이 쟁반이나 빨래 거리들을 들고 움직이고 있었던 것이다.

"안 신기해요?"

"뭐가 말입니까?"

주변 사람들의 시선을 생각해 존대로 답하자 넬은 이해할 수 없다는 표정으로 물었다.

"수많은 소환수들이 돌아다니고 있잖아요. 처음 온 사람들은 다들 놀라던데."

뭔가 실망스러운 그녀의 표정에 나는 살짝 웃는다. 하하! 이 정도로 놀라면 수천, 수만 마리의 소환수들이 하루종일 날고 뛰어다니는 서모네이트(소환사들의 성지)에서는 아주 기절하겠군. 아마 대부분의 유저가 그렇겠지만, 이미 몇백 종이 넘는 소환수를 모두 목격한 나로서는 정말 어지간한 소환수들의 모습으로는 놀랄 수가 없다.

"도착했습니다."

시녀의 안내에 따라 넬의 방에 도착했다. 과연 공주의 방답게 화려하게 꾸며진 내실. 넬은 고개를 돌려 기사들을 바라보았다.

"더 이상의 호위는 필요없으니 돌아가도록 하세요."

"그럴 수는 없습니다."

"제 말에 거역하시겠다는 건가요?"

"안전을 위해서입니다."

명색이 공주의 말인데 눈 하나 깜짝 안 하는군. 애초부터 호위보다 감시에 목적이 있는 녀석들이란 말인가?

이 녀석들이 녤을 감시하기로 작정했다면 쫓아내는 건 매우 어려운 일이다. 아니, 정확히 말해 어렵다기보다 골치 아픈 일이지. 이들 뒤에는 보나마나 포랜스 왕자가 있을 텐데, 녀석들을 무력으로 쫓아내면 어떻게 되겠는가? 내가 내 모든 능력을 드러내 이레인 왕국의 병력을 쓸어버린 후에 '우하하하! 내가 최강이로다!' 라고 외치며 룰루랄라 할 생각이 아니라면 감히 할 수 없는 일이다.

어쨌든 상황이 상황이니 중재가 필요하겠군. 난 웃으며 앞으로 나섰다.

"하하, 아무리 안전한 왕궁이라고 해도 호위 정도야 필요하죠. 어차피 문 밖에 있는 것 아닙니까."

"하지만……."

"괜찮습니다. 어떤 곡부터 연주할까요?"

부드럽게 웃으며 녤과 엘을 방 안으로 들인다. 요는 녀석들한테 감시당하지만 않으면 된다는 거잖아? 녀석들은 전에 봤던 엉터리 기사들과 달리 마나를 다룰 줄은 알지만 그 정도야 문제없이 처리할 수 있으니까.

탁.

문을 닫고 가방에서 0.5미터쯤 되는 악기를 꺼내 들었다. 연한 갈색에 검은색이 문양처럼 아로새겨져 있는 악기. 나는 열다섯 개의 현을 가볍게 쓰다듬어 조율한 후 마나를 공명시켰다.

차르르르릉.

모래 굴러가는 듯한 소리와 함께 퍼져 나가는 음율. 본디 테르마이안은 바이올린처럼 어깨에 걸치고 연주하는 악기지만 연주의 목적이

감상이 아닌 만큼 적당히 들고 활만 움직였다.

"밀레이온님?"

"아아, 걱정할 것 없어. 이건 방음용이거든."

"이런 걸로 방음이 되요?"

"마법 음악의 오묘함이지."

내 말에 엘은 뒤로 물러나더니 입을 뻥긋거렸다. 실제로는 뭔가를 말했겠지만 내 쪽에서는 아무런 소리도 들리지 않았다.

"지금 엘이 말한 거예요?"

"그렇지. 녀석의 말뿐만 아니라 지금 우리가 하고 있는 말도 엘에게는 안 들려."

지금 내고 있는 음은 중음(重音)이라고 해서 다른 소리는 모두 묻어버린다. 밖에서 아무리 열심히 엿들어봤자 들리는 건 음악 소리뿐이겠지.

연주 소리가 너무 멀리 퍼져 나갈까 잠시 조절하고 있는데 넬이 말했다.

"그나저나 무슨 생각으로 우릴 따라오신 거예요?"

"재미있을 것 같아서."

"죽을 수도 있는데?"

"그럼 팔자지 뭐."

능력이 있으니 걱정 역시 없다. 솔직히 내가 맘먹고 힘을 쓰면 누가 막을 수 있단 말인가? 현실도 아닌 게임 속에서 즐기지 않으면 손해지.

내가 태연하게 웃자 넬은 어처구니없다는 표정으로 한숨을 쉬었다.

"아아, 묵을 곳을 마련했으니 일단은 옷이라도 갈아입으세요. 무도회가 벌어질 것 같으니까요."

"무도회?"

"제가 무사 귀환한 걸 축하하는 자리예요. 애초에 방치해 놓고 축하라니… 망할 자식들."

녀석이 이를 가는 모습을 보며 웃었다. 과연 왕족이라고 해도 그리 좋지 않은 상황에 처해 있나 보군. 왕좌를 누가 차지하든 상관없지만 잠시 보호하도록 할까? 어차피 왕성이라면 퀘스트도 많이 발생할 것 같고 말이야.

"좋아, 그럼 음유시인 정도로 따라갈게. 무도회라는 거 구경하고 싶기도 하고."

"하지만 조심해요. 숙부님이나 오빠는 제 존재를 껄끄럽게 생각할 테니까요. 저에게 직접적인 해를 끼치지는 않아도 무슨 짓을 할지…….."

"괜찮겠지. 그럼 조금 있다 보자."

나는 슬쩍 웃어주고 방을 나섰다. 목표하던 바를 이루지 못한 건지, 인상을 찡그리고 있는 두 명의 호위 기사. 나는 상큼하게 웃어준 후 시녀에게 고개를 돌렸다.

"제 방은 어느 쪽이죠?"

"따라오십시오."

시녀는 무표정하게 나를 바라보더니 그대로 몸을 돌렸다. 소설이나 영화에 나오는 왕성들이 흔히 그렇듯 어마어마한 규모의 실내. 흠, 그렇다고는 해도 라비린토스에 있는 성지에 비해 딱히 뛰어난 것 같지도 않군. 게다가 성지들에 걸려 있는 비파괴(절대 부서지지 않는) 설정도 걸려 있지 않으니 언제든지 벽을 파괴할 수 있다.

"이곳입니다."

“고맙군요. 갈아입을 옷은 어디에 있습니까?”

“옷장 안에 있습니다. 그럼.”

꾸벅 고개를 숙이더니 그대로 가버린다. 거참, 할 말만 하고 사라지는군. 어쨌든 상관없다는 생각에 문을 열고 방 안으로 들어갔다.

전체적으로 꽤 깨끗한 느낌의 방. 잠시 주변을 둘러보던 난 방 한구석에서 옷장을 찾아냈다.

적당히 갈아입으면 된다는 말이군. 옷장에서 입을 만한 옷을 골라 들며 생각했다.

내가 지금까지 깬 퀘스트는 두 개다. 하나는 세이란을 구하는 퀘스트였고, 다른 하나는 지금 완료한 넬 호위 퀘스트. 이 정도 속도라면 대충 한 달 정도 걸릴 것 같군. 세이란을 구한 퀘스트처럼 단발성 퀘스트가 많이 나왔으면 좋겠는데 말이야.

겉옷과 바지를 벗고 거울을 바라보았다. 전체적으로 탄탄하게 균형 잡혀 있는 몸. 나는 싱긋 미소 지었다.

“언제 봐도 괜찮단 말이지.”

훗! 굳이 나라서 하는 말이 아니라 이 정도면 괜찮지. 능력있겠다, 얼굴 잘생겼겠다, 몸매까지 완벽하니 더 무얼 바라겠는가?

잠시 거울을 바라보고 있는데 목에 걸려 있는 목걸이가 눈에 띤다. 금색으로 아름답게 빛나는 이 목걸이는 메인 시나리오를 달성하면 획득하게 되는 시기에 생성된다는 자아 환원령이다.

가끔 보는 거지만 정말 아름다운 문양이군. 나는 목걸이를 들고 잠시 바라보았다. 딱딱한 보석임에도 물결치는 것 같은 모양새. 나는 보석을 눈 가까이에 대고 자세히 살펴보았다.

황금색 물결, 나는 목걸이 안에서 찰랑대는 물결을 계속해서 바라보

있다.

잔잔하게 일렁이는 물결과 소용돌이, 그리고 그 안에 있는 소녀의 모습.

“…어?”

순간적으로 할 말을 잃어버렸다. 소녀? 보석 안에 소녀가? 나는 놀라 다시 보석을 살펴보려 하는 그 순간 보석이 공중으로 떠올랐다.

샤아앙.

눈앞에까지 대야 간신히 보일 정도로 작았던 소녀의 모습이 순식간에 확대되기 시작하더니, 이내 인간 사이즈로 커져 보석 밖으로 모습을 드러냈다.

다른 환원령들이 그랬듯 무게감 없는 움직임으로 떠 있다가 가볍게 내려서는 금발의 소녀. 그녀는 잠시 눈을 깜빡이더니 멍하게 서 있는 날 바라보았다.

그리고 탄성을 내지른다.

[와!]

눈을 동그랗게 뜨고 날 바라보는 모습에 순간적으로 당황한다. 내 얼굴에 뭐라도 묻었나? 하고 내 몸을 살피던 나는 곧 내가 옷을 벗고 있었음을 깨달았다.

“아차차!”

서둘러 옷장에 있던 옷들을 꺼내 입었다. 팬티 정도야 입고 있었지만 하필 옷 갈아입을 때 나타나는 건 또 뭐냐?

잠시 투덜거리고 있는데 금발의 소녀가 배시시 웃으며 말한다.

[에에헷. 몸이 멋진데?]

“관리하는 편이니까.”

태연하게 답하며 옷을 고쳐 입었다. 구리구리한 옷만 있으면 어쩌나 했는데 의외로 디자인들이 괜찮군. 나는 양복 비슷한 디자인의 옷으로 골라 입은 뒤 몸을 돌렸다.

[안녕~!]

환하게 웃으며 손을 흔드는 그녀의 모습에 어지럽던 사고가 차분하게 가라앉는 것이 느껴졌다.

10대 후반쯤 되어 보이는 소녀, 탄탄하게 균형 잡힌 몸에 화사하게 빛나는 금발이 인상적인 그녀는 자신만만한 미소를 지으며 날 바라보고 있다.

전체적으로 활발한 느낌의 미소녀로군. 보기 좋게 그을린 피부는 건강한 아름다움을 뿜어내고 있었고, 부드러운 미소는 보는 이로 하여금 호감을 불러일으켰다.

아아, 알고 있지, 이 모습.

"닮았군."

[응?]

"아니다."

다 끝난 일이라 중얼거리며 심호흡을 했다. 그래, 저 녀석한테는 아무 잘못이 없어. 녀석은 그냥 만들어졌을 뿐이니까.

내가 잠시 고개를 숙이자 그녀는 걱정스러운 목소리로 말했다.

[괜찮아?]

"물론, 그나저나 이름이 뭐지?"

[에에? 마스터쯤 돼서 무슨 바보 같은 소리야? 당연히 주인인 네가 정해야지.]

그녀는 어깨를 으쓱이며 슬쩍 웃었고, 나는 그런 그녀의 모습을 찬

찬히 뜯어보았다.

다르다.

물론 분위기나 외모가 닮은 건 사실이었지만 착각할 정도로 닮은 건
아니었다. 애초에 내가 그녀를 에일렌과 닮았다고 생각한 것도 그녀와
같은 금발 때문일 뿐이니까.

나는 손을 뻗어 그녀의 머리에 손을 대어보았다. 실체가 없는 영체
라 그런지 그녀의 머리칼을 그대로 투과하는 나의 손. 그녀는 웃었다.

[후훗. 만져 보고 싶은 거야?]

"확인이었을 뿐이야."

퉁명스럽게 말하며 가방을 집어 들었다. 딱히 둘 곳이 없군. 나는 가
방을 접어 주머니 속에 집어넣었다. 누누이 말하지만 유저가 입는 옷
주머니에는 인벤토리가 설정되어 있기 때문에 가방이라도 별 문제 없
이 넣을 수 있다.

뭐, 옷에 달려 있는 주머니가 인벤토리이기 때문일까? 실제 유저 중
에서 주머니 없는 옷을 입는 이는 단 한 명도 없다. 주머니가 없는 옷
을 입어 인벤토리를 열 수 없게 되면, 난감한 건 다른 누구도 아닌 자
신일 테니까.

나는 다시 몸을 돌려 거울을 바라보았다. 턱시도 비슷한 형태의 옷
이었는데 약간 끼는 편이었다. 뭐, 맞춤도 아니고 이 정도면 잘 맞는
편이지. 나는 허공에 떠 있던 목걸이를 잡아 목에 건 후 다시 금발의
소녀를 바라보았다.

"이제 재료라는 걸 주면 되나?"

[재료?]

"그래. 정석들을 받아들인다고 들었으니까."

[아, 그거? 물론 받아들이기는 하지만 아직은 아니야. 퀘스트를 다 완료한 다음에 받아들일 수 있으니까. 그것들을 다 받아들이는 시점에서 내 힘이 완성되는 거야. 타이탄의 자아로서 널 도울 수 있게 되는 거지.]

완성된다는 게 그런 의미였군. 나는 피식 웃으며 옷장을 닫은 후 운디네를 소환해 몸을 씻었다.

뻘쭘한 표정으로 공중에 떠 있는 금발의 소녀. 그녀는 내가 아무렇지 않게 할 일만 하자 더 이상 기다릴 수 없다는 듯 입을 열었다.

[그냥 이렇게 세워두는 거야? 계약해야지!]

"아아, 할 거니까 잠깐 기다려."

인벤토리 속에서 테르마이안의 케이스를 꺼내 들며 생각했다.

아아 그래, 이제와 지난 일에 연연할 필요는 없겠지. 나는 피식 웃으며 고개를 들었다. 뚱한 표정으로 날 바라보고 있는 금발의 소녀.

"에일렌."

[응?]

"에일렌, 네 이름은 지금부터 에일렌으로 하자."

내 말에 그녀의 표정이 약간 굳는다. 마음에 안 드는 것일까? 하고 생각하는데 그녀는 곧 뾰로통한 표정으로 말했다.

[우우, 그 이름은 뭐야? 구려.]

"구리다고? 틀렸어."

나는 웃었다.

"세상에서 가장 아름다운 이름이다."

*　　　*　　　*

2021년 9월 25일. 오후 8시.

화려한 샹들리에가 빛나는 홀에 수많은 사람들이 오가고 있다.

명문가의 귀족만 참가한다더니 뭐가 이렇게 많아? 나는 등에 메달린 테르마이안이 다른 사람들에게 부딪치지 않도록 주의하면서 이동했다.

이곳은 넬과 함께 오기로 했던 무도회장이지만, 호위도 아닌 내가 그녀와 같이 올 수는 없는 일이었기에 미리 와 대기하기로 한 것이다.

"그나저나 대체 뭐가 뭔지 원."

금발의 소녀, 아니, 앞으로 에일렌이라 불리게 될 소녀는 '그, 그럼 그걸 내 이름으로 알고 가겠어!' 하고 소리치더니 목걸이 속으로 들어가 버렸다.

이것저것 묻고 싶은 게 있었지만, 이름만 부르면 다시 불러낼 수 있다니 급할 거 없겠지.

나는 고개를 들었다. 값비싼 보석과 드레스로 치장한 귀부인들과 마찬가지로 비싼 옷들을 걸치고 있는 사내들.

그런데 여기 물이 왜 이렇게 안 좋아? 건질 만한 수준이 아예 없는 것은 아니었지만 평균치가 영 아니군. 난 투덜거리며 홀의 구석으로 향했다.

"이봐."

"응?"

난데없는 소리에 고개를 돌렸다. 고개를 돌리자 보이는 건 연한 금발에 차분한 표정을 가지고 있는 소녀. 그녀가 물었다.

"어디의 귀족이지?"

"귀족이 아니라 악사입니다. 오늘 도착했죠."

태연하게 웃으며 예를 취했다. 까마득히 어린 녀석이기는 하지만, 이곳에 있다는 건 그녀가 귀족 아니면 왕족이라는 뜻이었으니까.

내가 예를 취하자 녀석은 눈을 가늘게 뜨더니 내 전신을 살폈다. 뭐야 이 시선은? 하고 생각하는데 녀석이 내 쪽으로 다가오더니 내 가슴과 복부, 혹은 팔다리 부분을 더듬어보는 게 아닌가?

내가 당황해 뭔가 말하려 하는데, 그녀는 만족스러운 미소를 지으며 고개를 끄덕였다.

"괜찮은데."

"뭐가 말입니까?"

내 말에 그녀는 고개를 들어 내 얼굴을 바라보았다. 내 키가 크니 당연히 올려다보는 형상이었는데 별 상관없다는 태도로 말했다.

"난 이레인 왕국의 3왕녀 클로니아 이레인이다."

"아."

놀란 표정을 지었지만 넬과 닮아 있는 외모 때문에 별로 놀라지는 않았다. 그나저나 클로니아라면 아는 녀석이군. 넬보다 두 살 더 많다는 녀석이었던가?

나는 넬에게 들었던 이레인 왕국의 사정을 떠올렸다. 이레인 왕국의 1공주는 넬이지만 2왕녀와 3왕녀는 그녀보다 나이가 더 많다고 들었다. 물론 그런 상황이라면 넬이 3왕녀가 되어야 하지만, 왕의 자식들 중 적자는 넬뿐이었기에 오직 그녀만이 '공주'가 되고 나머지들은 왕녀가 되는 것이다. 뭐, 왕족 간에도 이런 저런 등급과 절차가 있게 마련인 것이니까.

이런 저런 생각을 하고 있는데 클로니아가 내 얼굴을 빤히 바라보다 말했다.

"꽤 잘생겼군."

"감사합니다."

"몸매도 괜찮고."

"감사… 합니다."

칭찬이기는 한데 뭔가 찝찝하다. 뭔 소리를 하려는 거야, 이 꼬맹이는? 내가 의아해하고 있는데 녀석이 말했다.

"오늘밤 내 침실로 찾아오겠나?"

"……."

전혀 상상도 못한 대사가 머릿속에 울려 퍼진다.

오늘밤 내 침실로 찾아오겠나?

오늘밤 내 침실로 찾아오겠나?

오늘밤 내 침실로 찾아오겠나?

오늘밤 내 침실로……

필사적으로 생각을 정리한다.

1. 저 녀석은 지금 열여섯 살이다.

2. 열여섯이면 중학교 3학년 정도 되는 나이다.

3. 지금 저 녀석은 나보고 자신의 침실로 오라고 말했다.

"……."

아니, 뭐 이런 황당한 경우가! 그, 그러니까 지금 중학교 3학년짜리가 나한테 침대 상대가 되자고 말하고 있는 거냐!!

"뭐야? 대답이 늦는군."

도도하게 눈을 치켜뜨는 금발의 소녀. 아하하! 왕성도 생각보다 재미있는 곳이었군. 하지만 루네스 같은 완숙 미녀의 유혹도 뿌리친 내가 발육 부진 꼬맹이한테 넘어갈 리가 없지 않은가?

나는 밝게 미소 지으며 말했다.

"나이도 어린 게 발랑 까졌구나."

"당연히 그러… 뭣?!"

전혀 상상도 못한 대사에 황망한 표정을 짓는 클로니아. 그녀는 잠시 우물거리다가 화를 내려 했지만 타이밍 좋게 우렁찬 소리가 들려온다.

"이레인 제1공주 네레이드 이레인님께서 들어오십니다!"

무도회장 문이 열리며 넬이 몇 명의 시녀들과 함께 모습을 드러냈다. 화려한 드레스에 당당한 걸음. 다 좋긴 한데 가슴 패인 드레스는 어떻게 좀 할 수 없나? 안 어울린다니까!

난 투덜거리면서도 슬쩍 빠졌다. 이만한 인파 속에서 사라지는 데는 은신술도 필요없지. 애초부터 상대는 라운드 파이터도, 소드 마스터도 아닌 에로에로 꼬맹이뿐이니까.

인파 속에 스며들자 클로니아는 내 모습을 놓쳐 버린 듯 당황하며 주변을 살폈다. 거참, 처음 만나는 남자한테 치마를 들어올리던 넬도 그렇고… 이레인 왕가는 생각보다 막가는 곳일지도?

나는 키득거리면서 이동했다. 맹렬한 살기를 뿜어내는 웨어울프 속에서도 산책하듯 움직일 수 있는 나에겐 수많은 귀족들의 움직임은 난 금세 넬의 곁으로 도착할 수 있었다.

"아, 오셨어요?"

"존대하지 마십시오. 자칫 왕가의 명예에 누가 될까 두렵습니다."

“그럼 그러도록 할까?”

차분하게 웃으며 답하는 넬의 모습에 실소했다. 확실히 어리고 이상한 녀석이기는 해도 왕족인 것 같기는 하군. 잠시 그녀의 얼굴을 바라보다가 움직여 그녀의 뒤에 섰다.

아무렇지 않게 한 행동이었지만 내 옆에 서 있던 엘은 긴장한 목소리로 속삭였다.

“괜찮겠습니까? 공주님을 따르고 있다는 인식이 박히면 여기저기에서 견제받을 수도 있습니다.”

“아아, 그래 보이긴 하지만 상관없어. 나 관심받는 거 좋아하거든.”

“…….”

어이없어 하는 엘을 두고 주변을 살핀다. 난데없이 공주의 일행으로 끼어들었기 때문인지 주변에서 쏟아지는 시선이 따갑기까지 하다.

“저 녀석은 누구지?”

“신흥 귀족인가?”

“악기를 등에 메고 있어요.”

“그럼 악사? 악사 따위가 어째서…….”

귀가 밝아도 귀찮군. 나는 수군거리는 귀족들을 무시하며 주변에서 돌아다니던 시종의 쟁반에서 와인 두 잔을 낚아 들었다.

“마시겠습니까?”

“고마워.”

“천만의 말씀을.”

쏟아지는 시선에 아랑곳 않고 태연하게 와인을 마시기 시작했다. 후, 마실 때마다 느끼는 거지만 대체 사람들이 왜 술을 마시는지 모르겠군. 이게 맛있나? 어른이 되면 알 수 있을 거라는 말은 들었지만, 내가 아직 애라는 의견에는 동의하기 힘든데 말이야.

이런 저런 생각을 하고 있는데 아까 봤던 에로 꼬맹이가 씩씩거리며 다가오는 것이 느껴졌다.

"클로니아 언니, 오랜……."

"잠깐만 기다려."

클로니아는 넬을 넘기고 내 앞에 섰다. 뜻밖의 사태에 웅성거리는 귀족들. 그녀는 말했다.

"안녕. 넌 뭐 하는 놈이야?"

"밀레이온 더 윈드리스. 보시다시피 보잘것없는 악사입니다."

공손하게 답하면서도 약간 놀랐다. 무턱대고 다가오기에 '왜 도망갔어?' 하고 소리칠 줄 알았는데 생각보다 생각이 있는 녀석이로군. 내가 그녀를 처음 만났다고 생각하는 건지 넬이 소개한다.

"아, 이쪽은 클로니아 이레인, 작은 언니야. 3왕녀지."

"언니인데 3왕녀란 말입니까?"

"그건……."

그건 넬이 유일한 정실이기 때문이지만 민감한 사항이기 때문인지 말하길 주저한다.

잠시 조용해지는 주변. 클로니아는 그 침묵이 싫은 듯 성질을 부렸다.

"그런데 이 녀석은 뭐야?"

"여기까지 저희를 데려와 주신 분이에요."

"그래?"

클로니아는 눈을 가느다랗게 뜬 채 날 바라보았고, 그것이 시비 거리를 찾는 눈이라는 걸 깨달은 난 난감한 미소를 지었다. 이거 곤란하게 되었군. 그냥 한 몸 희생(!)한다는 마음으로 침실에 찾아갈 걸 그랬나?

날 노려보는 그녀의 시선에 딴청을 피우고 있는데 새로운 일행이 모습을 드러냈다.

"허허허, 공주님들이 이런 곳에 모여 계셨군요."

"숙부님."

넬의 얼굴이 살짝 굳는다. 아아, 저 영감이 넬의 존재를 꺼림칙하게 여긴다는 녀석이로군. 데딘트 공작이라고 했던가? 넬이 위험에 처한 것도 아마 저 녀석 때문이겠지.

나는 녀석의 기세를 살폈다. 이 녀석도 상급 소환사로군? 과연 소환사의 나라답게 전체적으로 수준이 높은 것 같았다.

과연 데딘트 공작과 멜피스가 싸우면 어떻게 될까?

저 녀석과 멜피스는 똑같이 서면 마스터지만 아무리 봐도 그 격차는 어마어마해 보였다. 전투 경험이나 다른 걸 다 넘긴다 해도 기본적 마력이 압도적으로 차이날 것이다.

간단히 말하자면, 상급 환수를 소환할 수는 있는데 그 지속 시간이 30분도 안 될 정도라고 할까? 소환수를 하루종일 타고 다니는 멜피스에 비하면 비교도 안 되는 수준이었다.

나는 천천히 생각했다.

이걸 어떻게 해석해야 할까? 기본적으로 유저와 NPC는 같은 등급의 실력을 가지고 있다 해도 압도적인 능력 차가 난다. 그것도 그럴 것이 유저들은 뛰어난 장비에 각종 스킬로 무장하고 있으니까.

요컨대 NPC가 소드 마스터라면 단지 소드 마스터일 뿐이지만, 유저라면 버서커 같은 특수 능력이나 불사의 격노 같은 마스터 스킬이 있다. 이것들의 위력이란 실로 대단한 것이어서 같은 등급이라고 해도 감히 상대가 되지 않는 것이다.

그런데 기본적인 마력이나 육체 능력까지 차이가 난다면?

나야 정도를 벗어난 경우지만, 일루젼의 유저들은 기본적으로 강한 힘과 마력을 가지고 있다. 1레벨만 되도 성인 남성의 힘을 가지고 있으니 더 말할 필요도 없지 않겠는가? 더군다나 파니티리스로 나오는 건 유저들 중에서도 정점이라 할 수 있는 마스터들인 것이다.

쉽게 말해 마스터라고 해서 다 같은 게 아니라는 뜻이다. 나는 고개를 돌려 다시 넬 쪽을 바라보았다.

"공주님께서 무사히 돌아오셔서 얼마나 다행인지 모릅니다."

"걱정해 주셔서 감사합니다."

"아닙니다. 소환수도 다루지 못하는 공주님이라는 걸 생각해 경비를 강화했어야 하는데… 제 실책을 문책해 주십시오."

언뜻 잘못을 비는 것 같은 대사이기는 한데 표정이 전혀 미안하지 않다. 그뿐이라면 감정 표현에 서툴다 생각하고 말겠는데, 고개를 숙인다거나 하는 행위 역시 전혀 없다. 심지어 말이 끝난 후에는 여유롭게 와인까지 마시는 게 아닌가? 머리가 완전 빈 녀석이 아니라면 녀석이 그 일을 전혀 미안하게 여기지 않는다는 것쯤은 알 수 있을 것이다.

저 자식은 귀족들 앞에서 자신의 힘을 과시하고 있어. 자신 정도면 공주라도 아무렇지 않게 여길 수 있다는 뜻이겠지?

"모두 모여 계셨군요."

"드디어 오셨군요, 왕자님. 이번 임무는 힘들지 않았습니까?"

"하하! 괜찮네. 모름지기 왕족이라면 모두의 앞에서 모범을 보여야겠지."

"과연 훌륭하신 말씀입니다. 허허허."

그들은 뭐가 그렇게 좋은지 하하허허거리더니 이내 내 쪽으로 고개를 돌렸다.

"그런데 저 사내는 누굽니까?"

"음유시인이라고 하더군."

"음유시인이라……."

데딘트는 조용히 내 모습을 살폈다. 웃고 있음에도 차가움이 도는 표정. 그는 말했다.

"이름은 뭔가?"

"밀레이온 더 윈드리스라고 합니다."

"밀레이온이라……. 재미있군. 겨우 음유시인 따위가 무도회장에 들어온 것인가?"

그의 말에 주변 분위기가 싸늘하게 냉각되기 시작했다. 나는 제1공주인 넬의 시종. 나를 걸고넘어지는 건 공주에 대한 시비로밖에 볼 수 없는 행동이다.

"제 시종으로 들어온 것입니다. 요새 오락 거리가 없어서 음유시인 정도는 있는 게 좋겠다고 생각했거든요."

"그래서는 안 됩니다, 공주님. 천한 종자를 왕성에 들이시다니요. 이곳에는 훨씬 뛰어난 실력을 가진 악사들이 많이 있사오니, 당장 내치고 새로이 뽑으소서."

"맞는 말이다, 네레이드. 정체도 알 수 없는 종자를 왕성에 들인다는 것 자체가 있을 수 없는 일이지. 당장 바꾸도록 해."

포랜스와 데딘트의 말에 넬의 얼굴이 창백하게 변했다. 어쨌든 내가 소속 불명이라는 것만은 확실한 일이었으니 대꾸할 말이 궁했는지 잠시 고민하던 넬은 말했다.

"하지만 밀레이온님은 뛰어난 실력의 음유시인입니다. 실제로 제가 위험에 처했을 때도 그분의 연주로 수십 마리의 오우거가 물러났습니다."

"수십 마리의 오우거가?"

그 말만큼은 가볍게 들을 수 없는 듯 모두의 시선이 나에게로 향한다. 아아, 그렇게 바라보니 부끄럽군. 하고 미소 지어줄 수도 없는 일이었기에 나는 공손하게 말했다.

"부족한 실력일 뿐입니다."

"그럼 정말 오우거를 수십 마리나 물러나게 했다는 건가?"

대답 대신 살짝 웃어 보이자 사람들이 웅성거리기 시작했다. 오호? 사실 상급 환수 정도면 오우거 정도는 어렵지 않게 쓰러뜨릴 수 있을 텐데 동요하는 걸 보면 실전 경험이 없다시피 한 녀석이로군.

잠시 침묵. 포랜스는 그 침묵이 마음에 들지 않았던 듯 눈을 가늘게 뜨며 말했다.

"그럼 연주해 보도록."

"여기서 말입니까?"

"그래, 그만한 실력을 가지고 있는 악사라는 걸 증명하라는 거지."

그의 말에 생각했다. 물론 나라면 여기에 있는 모두가 감히 반론조차 못할 연주를 할 수 있다. 하지만 그래서 무슨 의미가 있겠는가? 그래서야 왕궁에 오면서 세워두었던 계획이 무용지물이 될 뿐이기에 난 태연하게 웃으며 고개를 흔들었다.

"거절하겠습니다."

"뭐?"

어처구니없다는 표정으로 날 바라보는 건 비단 포랜스뿐이 아니었다. 클로니아 왕녀도, 데딘트 공작도, 그리고 그 외 모든 귀족들도 믿을 수 없다는 표정으로 날 바라본다.

넬과 엘조차도 당황하고 있는 상황, 나는 웃었다.

"저는 공주님의 음유시인입니다. 공주님을 위해 이곳에 왔고, 공주님만을 위해서 연주하죠. 당신들은 제 연주를 들을 자격이 없습니다."

가볍게 말했지만 그 여파는 결코 가볍지 않았다. 왕은 병에 걸려 비리비리하고, 유일한 적자라 할 수 있는 공주는 소환술을 사용할 수 없었다.

쉽게 말해 포랜스 왕자는 현 이레인 왕국 권력의 중추라고 할 수 있는 존재, 그런 존재에게 일개 악사가 자격을 논한 것이다.

뭐, 저들이야 놀라든 말든 상관없는 일이었기에 몸을 돌려 넬을 바라보았다.

"그럼 가시지요, 공주님."

"아! 어어……."

얼떨떨한 표정으로 끌려오는 넬과 창백해진 얼굴로 따라오는 엘. 나는 그녀들을 이끌고 단숨에 무도회장을 나와 버렸다. 길목에는 귀족들이 잔뜩 있었지만 오우거조차 주춤하는 기백에 밀려 길을 만든다.

우와! 기백이라는 거 생각보다 쓸 만하군. 유저한테는 거의 무용지물이라 사용할 일이 없었는데 말이야. 앞으로 자주 이용해야겠어.

성큼성큼 걷다 보니 어느새 무도회장에서 꽤 멀어졌다. 얼떨결에 따라오기는 했지만 창백하게 굳어 있는 엘과 넬의 표정. 넬은 잠시 숨을 고르더니 이내 떨리는 목소리로 말했다.

"대체 무슨 생각이에요?"

"뭐가?"

"오빠한테 시비를 걸었잖아요. 성질 더럽다고 그렇게 말했는데!"

"심각한 일인가?"

"……."

할 말을 잃은 채 멍한 표정을 짓는 그녀의 머리를 쓰다듬었다. 아아, 어린 나이에 고민도 많은 우리 넬. 피식피식 웃다 고개를 돌려 엘을 바라보았다.

"오늘 무도회에 참가한 귀족은 대충 몇 명쯤 되지?"

"전체 귀족 수를 따져도 상당히 됩니다. 공주님을 위한 무도회라고는 하지만 며칠 전부터 열리고 있었으니까요."

"그렇지?"

나는 웃으며 등에 메고 있던 케이스를 열었다. 새까만 어둠 속에서 은은한 빛을 뿌리는 악기 테르마이안. 잠시 멍하게 있던 넬은 그 모습을 보고 말했다.

"악기가… 빛난다?"

"멋지지?"

나는 태연하게 웃으며 케이스 속에서 테르마이안과 최상급 정석을 꺼내 들었다. 다행히 잘 호응한 모양이군. 나는 최상급 정석의 마력이 사방으로 뿜어지는 걸 막으며 주머니 속에서 붓을 꺼내 들었다.

별 생각 없이 한 행동이었는데 엘은 깜짝 놀라 묻는다.

"물감이 묻어 있는 붓을 주머니 속에 넣고 다닐 수 있다니……."

"너무 자잘한 것에 신경 쓰면 주름살 늘어난단다. 그나저나 서두르자. 되도록 빠른 게 나을 것 같군."

난 실프를 소환해 테르마이안을 집어 들게 만든 뒤 붓에 마력을 집중했다.

예술가가 가진 능력은 바로 예술 행동의 강화이다. 음유시인이 부르는 노래는 사람들의 감성에 쉽게 파고들거나 공간을 유지하는 마나의 움직임을 조절할 수 있고, 미술가가 그린 그림은 공격적인 마나를 순화시키거나 주변에 흐르는 마나의 흐름을 변경시킬 수 있다.

나는 테르마이안의 뒤쪽에 그림을 그리기 시작했다. 그것은 평온한 숲, 그 모든 평온과 야성이 잠든 장소.

"실프."

걸으면서 그림을 그리기 힘들어 몸을 살짝 띄웠다. 집중, 집중이 중요해. 예술가로서의 내 능력은 겨우 25레벨. 타 유저들을 월등히 넘어서는 마나 제어 능력으로 효과를 증폭시킨다 해도 그 자체적인 능력치는 결코 높아지는 것은 아니니까.

하늘을 따사로이 비추는 태양을, 시원하게 불어오는 바람과 흔들리는 나뭇잎을, 투명할 정도로 맑은 샘과 그곳에 와 목을 축이는 동물들을 그린다.

천천히 완성되기 시작하는 숲. 나는 자잘한 풀들을 마지막으로 테르마이안에서 붓을 뗐다.

순간적으로 어질— 하고 흔들리는 세상. 나는 주저앉았다.

"괘, 괜찮아요?"

"하아, 하아. 괘, 괜찮아. 하아, 하아. 후……. 미리 좀 그려 놓을걸. 젠장."

하다못해 예술가 레벨이 35만 되도 이렇게 힘들지는 않았을 텐데, 하고 궁시렁거리며 나는 테르마이안을 집어 들었다.

어느새 한 폭의 그림을 담게 된 테르마이안은 조금 전보다 약간 더 강하게 빛을 내뿜고 있었다. 주변으로 천천히 내뿜어지는 금빛. 나는 상급 마족을 쓰러뜨리고 얻었던 최상급 정석을 집어 들었다.

"숙소는 멀었어?"

"도, 도착했어요."

"들어가지. 문은 잠가."

서둘러야 한다. 처음에야 워낙 당황해서 반응하지 못했겠지만, 무도회장에서 난 잡혀 멍석말이를 당한다 해도 할 말이 없을 정도로 건방진 태도였다.

그들은 분명, '이거야말로 눈엣가시였던 공주의 위신에 흠집을 낼 절호의 기회가 아닌가!' 라고 생각할 것이다. 그리고 아마 지금쯤이면 병사들을 데리고 이곳으로 오려 하고 있겠지. 나는 재빨리 마력을 일으켰다.

"특수 기술 발동, 연금(鍊金)."

연금술사 레벨이 25가 되면 획득하게 되는 연금술(鍊金術)은 이름 그대로 금을 제련하지는 못하지만 대상 물질의 성질이나 효과를 변경시키는 스킬이다.

사실 최상급 정석이라면 마법사 마스터 스킬인 정석변이 쪽이 더 좋겠지만, 아쉽게도 마법사 레벨이 50에 이르지 못했으니 패스. 때문에 테르마이안에 그림을 그려야 했던 것이다.

웅!

특수 기술이 발동하자 최상급 정석이 공명하기 시작했다. 착하지~ 제발 반항하지 말고 한 번에 성공해 다오. 들은 풍문으로는 성공률이 20%라던데, 여기서 실패하면 모든 능력을 드러내어 나라를 쓸어버리는 수밖에 없단 말이야. 네놈도 품위있는 정석이라면 그런 엉터리 스토리를 원하지 않겠지?

"이건 대……."

"조용."

뭔가 말하려 하는 넬의 입을 다물게 한 후 정신을 집중한다. 금색으로 빛나다가 이내 푸른색으로 변하는 최상급 정석. 나는 그것을 그대로 움직여 테르마이안에 그려진 샘 위에 집어넣었다.

우우우우웅!!

최상급 정석의 마력이 몸부림치기 시작함과 동시에 마력의 흐름이 그대로 내 몸을 후려치기 시작한다. 나는 필사적으로 마력의 흐름을 조율하며 연금술을 연거푸 사용했다.

잠시 몸부림치다가 이내 잠잠해지기 시작하는 마력의 움직임. 나는 최상급 정석이 그림 속으로 완전히 들어간 것을 확인하고 주먹을 쥐었다.

"아싸!"

"에?"

여전히 상황 파악을 못한 듯 어리둥절한 표정을 짓는 넬을 두고 안도의 한숨을 내쉬었다. 아아, 성공해서 다행이군. 성공률 20%. 이로써 자신들의 목숨이 한결 더 안전해졌다는 것을 이레인의 병사들은 알고 있을까?

어쨌거나 여기까지는 무사히 진행되었군. 난 오른손을 들어 왼손의 문양 위에 올렸다. 뭐, 이런 곳에서 목숨을 위협당할 일은 없겠지? 일단은 왕성이니만큼 마족이 뜬다 해도 얼마 정도의 시간은 벌 수 있을 테니 말이야.

"시리우스의 겸손한 힘이여, 지금 내 의지에 따라 그 존재를 제한한다."

부드러운 빛과 함께 노곤한 느낌이 온몸으로 퍼져 나간다. 한번 했던 대로 25레벨을 넘어서는 모든 직업을 봉인. 딱히 능력을 제한한다기보다는 최고 레벨 직업이 경험치를 쓸어 받는 시스템 때문에 하는 거다. 이런 때라도 경험치를 얻지 못하면 언제 얻어놓겠는가?

"좋아."

작업이 무사히 끝난 탓인지 테르마이안은 한층 더 신비로운 기운을 뿜어내기 시작했다. 본래부터 명품에 속하는 물건이었지만 이로서 강력한 마법 물품이 되었구나. 다른 녀석들은 신기를 만들기 위해 채집하는 최상급 정석을 이렇게 쓰는 건 조금 낭비라 할 수도 있겠지만 뭐, 나름대로 괜찮은 일 아닌가?

[뭘 한 거야? 마력이 상당한데?]

테르마이안을 잡아드는데 난데없이 목걸이에서 에일렌이 튀어나왔다. 깜짝 놀라 엘과 넬을 살폈지만 녀석들은 에일렌을 발견하지 못한 듯 테르마이안에 그려진 그림만 바라보고 있었다.

긴장한 내 모습에 너털웃음을 짓던 에일렌은 걱정하지 말라는 투로 말했다.

[유저 외에는 날 볼 수 없으니 안심해. 의사소통이라면 네 표면 의식을 대충 읽을 수 있으니까 걱정 말고.]

생각을 읽는다고?

그거 재미있는 기능이군, 하고 중얼거린 나는 마음속으로 말했다. '마음속으로 말하다', 대단한 것처럼 보이기는 하지만 그 정도도 못하는 인간은 세상에 없다. 그냥 말하는 것처럼 단지 입을 열지 않고 생각한다.

‘이 정도면 들을 수 있나?

[딱 그 정도. 분명하게 사고한 후에 전하겠다고 생각한 소리만 들을 수 있으니, 마음이 읽힐 거라는 걱정은 하지 않아도 좋아.]

‘알았어. 뭐, 그거야 그렇다 치고 넌 왜 나온 거냐?

[당연히 심심해서. 분위기를 보아하니 연주할 생각인 것 같은데 구경해도 돼?]

“상관은 없지만.”

나는 그렇게 중얼거리며 테르마이안을 잡아 들었다. 최상급 정석을 박아 넣었기 때문인지 기운이 상당하군. 나는 그것들의 기운을 제어하여 몸통 부분을 맴돌게 한 후 케이스에서 활을 꺼내 들었다.

“뭘 하시려는 거죠?”

“악기 들고 설치는데 하려는 거야 뻔하지. 연주다.”

“아니, 그러니까 왜 이런 타이밍에 연주를…….”

“걱정 말고 거기 앉아. 이거야 원, 감상하려는 자세가 안 되어 있군.”

나는 녀석들을 침대 위에 앉힌 후 테르마이안을 어깨 위에 올려놓았다.

자자, 그럼 어떤 게 좋을까? 위압적인 곡? 신나는 곡? 아니, 그런 걸로는 안 되겠지. 역시 이 상황에서 가장 필요한 것은 강제에 가까운 동조력일 테니까.

나는 두 눈을 감고 조용히 생각했다.

눈부실 정도로 반짝이던 금발과 생기 넘치던 눈동자, 날 바라보던 시선과 노래하듯 속삭이던 목소리.

“…….”

아하하! 필요에 의해서 슬펐던 과거를 떠올릴 수 있게 되다니 나도 꽤 타산적인 놈이 되었군. 하지만 그렇다고 '난 쓰레기야~' 하면서 괴로워할 필요는 없으니 연주를 시작하도록 할까?

하나, 둘, 셋, 넷.

일정한 박자에 따라 오른손에 들려 있던 활을 천천히 움직이기 시작했다. 시작은 테르마이안 A현, 약간 높은 곡조에서부터 편안하고 부드럽게.

활이 현을 스치기 시작함과 동시에 부드러운 음률이 사방으로 퍼져나간다. 이건 결코 평범한 음이 아니다. 음 자체에 마력 패턴이 실려 있기 때문에 이렇게 방 안에서 연주한다고 해도 도시 전체에 고르게 퍼져 나갈 수 있는 것이다.

물론 이런 묘기는 유저라고 해도 함부로 사용할 수 없다. 무엇보다 마력 소모가 극심하거든. 물론 기본 스텟이 빵빵한 나에게는 상관없는 일이지만 말이다.

조그맣게 속삭이던 숨결, 따사로이 바라봐 주던 눈길.

두 눈을 감고 조용히 상상한다. 그리고 그 감정을 담아 연주를 이어나간다.

"내가 표현하려는 것은……."

나는 웃었다.

추억.

*   *   *

철컥. 철컥. 철컥.

완전무장한 기사들이 복도를 따라 걸어감에 따라 거친 금속음이 주
변을 메운다.

“건방진 놈. 감히 악사 따위가······.”

밀레이온의 예상대로 포랜스는 기사와 귀족들을 이끌고 네레이드의
숙소로 향하고 있었다.

이것은 기회였다. 눈엣가시 같던 1공주의 권위를 보기 좋게 뭉개 버
릴 절호의 기회. 때문에 그는 데딘트 공작을 비롯한 수많은 중앙 귀족
들을 동행시켰고, 그들은 유일한 적자의 권위가 무너져 내렸다는 것을
증인해 줄 것이다.

“무슨 생각일까, 그놈은?”

일행을 따라 걷고 있던 클로니아는 당황스러울 정도로 건방졌던 사
내를 떠올렸다.

처음이다. 아니, 정확히는 처음인 게 당연한 일이다. 왕족이라 함은
권력의 최정상 층에 위치한 지도계층. 평민이라면 거슬린다는 이유만
으로 살해할 수 있는 왕족에게 어느 누가 함부로 행동할 수 있겠는가.

하지만 그는 아무렇지도 않게 행동했다. 왕녀인 그녀의 요청을 코웃
음으로 넘겨 버렸고, 왕자인 포랜스에게 모욕을 줬다. 목숨이 두세 개,
뭐 이 정도가 아니라 열 개, 백 개가 있다 해도 저지를 수 없는 일인 것
이다.

“아직도 멀었나!”

“거의 다 왔습니다.”

길 안내를 맡은 시종은 식은땀을 흘리며 앞으로 나섰다. 빨리 가면
지친 귀족들의 불평을 듣고, 늦게 가면 포랜스의 호통을 듣는 통에 이

미 그의 전신은 식은땀으로 가득한 상태였다. 그나마 네레이드의 무도회장과 가까운 곳에 위치해서 다행히 멀기라도 했으면 가는 도중에 탈진하고 말았을 것이다.

그렇게 포랜스의 호통과 귀족들의 웅성거림도 잠시, 앞서 가던 시종의 표정이 밝아졌다.

"도착했습니다."

"좋아."

클로니아는 마력을 운용하기 시작하는 포랜스를 보며 인상을 찡그렸다. 아마 환수를 소환해 문부터 부수려는 것일 테지. 그녀는 투덜거렸다.

아무리 모욕당했다고는 하지만 그렇다고 쳐들어가는 건 상대방을 깔아뭉개는 것과 다를 바 없는 행위였다. 하물며 상대가 일반 귀족도 아니고 왕족이라면 더 볼 것도 없이 뻔하지 않겠는가? 귀족들은 유일한 적자인 네레이드의 영향력이 전무하다는 것을 깨닫게 될 것이다. 그리고 포랜스의 휘하에 들어가려고 하겠지.

포랜스는 소환을 위해 오른손을 들어올렸고, 기사들은 무력 행사를 위해 검을 뽑아 들었다.

그리고 그 앞에선 문이 부서지려는 순간, 부드러운 소리가 퍼져 나가기 시작했다.

차르르르릉—

쟁반 위에서 모래알이 굴러가는 듯한 소리.

마치 환상처럼 그 모습을 드러낸 그것은 이내 하나의 물결로서 일렁이기 시작했다.

들풀 위에 올라선 속삭임처럼.

화단 밑에 피어난 꽃망울처럼.

그것은 그 모든 아름다움처럼 살며시 퍼져 나갔다. 씩씩거리며 앞으로 나서던 포랜스에게도, 갑옷을 입은 채 검을 뽑아 들던 기사들에게도.

물결친다, 세상의 모든 아름다움이. 웃음 짓는다, 지금껏 가져왔던 모든 기억이.

이제는 만나기조차 어려운 아버지가 자상하게 웃으며 안아주는 모습을 떠올렸다. 이제는 대화조차 나누지 않는 왕족들과 사이좋게 놀던 모습이 떠오른다.

평상시에는 너무나도 쉽게 잊고 있던 기억들. 클로니아는 어느새 자신이 울고 있다는 사실을 깨달았다.

"에?"

그녀는 깜짝 놀라 눈물을 닦았다. 전혀 예상하지 못한 일이라 당황했지만 그녀는 곧 그런 감각을 느낀 것이 자신만이 아니라는 것을 깨달았다.

기사들이 천천히 검을 내리고, 귀족들은 조용히 귀를 기울였다.

개중에는 눈물을 흘리는 사람도 있었고 두 눈을 감은 채 미소 짓는 사람도 있었다. 세상 무엇보다도 아름다운 그 무엇, 클로니아는 조용히 벽에 기댄 후 흘러내리는 듯 잔잔하게 퍼져 나가는 음률을 감상하기 시작했다.

네레이드의 방에서부터 퍼져 나간 음악은 이내 하나의 울림이 되어 도시 전체를 뒤덮었다.

왕성에서 음식을 나르던 시종도, 귀족들의 옷을 정리하고 있던 시녀도, 풍차를 수리하던 목수도, 시장에서 물건을 팔던 상인도, 연무장에서 검을 휘두르던 기사도, 복도를 걸어가던 귀족도, 정원에서 환수의 털을 쓰다듬던 공주도, 병석에 누워 있던 왕까지도.

멈춘다. 그리고 음악에 귀를 기울인다.

밀레이온이 연주한 곡은 마스터 급에 이른 음유시인조차 어려워한다는 감정의 공유를 이뤄내고 있었다. 물론 그것은 최상급 정석과 여러 가지 스킬들이 합쳐진 결과였지만, 그렇다고 해서 결과까지 달라지지는 않는다.

도시 안의 사람들은 모두 멈춰 서서 사방으로 퍼져 나가는 음악을 들었다. 개중에는 눈물을 흘리는 이도 있고, 부드럽게 미소 짓는 이들도 있었다.

"아······."

밀레이온 앞에 앉아 있던 넬은 작게 탄성을 내질렀다 스스로 깜짝 놀라 입을 틀어막았다. 다행이랄까? 밀레이온은 여전히 연주에 몰두해 있었기에 음악은 끊이지 않았다.

잔잔한 미소를 지으며 부드러운 음률을 만들어내는 밀레이온의 모습은 평소 그녀가 알던 사내와는 완전히 다르게만 느껴졌다.

위험으로부터 생명을 구해준 은인.

작은 가슴을 가지고 놀려대는 짓궂은 오빠.

어떤 상황에서도 당황하지 않는 든든한 아군.

넬은 다시 한 번 밀레이온을 바라보았다. 꽤나 긴 시간을 함께했지만 그녀가 그에 대해 아는 것은 거의 없는 거나 마찬가지였다.

'어떤 사람일까?'

그렇게 생각하며 그녀는 잔잔하게 퍼져 나가는 음악을 느꼈다. 그렇게 어느 정도 시간이 지났을까? 점점 느릿느릿해지던 연주는 한 번의 강세를 마지막으로 그 끝을 맺었다.

여운을 느끼려는 듯 눈을 감고 숨을 고르는 밀레이온. 그때 네레이드는 보았다, 그의 몸을 맴도는 두 줄기의 빛을.

마치 환상처럼 등장한 빛은 밀레이온의 몸을 뱅글뱅글 맴돌더니 거짓말처럼 사라져 버렸다.

밀레이온은 부드러운 미소와 함께 눈을 떴다. 언제나 그랬듯 평온한 모습이었지만 넬은 다시 한 번 생각했다.

'어떤 사람일까?'

*　　　*　　　*

나는 만족스럽게 웃으며 눈을 떴다. 믿을 수 없을 정도로 가벼운 몸과 정신. 내 시야에는 기다렸다는 듯 글자들이 떠올랐다.

스스로 놀라 자빠질 만큼 멋진 연주였다!!

부정하지 않겠다. 우하하!

하지만 아무리 그래도 이렇게나 잘되다니 믿을 수 없을 정도로군. 내가 지금 연주한 곡은 내 레벨보다 까마—아—득히 높은 수준의 곡이었다. 가뜩이나 저 레벨이니 이런 저런 특수 능력으로 때울 생각뿐이었는데 놀랍게도 난 그 곡을 완벽하게 연주해 낸 것이다.

허허, 난 음악 쪽으로도 천재였나? 아아, 하늘은 대체 어쩌자고 나 같은 인재를 세상에 내려 보냈단 말인가?

나는 아낌없이 스스로를 칭찬하며 스텟 창을 확인했다. 혹시나 했는데 정말로 완전 회복되었군. 예술가라 하면 무려 열 번째 직업으로 +900%의 부가 경험치가 필요할 텐데 단 한 곡의 연주로 레벨 업을 한 것이다.

이 정도면 만족스럽군. 나는 왼손으로 양 눈을 가려 맵을 불러왔다. 어느새 넬의 방 근처를 가득하게 메우고 있는 수많은 점들. 이것들이 다 몬스터일 리는 없으니 당연히 인간들이겠지? 나는 일이 계획대로 풀려간다는 데 기쁨을 느끼며 테르마이안을 케이스에 집어넣었다.

훗, 사실 내 계획은 빈틈투성이에 도박으로 이루어져 있다. 요컨대 테르마이안에 최상급 정석을 융화시키는 확률도 겨우 20%에 불과하고, 내 연주가 엄청난 호응을 얻는다는 보장 역시 없었으니까. 최상급 정석의 융화가 실패해도, 연주가 별 볼일 없어도 내 계획은 실패로 끝나는 것이다.

하지만 그런 불완전한 계획도 난 부담없이 행했다. 그도 그럴 것이, 실패하면 다 때려치우고 쓸어버릴 수 있다는 마음이 한구석에 있었으니까. 누차 말하는 거지만 일루젼은 게임이 아니던가.

[이상한데.]

'뭐가?'

[주변에 사람들이 잔뜩 모였… 에, 설마 일부러 퍼져 나가게 한 거야?]

'도시 전체로 퍼져 나간 연주라고, 아가씨. 실수일 리가 없지.'

나는 씩 웃으면서 넬을 돌아보았다. 약간은 붉어진 얼굴로 심호흡하고 있는 소녀. 나는 말했다.

"한동안은 여기서 지내도록 할까?"

"예?"

"난 네 음유시인이라고. 시간이 그렇게 많은 편은 아니지만 한동안은 그러도록 하지."

나는 그대로 걸어가 문을 열었다. 수많은 귀족들로 가득 들어차 있는 복도. 연주가 막 끝났기 때문인지 대체적으로 연주에서 빠져나오지 못한 인상들이군. 이거, 생각보다 효과가 훨씬 더 좋은데?

일단은 연기. 나는 '왜 이렇게 많은 사람들이 모여 있는 거지?' 라는 표정으로 주변을 둘러보았다. 그리고 이내 죄송스러운 표정으로 말했다.

"죄송합니다. 너무 몰입한 나머지 연주가 사방으로 퍼져 나갔는 줄도 몰랐군요. 앞으로는 그러지 않도록 자제……."

"안 돼!"

"에?"

고개를 돌리자 자기도 모르게 나섰다 얼굴을 빨갛게 물들이고 있는 클로니아가 보인다. 그녀는 자신에게로 모이는 시선에 당황한 듯 했지만 이내 진정하고 말했다.

"계속 연주해도 좋아. 왕가는 그렇게 소심한 곳이 아니니까."

"감사합니다. 그런데……."

모두의 시선이 모여드는 것이 느끼며 난 포랜스를 바라보았다.

"왜 이곳으로 오신 겁니까?"

물론 이곳에 모인 녀석 중 대부분이 연주를 듣고 홀린 듯 딸려온 경우겠지만 포랜스와 다른 기사들까지 그런 것은 아니지.

내가 의아한 표정으로 바라보자 멍하니 서 있던 포랜스가 핫! 하고 놀라며 고개를 흔들더니 이내 소리쳤다.

"네놈은 왕가를 무시한 죄가 얼마나 무거운지 아느냐! 내 당장 네 녀석을 극형에……."

거기까지 말하자 단번에 클로니아의 인상이 찡그러졌다. 그녀뿐이 아니다. 모여 있던 귀족들의 전체적 분위기가 험악하게 변한다. 나이 지긋한 이들이야 자신의 처지를 생각해 자제하는 느낌이었지만 아직 젊은 귀족들은 노골적으로 적의를 뿜어냈다.

이제야 상황이 좋지 않다는 것을 느낀 듯 딱딱하게 굳어지는 포랜스의 표정.

그는 가장 강한 세력을 가진 왕자지만 결코 왕이 아니다. 쉽게 말해 아직 당선되지 않은 대통령 같은 존재랄까? 녀석이 바보가 아닌 이상 귀족들에게 불만을 사봐야 좋을 것 하나 없다는 걸 모르지는 않겠지.

과연 녀석은 망설이는 표정이었으나 이내 포기한 듯 다시 말을 이었다.

"극형에… 처해야 하지만 내 자비를 베풀어 용서하겠다."

"감사합니다."

웃으며 예를 표하자 녀석이 똥 씹은 표정을 짓는 것이 느껴진다. 역시 기분이 좋지 않은 모양이군. 내 음악이 강한 동조력을 지니고 있는 것은 사실이지만 무슨 최면 같은 것은 아니니 날 싫어하는 녀석까지 감동시킬 수 있을 리는 없다. 물론 음유시인 스킬 중에는 상대방을 최면 상태로 빠뜨리는 곡이 있기는 하지만 효과 끝나면 말짱 꽝이기에 별로 좋아하지 않는다.

“그럼 좀 쉬어도 되겠습니까? 연주를 하고 나면 피곤해서…….”

“조, 좋다.”

“감사합니다.”

나는 밝게 웃어준 후 문을 닫았다. 문이 닫히기가 무섭게 들려오는 한숨 소리. 후훗, 이로서 스타 등극인가? 나는 몸을 돌려 눈을 동그랗게 뜨고 있는 넬을 바라보았다.

“왜 그래?”

“아, 아뇨. 저 사람들도 좀 전의 연주를 들은 건가요?”

“정확히는 도시 전체지. 연주를 독차지하지 못해서 아쉬워?”

“…….”

녀석이 대답하지 못한 채 얼굴을 붉히는 모습에 웃음을 터뜨렸다. 귀여운 녀석. 뭐, 어쨌든 이걸로 녀석이 방치된다거나 살해당할 위협은 없어졌군.

왜냐?

고 묻는다면 내가 있다는 것이 이유겠지. 내가 지금 있는 곳은 내 방이 아니다. 바로 네레이드의 방인 것이다. 그런 이상 무엇보다 녀석과 나는 화젯거리가 될 테니까. 이런 상황에서 그녀를 건들 바보는 어디에도 없겠지.

“넬, 데카른의 사람들이 가장 한가한 시간대가 언제지?”

“한가한 시간대요?”

“그래, 사람들이 가장 여유있는 시간대.”

“흠…….”

그녀는 잠시 고민하는가 싶더니 말했다.

“역시 8시 정도일까요? 드로안 아카데미의 수업도 그 정도에 끝나고, 어두워지는 만큼 들을 관리하는 분들도 돌아오니까요."

학교가 있었나? 아니, 뭐, 이런 건 중요한 게 아닐 테니 대충 저녁때란 말이군. 어차피 마력의 흐름은 달 아래에서 더욱 활성화되니 그 정도 시간대가 딱 좋을 것도 같다.

"8시란 말이지."

나는 웃었다.

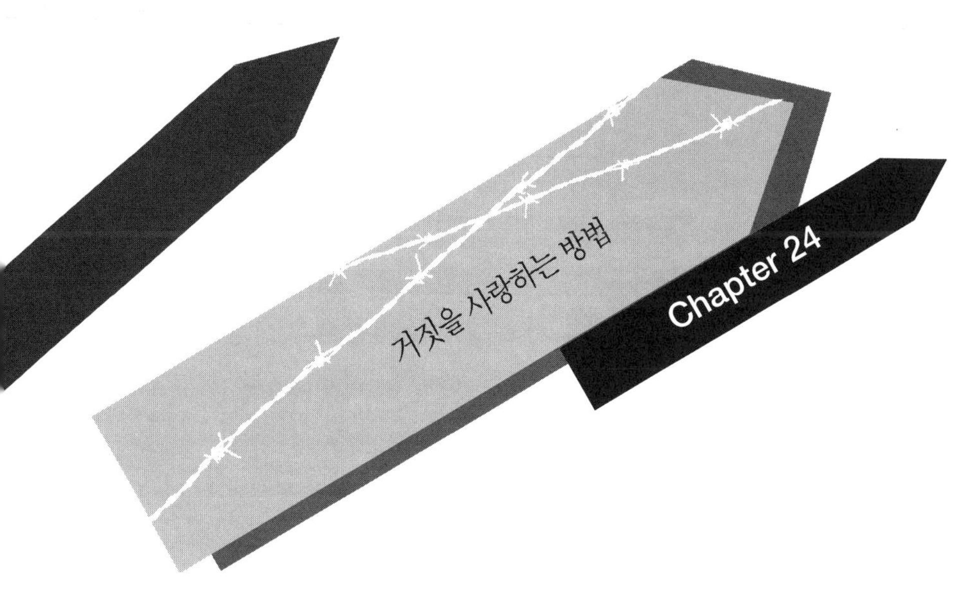

저짓을 사랑하는 방법
Chapter 24

난잡하게 어질러져 있는 방 안에 두 명의 사내가 있다. 바닥에 누워 노트북을 두드리고 있는 사내와 소파 위에서 잠들어 있는 사내.

소파 위에 누워 있던 다크는 조용히 눈을 떴다. 방금 일어났음에도 몸 상태가 괜찮은 건지 그는 가볍게 일어나 카인의 옆에 앉았다.

"결과는 나왔냐?"

"응. 좋은 소식 하나랑 나쁜 소식 두 개가 있는데 어느 것부터 들을래?"

"좋은 소식부터."

다크의 말에 카인은 키보드를 두드리자 모니터 위로 이런 저런 자료들이 떠올랐다.

잠시 모니터들을 바라보다가 이해하기 귀찮다는 표정으로 카인을 돌아보는 다크. 카인은 웃으며 말했다.

"유저들이 활약해 주고 있어."

"어느 정도로?"

"생각 이상이랄까. 일차적으로 모습을 드러낸 마족은 전부 퇴치됐고, 퀘스트를 수행하면서 이런 저런 문제들도 해결하고 있어. 그중에서 마족들을 퇴치한 게 특히 엄청나서 현재까지 제거된 상급 마족이 스물다섯, 중급 마족은 사백이 넘어."

"헤… 그 정도란 말이야?"

마족이란 결코 약한 존재가 아니었다. 중급 마족만 해도 어지간한 마스터만큼 강하고, 상급 마족쯤 되면 마스터 열댓 명이 덤벼도 이기기 어려울 정도로 강하니까.

물론 막을 거라 생각하고 일을 시작한 거긴 해도 가볍게 잡고 있다니 어찌 놀라지 않겠는가?

노트북 화면을 보고 있던 적발의 사내, 카인은 말했다.

"아마 알고 있겠지만 유저들은 같은 수준의 마스터들에 비해 훨씬 강해. 요컨대 유저와 그쪽 인간이 같은 등급의 소드 마스터라고 해도 유저 쪽은 버서커와 불사의 격노를 가지고 있다는 말이니까."

확실히 유저들이 가지고 있는 스킬들은 사기다. 두 명이 같은 수준의 실력을 가지고 있는 상태에서 한쪽만 마스터 스킬을 가지고 있다면 싸움이 되지 않는 것이 현실이니까. 요컨대 어떤 무투가가 마스터 스킬 팔영분신(八影分身)을 사용할 수 있다면, 같은 수준의 무투가가 덤빈다 해도 앗― 하는 순간에 쓸어버릴 수 있다. 숫자가 1:8라는 것은 전투 시간이 8분의 1로 준다는 의미가 아닐 테니까.

"게다가 유저들은 전체적으로 장비가 완벽에 가깝게 준비되어 있어.

죽음에 대한 두려움도 없고, 전투 경험 역시 풍부하지. 물론 다 생각해 둔 거라지만 너무 강력한 존재라고나 할까?"

"필요 인원은 충분해?"

"대충 리스트도 뽑아놨어. 솔직히 말하면 지구에 이렇게 인재가 많은지 몰랐다."

다크는 카인이 내민 종이뭉치를 살폈다. 거기에는 대충 스무 명 정도의 이름과 특징이 써 있었는데, 그들은 마스터들 중에서도 특출한 능력을 지닌 이들이었다.

다크는 천천히 내용물을 읽어 내려갔다. 리스트에는 마스터들의 이동 경로부터 쓰는 무기, 직업 성향에 흔히 쓰는 전투 방식까지 써 있었는데 어차피 데이터로 정립하는 운영자라면 알아내는 데 별 어려움 없는 정보들이었다.

"호오~ 이 레이그란츠라는 녀석 상당한데."

"그렇지?"

"응. 아무리 그래도 연환수(連環手)라니."

연환수라면 기, 그러니까 마나의 운용과 탄성을 통해 연속적인 공격을 쏟아내는 기술을 말한다. 요컨대 남들 주먹 한 번 휘두를 시간에 열 번도 넘게 휘두를 수 있는 것이다. 무협지에서 수많은 손바닥이 하늘을 가렸다― 라고 표현하는 모든 공격이 바로 그 연환수의 발전 형태였다.

"기술 이름은 데들리 포티(Deadly Forty)라고 하더군. 이름 그대로 한 호흡에 마흔 번의 공격을 뿜어내는 기술이야."

"하지만 아무리 그래도 대단한데? 무림에서 몇백 년에 걸쳐 이룩한 성과를 단 일 년 만에 재현하다니."

"옛말에 지지자 불여호지자 호지자 불여낙지자(智之者 不如好智者, 好之者 不如樂之者)라고 하잖아. 아무리 피를 토하고 수련한다고 해도 즐기면서 행하는 자를 따를 수는 없는 일이지."

그렇다고 해도 일 년 만에 연환수를 만들었다는 건 그만큼 그가 뛰어난 재능을 가지고 있다는 뜻이리라. 물론 그가 어마어마한 천재여서라기보다는 조금 더 개방된 사고, 유저들 간의 정보 교환, 그리고 일루전 자체의 특성이 합쳐진 결과겠지만.

"게다가 이 녀석은 뭐야. 마법 중복 54개? 이만큼이면 컴퓨터랑 연산 능력을 다퉈도 이길 정도군. 천재 정도가 아니라 인간이라고 보기도 어려워."

"누구에게나 사정이라는 게 있는 법이니까."

카인은 슬쩍 웃었다. 그도 인간 시절에는 그와 비슷한 수준의 연산 속도를 가지고 있었다. 그렇다면 그 인간도 그와 같은 위치에 서게 될 것인가? 아쉽지만 요원한 일이다. 카인의 능력은 재능과 노력이 중첩되어 만들어진 것이지만 그의 능력은 어디까지나 만들어진 작품일 뿐이니까.

다크는 리스트를 읽으며 어? 호오… 와! 라는 식으로 탄성을 이어나갔다. 전체적으로 만족스러운 모습. 그렇게 잠시 더 읽었을까? 자료를 거의 다 읽은 상태에서 다크는 눈을 동그랗게 떴다.

"이 녀석도 정상이 아닌데… 이 많은 직업을 고르고, 이런 플레이가 가능한가? 일루전 설정 작업에서 분명히 난이도도 조절했… 잠깐."

그의 표정이 굳는다. 이건 또 무슨 농담? 이라는 표정으로 카인을 돌아보는 다크. 그는 말했다.

"하, 하하. 기, 기본 마나 제어 능력? 그랜드 마스터가 있는 거야?!"

카인은 다크의 경악한 모습에 그럴 줄 알았다는 듯 웃었다.

"원래 능력을 가지고 있던 녀석도 아니고 그랜드 마스터는 더 더욱 아냐. 하지만 어째서인지 오픈 서비스를 시작하고 한 시간도 안 돼서 기본 마나 제어 능력을 얻었더군. 강기(剛氣)를 다루지도 못하고 동화(同化)나 지배(支配)도 못하는데 그냥 감지 능력만 탁월해. 대충 상황을 보니 심령적 깨달음 같은 거라도 얻은 듯한데, 처음 접한 상황이라 나도 장담은 못하겠다."

카인이 밀레이온에 대한 관심을 가지기 시작한 건 그가 메크로네스를 쓰러뜨렸을 때부터였다. 물론 마스터 하나 없는 유저들이 메크로네스와 싸울 수 있었던 상황 자체가 그들이 조절한 것이지만, 어쨌든 드래곤을 잡은 건 놀라운 일이었으니까.

하지만 기본 마나 제어 능력이란 건 그 정도 사건과는 비교조차 할 수 없는 대사건이다. 기본 마나 제어 능력은 그랜드 마스터의 능력. 밀레이온의 경우 반쪽짜리밖에 안 된다고 할 수 있지만, 그 능력을 완전히 채득하여 그랜드 마스터가 된다면 그는 인간으로서 신성(神聖)을 획득하게 될 것이다.

"어쨌거나 이게 좋은 소식."

"맞다! 지금 좋은 소식하고 나쁜 소식에 대한 이야기 중이었지? 나쁜 소식은 뭔데?"

"파니티리스에 마족공(魔族公)이 현신했어."

"으엑!"

다크는 인상을 찡그렸다. 마족공이라니. 유저들이 강하다고는 하지만 그건 지나칠 정도의 위협이 아닌가? 마족공이라면 9클래스 마법을 자유자재로 쓸 수 있는 존재인 것이다.

“마족공은 물질계로 나올 수 없을 텐데?”

“법칙상은 그런데 약간 문제가 생겨서. 요번에 신계와 마계의 틈새에 거대한 균열이 생겼거든. 최상위 급 신들이 나서서 재빨리 수습했지만 그 틈에 한 녀석이 빠져나간 모양이야.”

“곤란한걸. 마족공은 유저들 중 80% 이상이 신기를 가지게 된 다음 맞닥뜨리는 게 좋을 텐데.”

“너무 걱정할 건 없어. 너도 알다시피 차원의 경계는 가진바 힘이 클수록 부담이 강하니까. 분위기를 보아하니 녀석은 ‘마계가 아닌 땅은 밟을 수 없다’ 하고 ‘땅에서 발을 뗄 수 없다’ 라는 금제를 더블로 먹는 바람에 아무리 용써 봐야 하루에 백 미터도 못 움직여.”

그렇다면 당장 걱정할 필요는 없을 것이다. 물질계에서 마계의 땅을 밟으려면 부분마계화(部分魔界化)를 하는 수밖에 없는데, 물질계를 마계화하는 건 아무리 마족공이라도 힘겨운 일일 테니까.

“그런데 다른 소식은?”

“조금 더 안 좋아.”

“하하, 그래 봐야 얼마나 독하겠어? 까짓 것 마스터들도 슬슬 신기를 얻을 타이밍이고. 인재들도 꽤 많…….”

“검신(劍神) 라일레우드도 현신했다.”

“…….”

카인의 말에 다크는 잠시 멈칫했다. 내가 지금 무슨 말을 들은 거지, 하고 그는 생각했다. 실로 있을 수 없는 일. 그는 바람을 담아 자신의 친구를 바라보았다.

“아하하하! 노, 농담이지?”

“사실이야. 지금 지구를 향해 날아가고 있지.”

어깨를 으쓱이는 그의 모습에 다크는 허망하다는 표정으로 말했다.

“그놈은 또 어떻게 현신한 거야? 신이 경계를 넘는 건 천족이나 마족이 경계를 넘는 것과는 차원이 다른 문제라고.”

“사고였어. 신계에 균열이 생기는 바람에 그걸 처리하다가 휩쓸린 거지.”

“신이 경계를 넘으면 타격이 만만치 않을 텐데.”

“그 덕에 신성(神聖)을 상실했다더군. 자신이 신이라는 사실조차 망각한 채 거대한 검으로 변해서 무작정 지구로 날아가고 있는 모양이야. 무엇보다 지구에는 신드로이아가 피어 있으니까.”

아무리 신성을 상실했다고 해도 신은 누가 뭐라고 해도 신이다. 무엇보다 라일레우드는 신들 중에서도 최상 위에 위치한 존재이기 때문에 어지간한 간섭으로는 막을 수 없을 것이다.

“라일레우드를 막을 정도의 간섭력을 발하려면 깃털이 몇 개 정도 필요해?”

“대충 600개 정도.”

“남은 깃털 수는?”

“네 개.”

“…….”

절망적인 사실에 다크는 고개를 떨어뜨렸다. 깃털이라는 것은 초월적 존재들이 물질계에 개입할 수 있는 유일한 수단으로, 그것이 없으면 어떤 신이나 악마도 물질계에 영향력을 행사할 수 없다. 물론 행사하는 자체는 아무 문제가 없지만, 그랬다가는 시원의 의지라 불리는 아수라에게 온갖 금제와 형벌을 무더기로 얻어맞으니 아무도 그럴 수가 없었던 것이다.

"어쩔까?"

"어쩌기는. 어차피 라일레우드가 지구에 박혀도 멸망 같은 일은 일어나지 않아. 물론 꽤 죽기야 하겠지만 방법이 없으니 지켜봐야지."

그들은 인간이라는 존재에 애착을 가지고 있었지만 대신 죽어줄 정도로 착하지는 못했다.

하지만 그렇다고 해도 수많은 사람들이 죽는다는 것은 역시 쓸쓸한 일. 그들은 편치 못한 표정을 지으며 다시금 작업을 시작했다.

*　　　*　　　*

2021년 10월 4일. 오후 8시.

일루전에는 군이 몬스터를 잡지 않아도 성장시킬 수 있는 직업들이 존재한다. 요컨대 연금술사는 마법 시약과 마법 물품을 만드는 것만으로도 레벨 업이 가능하고, 신관은 사람들의 부상을 치료하거나 축복을 거는 것만으로 스스로를 성장시킬 수 있다.

아아, 물론 그렇다고 해서 전투를 안 하는 녀석은 거의 없다. 거의 모든 일이 그렇듯 경험은 풍부할수록 좋은 것인데다 전투와 수련을 겸하는 게 성장에는 훨씬 도움이 되는 편이니까.

하지만 예술가는 모든 직업 중 가장 적은 전투 빈도를 가진다. 실제로 예술가 하면 직접 전투보다 전투를 돕는 데 치우쳐져 있는 데다, 예술가는 미적 활동을 하는 것만으로도 상당량의 경험치를 얻을 수 있으니까.

때문에 예술가들은 끊임없이 연주하거나 그려서 자신의 능력을 향

상시킨다. 당연한 이야기지만 예술가가 만들어낸 연주나 그림은 그것
을 본 사람을 매료시키면 매료시킬수록 효과가 극대화되고, 그렇기에
예술가들은 주로 사람이 많은 광장이나 사냥터에서 자신의 실력을 뽐
낸다.

"오늘은 여기까지."

난 연주를 마치고 테르마이안을 내려놓았다. 아아, 역시 피곤하군.
아직 내 음유시인 레벨이 낮은 편이라 연주할 때마다 온몸이 녹초가
되어버린다. 원래 상태라면 이런 일이 일어날 리 없지만, 지금은 음유
시인 레벨을 올리기 위해 상당수의 직업들을 봉인한 상태이니까.

나는 테르마이안을 케이스에 넣은 뒤 어느새 전용이 되어버린 흔들
의자에 앉았다.

"벌써 열흘째인가."

나는 매일 8시마다 연주를 시작했다. 저녁때마다 퍼져 나가는 환상
적 연주와 정체불명의 음유시인. 나는 이런 저런 잡음에도 아랑곳하지
않고 매일 같은 시간에만 연주했으며, 이제 저녁 8시는 사람들이 기다
리는 시간이 되었다.

"그런데 괜찮겠어요?"

"뭐가?"

"에… 이것들이요."

테이블 위에는 수많은 편지들이 무수히 쌓여 있었다. 아아, 많기도
많군. 나는 그것들 중 하나를 뽑아 읽었다.

"당신의 연주는 매일 잘 듣고 있습니다. 아아, 당신의 연주는 언제
들어도 황홀해요. 전 당신의 연주를 듣기만 해도 온몸이 뜨거워지고
아래쪽에서는 어느새 부끄러운 액체가……."

"뻥치지 말아요!!"

새빨개진 얼굴로 외치는 녀석의 모습에 커다랗게 웃었다. 넬처럼 소리치지는 않았지만 마찬가지로 얼굴을 붉힌 채 고개를 수그리고 있는 엘. 나는 말했다.

"난 공주 전용 음유시인이라고 이미 선고해 놓은 상태야. 그런데도 연주 요청을 하는 녀석들 따윈 알게 뭐냐."

"하지만……."

"이봐, 명색이 공주라면 좀 더 자신감을 가지는 게 어때?"

가볍게 웃어주자 녀석은 뚱한 표정으로 말했다.

"저를 위하는 척해도 단순히 귀찮아서 그러는 거죠?"

"훗. 불리한 질문에는 대답하지 않겠다."

"……."

난 언제나 그렇듯 당당했고 넬은 불만 가득한 표정으로 날 노려보았다.

후훗, 귀여운 녀석. 뭐, 녀석이야 어쨌든 테이블 위에 쌓여 있는 건 바로 초청장들이다. 그 내용을 간단히 줄인다면 '우리 집에 와서 연주 좀 해주세요' 정도일까? 미안하지만 난 한 곡 한 곡에 심력을 쏟아 붓고 있다고. 자잘한 귀족들한테 전부 불려 가서 연주할 여력 따위가 있을 리 없지. 애초부터 내 주특기는 전투지 연주가 아니니까.

나는 근처에 있던 코트를 입은 후 왼쪽 귀를 2초 정도 잡아 상태창을 열었다.

성명:밀레이온 더 윈드리스 클래스:예술가
34레벨

드래곤 슬레이어(Dragon Slayer)

근력 56(+100) 생명력 170(+50)

순발력 130 마력 210

마법력 135(+100) 체력 50(+50)

운 55 항마력 110(+100)

회복력 33 마나 회복력 50

상태:5직업 봉인, 회복 속도 상승, 상태 회복

역시 봉인 때문인지 전체적인 능력치가 구리구리하군. 아차! 괄호 안에 있는 건 뭐고, 상태 회복에 회복 속도 상승은 왜 있고, 능력치 포인트는 어떻게 연계되어 저렇게 되느냐? 뭐, 이런 질문은 모조리 무시다. 난 자상한 성격이지만 오늘은 피곤하거든. 설명해 주기도 귀찮단 말이야.

"똑똑한 어린이들은 스스로 이해하고 게으른 아이들은 아… 그냥 능력치구나, 하고 넘기도록."

"네?"

"아하하! 아무것도 아냐."

난데없는 소리에 의아해하는 넬을 두고 어색하게 웃는다. 뭐, 느닷없이 벌인 일이지만 이득이 전혀 없는 건 아니군. 다른 거야 어쨌든 음유시인 레벨만큼은 확실히 올랐으니까. 음유시인이라면 열 번째 직업으로 +900%의 부가 경험치가 필요한데도 벌써 34레벨에 달한 것이다. 그나마 페널티가 900%니까 그렇지, 내 직업이 예술가 하나였다면 아마도 마스터에 이르고 말았을 것이다.

"하지만 이래도 되는 건가?"

솔직히 내 레벨 업 속도는 너무나도 빠르다. 재능도 재능 나름이지 5레벨 상태에서도 40레벨 대의 오크 전사를 학살하고, 25레벨 주제에 60레벨 대의 연주를 성공시키다니? 물론 내가 하루의 대부분을 일루 전에 투자한 결과지만 이런 성장 속도는 비정상이다. 무엇보다 열두 개의 직업을 골라서 마스터에 이른 것 자체가 기적적인 일이었으니까.

"저기, 오빠."

뭐, 하지만 아무리 그래도 느껴지는걸. 눈만 감아도 이 세상의 흐름과 파동이 느껴져서 그 어떤 직업에 임한다 해도 간단히 적용하고 능력을 극대화할 수 있다. 누가 뭐라고 해도 일루전 속 기적적 능력은 마나의 사용으로써 존재하기 때문에, 그것을 마치 호흡이나 팔다리 움직이는 것처럼 생생하게 체험하는 나는 압도적으로 유리할 수밖에 없는 것이다.

"오빠!!"

"아, 어. 엉? 아, 미안. 잠깐 딴생각 좀 하느라고."

"걱정 거리라도 있어요?"

"그럴 리가."

난 웃으며 몸을 일으켰다. 어제도, 오늘도, 내일도, 난 매일매일 착실하게 강해지고 있다. 하지만 왜 이렇게 찜찜한 걸까? 마치 뭔가를 잊고 넘어가는 듯한 느낌이다.

잠시 이런 저런 생각에 빠져 있는데 목걸이에서부터 한 소녀가 모습을 드러낸다. 전체적으로 반투명한 몸체에 환한 금발이 인상적인 소녀 에일렌. 그녀는 잠시 허공을 날아다니더니 이내 다시 내려와 말했다.

[주인.]

'뭐야, 무슨 일이라도 있어?

[그런 건 아니지만 별궁 쪽에서 퀘스트 발생의 징후가 느껴져서.]

'징후?'

[환원령의 능력 중 하나야. 퀘스트의 내용까지는 모르지만 퀘스트가 발생하는 장소 정도는 파악할 수 있지.]

'오호! 그거 편리한데?'

생각해 보니 열흘 동안 한 것이라고는 운동과 명상, 그리고 연주뿐이었다. 예술가 레벨을 올리는 것도 좋지만 신기 역시 얻어야 하는 만큼 퀘스트도 진행해 놓을 필요가 있겠지.

나는 테르마이안을 등에 멘 후 그대로 문으로 향했다. 요새 여기저기 돌아다니느라 바쁜 넬은 피곤한 표정으로 나를 바라보고 있다.

"가시게요?"

"슬슬 저녁이니까. 오늘 힘들었을 텐데 그만 자라."

살짝 웃으며 문밖으로 나섰다. 내가 밖으로 나오자 깜짝 놀라 부동자세를 취하는 호위 기사. 며칠 전부터 느낀 거지만 꽤 정중해졌군, 이 녀석들도. 나는 문을 닫은 후 그대로 걷기 시작했다. 별궁 쪽이랬지? 나는 고개를 돌려 근처에 지나가던 시녀에게 물었다.

"별궁은 어느 쪽이지?"

"에, 에… 예?"

"별궁이 어느 쪽에 있냐고?"

"아, 별궁이라면 여기서 쭉 가시다가… 아, 아니에요! 제, 제가 안내해 드리겠습니다!!"

"그래주면 고맙지."

살짝 웃어주자 시녀의 얼굴이 새빨갛게 변하는 게 보인다. 반응이 꽤 강한데. 넬이 내 팬클럽이 생겼다고 하긴 했지만 그게 진짜였단 말인가?

잠시 허둥지둥하던 시녀는 이내 정신을 차린 건지 앞장서 걷기 시작했고 나는 그런 그녀를 따라갔다.

왕성은 그 크기에 비해 상주 인구가 적은 데다 쓸데없이 복잡하기까지 해, 처음 온 사람이라면 길을 잃기 딱 좋은 장소였다. 물론 시스템에 따라 맵을 불러올 수 있는 유저들이라면 길을 잃지 않겠지만, 맵에서야 건물의 모양만을 보여줄 뿐이니 특정 건물을 찾으려면 결국 안내를 받는 수밖에 없다.

“이곳입니다.”

“고마워. 여기서부터는 내가 찾을 수 있으니 가도 돼.”

“아, 저 저기…….”

“……?”

나는 의아하다는 표정으로 시녀를 바라보았다. 전체적으로 귀여운 외모에 아담한 몸집. 그녀는 잠시 망설이다가 품속에서 손수건을 꺼내 들며 말했다.

“싸, 싸인을…….”

“……?”

이 세계에도 싸인이라는 문화가 있는 거야? 난생처음 받아보는 싸인 요청에 솔직히 당황했지만 거절하기도 뭐하다는 생각에 그녀의 손수건을 받아 들었다.

그냥 싸인만 하기는 좀 심심하겠다는 생각에 난 주머니 속에서 붓을 꺼내 들었다. 생긴 것도 붓이고 유저들도 그냥 붓이라고 부르지만, 이건 결코 평범한 붓이 아니다. 기본적으로 몸통 부분에 여덟 가지 색이 내장되어 원하는 색을 뽑아 쓸 수 있으며, 마나로 붓끝을 조정할 수 있기 때문에 마음만 먹는다면 제법 날카로운 펜선을 구사하는 것도 가능한 마법의 붓인 것이다.

아니, 뭐 그렇다고 이게 보물이라거나 하는 건 아니다. 솔직히 라비린토스에서 마법 물품이 얼마나 흔한데, 상위 클래스 마법이라면 몰라도 1클래스 인챈트라면 어지간한 유저가 다 시행할 수 있기 때문에, 이런 자잘한 물건은 사방에 널리고 널렸다. 그중에서 이건 예술가들의 필수 물품이고 말이다.

"이름이 뭐지?"

"에, 에리네라고 합니다."

"좋아, 에리네. 고개 좀 들어볼래?"

내 말에 그녀의 고개가 들려진다. 다시 봐도 꽤 귀여운 외모다. 생각해 보면 왕성에서 일하는 시녀인데 당연히 보통 이상의 마스크들을 모아놨겠지.

나는 가볍게 붓을 움직여 손수건 위에 그녀의 모습을 그렸다. 물론 아무리 생각해도 잠깐 사이에 그리기 힘든 인물화는 피한다. 굳이 인물화가 아니어도 그릴 것은 있으니까.

나는 붓을 펜 모드로 변환시킨 후 만화를 그리듯 그녀의 캐릭터를 그려 버렸다. 약간은 수줍은 미소를 지으며 얼굴을 붉히는 모습. 조금 미안한 말이지만 메이드 복을 입고 있는 덕택에 세 배는 그리기 쉬운 것 같군. 나는 그녀의 캐릭터 아래에 '길 안내 고마워, 에리네. 밀레이 온 더 윈드리스' 라고 써주었다.

"됐다."

"귀, 귀여워……! 감사합니다!"

내가 손수건을 넘기자 그녀는 까아— 하는 표정으로 어디론가 뛰어가 버렸다. 자랑하러 가는 건가? 파니티리스에서 만화 같은 그림체가 먹힐까 고민했는데 다행히 문제없는 모양이군.

난 꺼냈던 붓을 다시 주머니에 넣은 뒤 주변을 살폈다. 역시 왕성이라서 그런지 건물들이 전체적으로 깔끔한 분위기.

천천히 걷기 시작하자 목걸이에서 에일렌이 쑤욱 하고 모습을 드러낸다. 나온 것까지는 좋은데 무언가 마음에 들지 않는 듯 뾰루퉁한 표정. 그녀는 말했다.

[팬 서비스가 과한데?]

'뭐… 아, 그림? 날 좋아해 준다는 데 나쁠 거야 없지.'

[대상이 남자면?]

'패야지. 남자 팬이라니… 미쳤냐?

[…….]

녀석이 황당해하는 것을 느끼며 나는 생각했다. 어쨌든 저 시녀 때문에 한 가지 사실만은 확실히 알았군. 내가 이곳에서 어느 정도 유명해졌다는 것을 말이다.

현실 세계에서도 인기 가수나 텔런트가 대통령 후보나 국회의원 같은 녀석들을 지지하는 것은 법으로 금지되어 있다. 우습다면 우스운 일이지만 이게 의외로 효과가 세거든. 사실 인기 스타가 지지하는 정치인이 뛰어나다는 보장은 어디에도 없지만 그 스타를 동경하는 사람들은 덩달아 그 정치인을 좋아하게 되는 것이다.

난 넬의 방에서 오직 그녀만을 위해 연주하고 있다. 물론 도시 전체로 퍼져 나가게 하는 것 자체가 그런 의도에 반한다 할 수 있으나, 일단 소문은 그렇게 나는 것이다.

민주주의적 성향을 가지고 있는 현실과 이곳의 성향이 조금 다를 수는 있지만 일단은 좋은 쪽으로 생각하기로 했다. 여기 귀족 녀석들이 아무리 강한 세력을 가지고 있다 해도 왕족을, 그것도 지지도가 꽤 있는 왕족을 함부로 어찌하지는 못할 테니까.

'그나저나 퀘스트는 이 근처인가?'

[정확히는 별궁의 정문 쪽. 거기까지 가면 퀘스트가 생길 거야.]

에일렌은 슬쩍 날아 내 어깨에 걸터앉았다. 뭐, 걸터앉은 자세라고는 하지만 어깨 위로 아무런 느낌이 없군. 나는 볼 옆으로 보이는 늘씬한 다리를 신경 쓰지 않으려 노력하면서 정문 쪽으로 향했다.

길에는 시녀나 경비병들이 꽤 있었지만 아무도 나의 길을 막지 않는다. 왕성에서는 함부로 돌아다니면 안 되는 거 아닌가? 아니, 물론 안 막는다면 나야 고맙지만 말이다.

'그나저나 마족들은 경험치를 안 주는군.'

[무슨 소리야?]

'아니, 생각해 보니 상급 마족을 쓰러뜨렸는데도 경험치에 변화가 없어서. 뭔가 아는 거라도 있어?'

내 말에 에일렌은 아! 하는 표정을 지었다. 뭔가 아는 게 있군. 내가 고개를 돌려 바라보자 그녀는 말했다.

[마족들을 쓰러뜨리는 건 필드 몬스터를 잡는 것과는 조금 달라. 마족을 잡는 자체가 퀘스트라고 할까? 마족 한 마리 한 마리마다 경험치가 나오는 게 아니라 총체적으로 몰아주는 거라 할당된 마족을 다 잡은 다음 메인 시나리오를 종료하면 경험치를 한 번에 몰아받는 거지.]

'오호, 그거 매우 마음에 드는 시스템이군.'

쉽게 말해 비주류 직업들을 성장시킬 기회라는 말이 아닌가? 나는 그 경험치를 받으면 어떤 직업을 성장시킬까를 생각하며 계속 걸었다.

별궁이 크다고는 해도 정문에 도착하기까지는 많은 시간이 걸리지 않았다.

국왕 치유.
국왕이 중독됐다. 사람들이야 병인 줄 알고 있지만 중독이다. 까짓 근성으로 이겨내라 조언하고 싶지만 불쌍하니 살려주도록 하자.

“왕이 살아 있었구나.”
귀족들이 위세를 떨치고 서자라고 할 수 있는 포랜스가 왕좌를 노리고 있기에 벌써 죽은 줄 알았는데 말이야.
나는 천천히 걸어 별궁의 정문 앞으로 다가갔다. 별궁이란 왕이나 왕세자의 혼례 때 왕비나 세자빈을 맞아들이는 궁전, 혹은 특별히 따로 지어진 궁전을 말한다. 여기서의 궁전은 아마도 후자겠지. 퀘스트에 나와 있듯 사람들은 국왕이 병에 걸린 줄 안다니 아마 요양 차 머물고 있는 것이리라.
“그나저나 병이라…….”
생각해 보니 유저들에게는 병이란 개념이 없군. 있다면 중독, 혼란, 저주 같은 상태 이상 정도랄까? 물론 있어봐야 짜증만 날 테지만, 하여튼 그렇다는 것이다.
“누구냐!”
내가 별궁 앞으로 다가가자 정문을 지키고 있던 네 명의 기사가 날 바라본다.
기운들이 상당한 녀석들이군. 분위기를 보아하니 근위 기사들인가?
나는 태연하게 웃으며 말했다.

“반갑군요. 이곳이 폐하가 계신 곳입니까?”

“누구냐고 물었다!”

“밀레이온 더 윈드리스라고 합니다.”

“무슨 일이냐!”

거, 자식. 되게 딱딱거리네. 마음 같아서는 확 밀어버리고 싶었지만 그랬다가는 이 나라에 와 연주한 행위 자체가 허무해지기 때문에 정중히 말했다.

“폐하께서 편찮으시다는 소식을 듣고 왔습니다.”

“의사인가?”

“악사입니다.”

내가 등 뒤에 메고 있던 테르마이안을 보여주며 어깨를 으쓱하자 근위 기사들의 얼굴에 설마? 하는 표정이 스쳐 지나간다.

다행히 날 모른다는 소리는 나올 것 같지 않군. 그들은 잠시 자기들끼리 수군거렸고, 이내 대표로 한 녀석이 앞으로 나섰다.

“혹시 8시의 황혼을 연주하시는 분이십니까?”

“8시의 황혼?”

“그러니까… 저녁마다 연주하시는 그분이십니까?”

“아, 그거라면 제가 맞습니다.”

내가 간단히 수긍하자 녀석들이 술렁이는 게 느껴진다. 다행히도 싸인해 달라는 요청이 나올 것 같지는 않았다. 뭐 누차 말했듯 내 노래는 최면이 아니니까 아무리 훌륭한 연주라 해도 모든 관객을 팬으로 만들지는 못하는 법이다.

그들이 나의 팬은 아니라도 내 연주를 나쁘게 평가하지는 않은 듯 날 보는 시선들이 조금 더 너그러워졌다. 지금부터 녀석들은 나를 ‘예술가'로 보기 시작했다. 내가 조금 괴팍한 짓을 해도 예술가니까, 하고 넘어갈 수도 있다는 말이다. 물론 내가 괴팍한 짓을 하려는 것은 아니지만 허용 범위가 넓어진 것만은 분명하지.

"그런데 폐하의 건강이 좋지 않다는 말을 듣고 왔다니, 치료하시려는 겁니까?"

"예. 완치까지는 힘들더라도 병을 완화시키는 정도라면 어렵지 않게 할 수 있으니까요."

"연주로?"

"예, 연주로."

자신있게 대답하자 다시 수군거리기 시작한다. 연주로 치료한다는 것이 신기한 모양이군.

뭐, 파니티리스에는 마력을 사용하는 녀석 자체가 적기 때문에 생소한 일일지도 모르지만 라비린토스에서는 결코 그럴 수 없다. 간단한 예로, 예술가가 가지고 있는 능력이 단순 연주뿐이었다면 어떻게 될까?

뻔하다. 아마도 음유시인의 숫자가 10분의 1 이하로 줄어버리겠지. 게임 속 캐릭터의 가치 중 상당 부분을 차지하는 것이 바로 실용성일 텐데 치료도, 전투도, 보조도 할 수 없는 예술가 따위를 누가 힘들여 성장시키겠는가.

이런 저런 생각들을 하고 있는데 등 뒤로 무언가가 달려오는 것이 느껴진다.

파앗!

"왕녀님!"

가볍게 내 옆으로 내려서는 백색의 말과 기겁하는 근위 기사들. 이

런이런, 또 왕녀냐? 넬이 1공주. 클로… 뭐더라? 아, 맞다! 클로니아가
3왕녀라고 했으니 저 여자가 2왕녀로군. 나이로 치자면 실질적인 맏언
니인 셈이다.

뭐, 맏언니라고 해도 그리 나이가 많은 것 같지는 않았다. 대충 봐서
한 열여덟 살 정도? 뭐, 그래도 왕족이니 결국은 존댓말을 써야 하겠지
만.

"하아, 하아. 나왔다고 하더니 정말이었군요. 당신이 저녁마다 연주
를 하던 음유시인입니까?"

"뵙게 되어 영광이군요, 왕녀님. 전 밀레이온, 밀레이온 더 윈드리스
라고 합니다."

"에리카 이레인. 만나서 반가워요."

환하게 웃으며 손을 내미는 그녀의 모습에 순간적으로 왕녀랑 대놓고
손을 잡아도 되나? 하고 생각했지만 그냥 잡아버렸다. 생각해 보면 클로
니아는 처음 만난 순간부터 침대 파트너—지금 생각해도 쇼킹이다—를 요
청하지 않았던가? 그거에 비하면 이 정도야 약한 것이다.

나는 부드러운 손을 놓은 뒤 날 바라보는 남색의 눈동자. 좀 뜬금없
이 나타나기는 했어도 왕가의 피를 이어서인지 상당한 미모로군. 넬이
나 클로니아와 마찬가지로 금발에 하얀 피부를 가지고 있는 그녀에게
서는 확실히 왕족다운 품위와 기품이 풍겨져 나오고 있었다.

아, 그러고 보니 이레인의 왕가의 녀석들은 대체적으로 금발이군.
에일렌도 금발이었기는 했지만 그녀는 햇빛을 비추면 반짝거릴 정도로
환하고 잡티 하나 없는 금발이었다. 금발이라고는 해도 적색이 섞여
있는 이들에 비하면 조금 더 고등(?)한 머리카락이란 말이지.

"그런데 어쩐 일로 나오신 거죠? 초청을 전부 거절하는 바람에 귀족

들이 신경질을 내는 것 같던데."

"가끔은 바람도 쐬는 게 좋을 것 같아서요. 더불어 폐하께서 편찮으시다니 들려드릴 연주가 있었습니다."

"병을 치유하는 연주가 있나요?"

"연주의 효능이라는 건 생각보다 무궁무진하니까요."

어깨를 으쓱이자 와! 하고 놀라워하는 왕녀와 기타 근위 기사들이 보인다.

나름대로 신기해하는 모습이지만 '사막의 평온 상급 이상으로 연주해 주실 분 찾습니다! 필사의 분노도 연주하실 수 있으면 감사요~!' 라는 소리를 들어오던 난 오히려 이런 상황들이 더 신기하다.

무언가를 생각하듯 눈을 감고 잠시 서 있는 에리카, 그녀는 이내 결정을 내린 듯 고개를 돌려 근위 기사들을 바라보았다.

"같이 들어가겠어요. 상관없죠?"

"예? 하지만 호위 기사도 없이……."

"홍, 전 서먼 마스터예요. 절 무시하시는 건가요?"

그녀의 말에 일리가 있다고 생각한 듯 근위 기사들도 순순히 물러난다. 아마 내가 나쁜 마음을 먹는다 해도 감히 그녀를 어찌할 수 있겠느냐는 믿음이겠지만 내 생각은 좀 다르다. 그녀는 분명 상급 환수를 다룰 수 있지만 결코 서먼 마스터라고 할 수 없다. 높게 쳐줘봐야 상급 소환술사에 불과하다는 말이지.

솔직히 말해 상급 소환술만 쓰면 다 서먼 마스터냐? 만약 유저라면 대충 40레벨 대 능력만 가지고 있어도 어렵지 않게 그녀를 쓰러뜨릴 수 있을 것이다. 마력의 양과 컨트롤 등은 다루는 환수의 등급 못지않게 중요한 것이니까.

쉽게 예를 들어볼까? 일반인이 소드 마스터만의 권능이라는 검기를 사용한다 해도 그건 아무 힘도 되지 못한다. 정도를 넘어선 검술과 전투 경험, 그리고 강력한 육체적 능력 등이 동반되지 않으면 검기라는 것 자체가 제 위력을 발휘하기가 힘든 것이다.

일반인에게 검기는 그냥 잘 베어지는 칼에 불과하다. 마찬가지로 제대로 다룰 줄 모르는 소환사에게는 설사 상급 소환수라 해도 능력을 충분히 발휘할 수 없는 존재가 되어버리는 것이다.

뭐, 그렇다고는 해도 어지간한 녀석들한테는 상당한 위력을 발휘하겠지. 여기는 '힘 3 찍을 때마다 민첩 1씩 찍어서 밸런을 맞추세요!'라든지 '40레벨이 넘은 소환사는 별의 바다 쪽에서 열렙하시는 게 좋습니다' 등의 소리가 존재하지 않는 파니티리스니까.

나는 에리카를 따라 별궁 안으로 들어갔다. 생각보다 수수한 외양의 별궁은 여기저기 심어져 있는 묘목과 꽃들이 더해져 전체적으로 편안한 분위기를 풍기고 있었다.

공기, 아니, 공기뿐만이 아니라 장소가 지니는 기운 자체가 매우 맑군. 별궁을 보호하는 담의 구조가 조금 특이한 듯싶더니 마법진의 형식으로 위치한 거였나?

나는 뭐라 말을 꺼낼까 고심하고 있는 듯한 에리카를 향해 웃어 보였다.

"좋은 곳이군요."

"아버님을 위해 특별히 만들어진 장소니까요."

"편찮으시다고 하던데 무슨 병인 것 같습니까?"

상황이나 파악하자고 한 말이었지만 분위기는 삽시간에 다운되었다. 생각해 보면 당연한 일 아닌가. 그녀는 왕녀, 그리고 그녀의 아버지인 마커스 이레인은 이레인 왕국의 왕이다.

왕쯤 되는 존재가 주치의가 없을 리 없다. 그런데도 병에 걸려 장시간 앓아 누워 있다면, 그건 이 나라에 그 병을 치료할 존재가 없다는 소리인 거지.

과연 내 생각이 틀리지 않았는지 그녀는 어두운 안색으로 말했다.

"증세는 일반 감기 같은데 치료가 전혀 안 되고 있어요. 일 년 동안 증세가 낫기는커녕 심해지기만 해서……."

"병간호는 누가 하시죠?"

"네? 물론 시녀들이 하겠죠."

"그 지휘는?"

"지휘라면… 어머님일까요?"

에리카의 말에 나도 모르게 슬쩍 웃었다. 이 정도면 오래 생각할 것도 없이 윤곽이 잡히는군. 지금 왕은 병석에 누웠다고 하지만 퀘스트 내용에 의하면 중독되어 있다. 그리고 그 병간호를 지휘하고 있는 것은 후실인 에보니 크레아른.

생각해 보니 정실이었던 넬의 어머니도 병으로 죽었다고 했지? 어디까지나 짐작이지만 아마 그녀도 독살당했을 확률이 높다.

"피비린내 나는 왕실이로구만."

"네?"

"아뇨. 혼잣말입니다."

화사하게 웃어주며 주변을 살폈다. 왕이 묵는 별궁인 만큼 주변에는 기사들이 잔뜩 있었는데, 에리카 옆에서 걷고 있기 때문인지 아무도 앞을 막아서지 않는다.

아아, 저 녀석들이 바로 이레인 최강의 기사단이라는 드래곤 나이트로군. 개나 소나 다 가져다 붙이는 드래곤이라지만 그래도 수준은 높아 기사 레벨 20에, 소환사 레벨 30은 될 것 같았다. 물론 라비린토스에는 저만한 수준이 천만 명도 넘게 있지만, 일반적인 인간으로는 절대 뚫을 수 없는 수준인 것이다.

이런 저런 생각을 하는 사이에도 계속 걸어 별궁의 안쪽까지 이동했다. 밖에 기사들이 잔뜩 있던 걸 생각하면 안은 의외로 한산한 편이군. 에리카는 여러 번 와봤던 건지 앞장서서 복잡한 길을 잘도 걸어가 마침내 커다란 문이 있는 방에 도착했다.

"다 왔네요. 아버님께서는 아직 편찮으시니까 정숙해 주세요."

나 연주하러 왔거든? 하고 쏴줄까 하다가 시비 걸 필요 없다는 생각에 순순히 고개를 끄덕였다.

천천히 문 앞으로 다가가는 에리카. 그녀가 말했다.

"들어가도 되나요?"

"에리카? 들어와라."

안에서 들려오는 목소리에 눈을 가늘게 떴다. 여자 목소리? 분위기를 보아하니 시녀는 아니다. 그럼 왕비 에보니 크레아른이겠군.

에리카를 따라 방 안으로 들어가자 거대한 방에 거대한 침대가 시야를 가득 메운다. 이거 죽이는군. 분명 사람 한 명 사는 공간인데 교실 네다섯 개 정도는 합쳐 놓은 것 같은 크기를 자랑하고 있다. 이 정도면 거의 운동장 크기로 축구를 하고, 가에서 농구를 해도 자리가 남아돌 정도로 엄청난 크기다.

그리고 그런 방 한가운데에 있는 침대와 그 옆에 앉아 있는 40대 초반의 여인. 그녀는 에리카 옆에 서 있는 나를 발견하고는 의아한 표정을 지었다.

“응? 옆에 있는 분은 누구시지?”

“뵙게 되어 영광입니다, 왕비님. 제 이름은 밀레이온, 밀레이온 더 윈드리스라고 합니다.”

한쪽 무릎을 꿇고 예를 표하자 왕비와 에리카의 얼굴에 의외라는 표정이 떠오른다. 별로 놀랄 것도 없는데… 예법 정도야 기본 사항이라 유저 중에 못하는 녀석은 아무도 없을 정도니까. 뭐, 나야 숱한 반복 학습으로 그중에서도 완벽한 수준을 가지고 있다 자부하지만 말이다.

“밀레이온이라… 소문이라면 들었다. 자네가 밤마다 허락도 없이 연주하는 음유시인인가?”

“어머니!”

“끼어들지 말거라, 에리카. 다시 묻지. 대체 연주를 도시 전체로 퍼뜨리는 이유가 뭐지? 무슨 목적으로 데카른에 들어온 것이냐?”

표정은 그냥 잔잔한데도 위협적인 기운이 뿜어 나온다. 오호… 이건 살기(殺氣)잖아? 에리카는 아마 못 느끼겠지만 이 정도 살기라면 어지간한 녀석이라도 눈을 마주치지 못할 것이며, 그보다 좀 더 약한 녀석이라면 공포에 질려 물러나고 말 것이다.

“글쎄요. 이유를 말하자면…….”

나는 그녀의 살기에 전혀 당황하지 않으며 여유롭게 웃었다. 흥! 그럴듯한 살기지만 그 정도로는 엔간한 오크보다도 낮은 수준이다. 물론 표정은 잠잠한 상태에서 살기를 뿜어낸다는 점에서 조금 더 점수를 줄 수 있겠지만. 글쎄, 왕비쯤 되는 존재가 살기나 뿜고 있다는 건 조금 마음에 안 드는군.

“역시 공주님을 지켜주겠다는 약속 때문일까요?”

“하! 여기는 철통같은 경비를 자랑하는 데카른이다. 네까짓 게 누구를 지킨다는 말이냐?"

태연한 내 태도가 마음에 안 드는 것인지 왕비의 표정이 조금 일그러진다. 뭐, 상관없지. 그녀가 독살에 관여된 사람이라면 그녀와 내가 같은 편이 될 이유 자체가 없으니까.

나는 태연하게 등에 메고 있던 케이스를 내려 테르마이안을 꺼내 들었다. 난데없는 내 행동에 에리카와 왕비가 의아한 표정을 지었지만 아직은 연주할 생각이 없었기에 열다섯 개의 현을 조율하며 말했다.

"위협이 꼭 외적인 것이라 단정 지을 수 없죠. 위협이란 것에는 많은 종류가 있으니까요. 그래요. 굳이 예를 하나 들자면……."

나는 슬쩍 웃으며 말했다.

"독살이라던가."

"……."

독살이라는 말에 왕비의 표정이 순간적으로 팟! 하고 굳어졌다. 금세 정신을 차린 듯 표정 관리에 들어갔지만 이미 늦었어. 미안하지만 내 눈치는 챔피언 급이라구.

이미 상황 파악을 끝내가는 나와는 다르게 왕비의 표정조차 제대로 살피지 못한 에리카는 잠시 생각하는가 싶더니 고개를 흔든다.

"말도 안 돼. 이곳은 인간에게 해로운 모든 기운을 정화하는 곳이라고요. 게다가 왕족이 먹는 음식들은 모두 철저한 조사 후에 지급되는데 독을 사용할 방법이 있을 리 없죠."

아아, 물론 그렇겠지. 나 역시 이곳에 도착해 상황을 살핀 후 이곳의 보안 수준을 보고 훌륭하다 생각했으니까.

이곳에 머물러 있는 왕성 마법사들의 눈을 피해 마법적 능력을 사용하기는 어렵다. 모든 기운을 정화하는 이곳에서 독을 사용하기도 어렵다. 음식에 독이 들었는지 안 들었는지 검사하는 의사들의 안목을 피해 독을 살포하기도 어렵다. 물론 아주 불가능한 것은 아니지만 그것은 매우 힘든 일이겠지.

하지만 이렇게 생각하면 어떨까?

왕성 마법사들이 마법적 능력의 사용을 묵인한다면? 이곳에서 정화되지 않는 종류의 독을 사용한다면? 독을 막아야 할 의사들이 오히려 독을 살포한다면?

머리가 나쁜 녀석들은 겉으로 드러난 상황만을 보고 쉽게 불가능을 논하고는 한다. 하지만 조금만 더 신경 써도 상황의 본질을 볼 수 있는 법이지. 봐야 할 것은 상황이 아니라 사람. 왕성 마법사도, 약사도, 그리고 성의 관리인 등 모두가 이레인 왕국에 살고 있는 사람들인데 권력의 영향력을 피해갈 수 있을 리가 없지 않은가.

"아아, 뭐 이런 이야기를 해도 상관은 없겠지. 깨어 계십니까, 폐하?"

"이렇게 시끄러운데 어떻게 자겠나."

내 말에 침대에 누워 있던 중년의 사내가 몸을 일으킨다. 넬이나 다른 왕족들과 마찬가지로 환한 금발에 편안해 보이는 인상. 나는 웃으며 말했다.

"어디부터 들으셨죠?"

"독살이라던가, 부터."

"당신의 생각은?"

"일리있는 말이다."

"폐하!"

왕비가 깜짝 놀라 소리 질렀지만 왕, 그러니까 란스 이레인은 편안하게 웃을 뿐이었다.

별 생각 없이 말을 걸기는 했지만 이 아저씨 생각보다 훨씬 더 강하
잖아? 맙소사! 물론 들어오면서 힘의 정도를 파악하지 못한 건 아니지
만 이 정도면 멜피스하고도 맞먹을 정도로군. 계약한 소환수는 아마도
상급 두 마리, 물론 에리카 역시 상급 소환수를 다루고 있지만 지닌 마
력이나 마법력의 크기 자체가 압도적으로 달랐다. 와우! 이건 신성 기
사단의 단장이라는 녀석보다도 크다. 과연 환수의 나라를 지배하는 왕
이라는 건가.

좋아, 이 녀석만 무사히 회복되어 준다면 넬이 더 이상 위험할 일은
없겠군. 언뜻 봐도 괜찮은 성격인 것 같으니 우호적인 관계가 될 것 같
기도 하고. 나는 악기를 들어올렸다.

"그럼 자신이 중독되었을 수도 있다는 생각을 해봤습니까?"

"후후, 오랜만에 간 큰 친구를 만났군. 자네는 내 옆에 있는 아내가
보이지 않나? 이렇게 아름답지만 성격 하나는 끝내주지. 돌아가다 암
살자를 만날 수도 있는데 말이야."

"폐하! 그건 모략입니다! 지금 절 의심하시는 겁니까? 여봐라! 게 없
느냐? 당장 이 건방진 놈을 끌어내라!"

그녀의 말에 따라 거칠게 방문이 열리며 네다섯 명의 기사가 모습을
드러냈다. 나름대로 정예들인지 상당한 기도를 풍기는 기사들. 그들은
잠시 왕의 모습을 바라보다가 사납게 자신들을 노려보는 왕비의 모습
에 놀라 내 쪽으로 다가왔다.

"후후, 이것 참."

태연하게 웃기는 했지만 여기서 곱게 잡혀서야 체면이 안 서지. 그
렇다고 다 뒤집어 버리기도 좀 그러니 말로 해결해 보도록 할까?

나는 테르마이안을 들어올렸다. 두 명의 기사가 내 양팔을 잡고 세 명의 기사가 내 주위를 포위했지만 그들의 움직임은 간단히 무시한 채 왕을 바라보았다.

"저를 믿어주신다면 당신을 치료해 드리죠. 보아하니 성격도 강한 듯한데, 이대로 죽을 생각은 아니겠죠?"

"뭘 떠들게 두고 있는 거냐! 당장 데리고 나가!"

왕비의 호통에 기사들은 날 잡아끌었고 나는 그대로 끌려갔다. 물론 상당히 봉인되었다고는 하지만 지금으로도 내 힘은 150에 달한다. 그 것은 일반인의 다섯 배에 해당하는 힘으로, 솔직히 뿌리치자면 못 뿌리 칠 것도 없는 상황인 것이다.

하지만 그렇다고 정말 뿌리치고 힘으로 해결할 수는 없지. 내가 이 나라에 계속 있을 것도 아닌데 다 때려잡고 굴복시켜 봐야 어떠한 의 미가 있겠는가? 결국 떠나면 모든 일이 원점일 텐데 말이다.

그럼으로 아직 필요하다. 제정신이 박힌, 그리고 넬을 지켜줄 만한 왕의 존재가.

아무 말 없이 나와 날 끌고 가는 기사들의 모습을 바라보는 이레인 의 젊은 왕 란스, 그는 고민스러운 듯 잠시 눈을 감았다가 떴다.

그리고 이내 한숨을 쉰다.

"아아, 이거 난데없는 녀석이 나타나서 고민시키는군. 너희들, 녀석 을 놔줘라."

"죄송합니다, 폐하. 이자는 궁내에서 소란을 일으킨 자. 용서할 수 없습니다."

"아, 그래?"

그가 슬쩍 웃는 순간 마나가 한차례 크게 일렁인다. 삽시간에 모습을 드러내는 검과 상당한 덩치의 용인(龍人). 용인 녀석은 기사들을 보고 슬쩍 웃는가 싶더니 허공에 떠 있던 검을 잡고 폭풍처럼 휘둘렀다.

쩌정!

"크윽?!"

"크아악!"

앗! 하는 사이에 날 잡고 있던 기사 전부가 벽과 충돌한다. 오호~ 이거 새로운 방법이군. 라비린토스에서 가장 인기있는 환수는 바로 무기형 소환수이다. 왜냐하면 다른 직업과 겸하면 그 효과가 무궁무진하게 늘어나거든. 요컨대 기사를 선택한 후 검의 모양을 하고 있는 소환수를 사용하면 소환수의 힘을 120% 이상 끌어낼 수 있고, 궁수를 선택한 후 활 모양의 소환수를 사용하면 소환수의 힘을 120% 이상 활용할 수 있으니 당연하다면 당연한 결말.

하지만 이 란스라는 녀석은 또 다른 방법을 사용했다. 상급 무기형 소환수를 소환한 후 상급 인간형 소환수를 소환한다. 그리고 녀석이 무기형 소환수를 다루게 한다. 둘 다 한 사람의 소환수인 만큼 마력의 파동이 역행할 일도 없으며, 같은 주인을 따르기 때문에 능력 발휘 역시 강력한 것이다.

이거 멋진 콤보로군. 이 정도면 유저들 중에서도 박수받을 만한 발상인데?

이런 저런 생각을 하는 사이 용기사—용의 머리를 가지고 있는 인간형 환수니까—가 그 커다란 검을 들어 힘겹게 몸을 일으키고 있는 기사들에게 겨누었다. 차분한 눈으로 기사들을 바라보는 란스, 그가 말했다.

"나가라. 내 너희들의 상황을 모르는 것은 아니나 아직은 내가 이 나라의 왕이다."

"크윽……."

그들은 잠시 신음했으나 이내 몸을 일으켜 방 밖으로 나갔다. 왕비가 사납게 눈길 주었으나 이내 절레절레 흔든다. 무덤덤한 척하기는 했지만 그들 역시 이 나라의 기사들. 왕을 거스르기는 싫었던 모양이다.

슈우우.

바람 새는 소리와 함께 소환되었던 두 마리의 환수가 모습을 감춘다. 창백한 얼굴로 고개를 숙이는 란스. 그는 힘겹게 숨을 몰아쉬었다.

"하아, 하아, 하아… 이, 이거 죽겠구먼. 거 몇 초나 소환했다고 이렇게 힘든지."

"그야 독이 온몸에 퍼졌으니까요."

"닥쳐라! 네놈은 뭔데 감히 함부로 왕성에 침입하여 난동을 부리는 거지?"

"우와! 침입에 난동? 뭐, 중독이라는 말이 거슬리셨다면 사과드립니다. 병이 온몸에 퍼져서 그런가 봐요."

능청스럽게 말하자 왕비의 얼굴이 새파랗게 변했다. 어이쿠. 연세도 있으신데 흥분하시면 안 되지. 하지만 그런 모습이 재미있었던 듯 란스는 힘겹게 숨을 몰아쉬면서도 말했다.

"후후. 이 상황에서 네가 내 독, 아니, 병을 치료하지 못하면 진짜 웃기게 될 텐데?"

"그러게 말입니다. 하하하!"

"……."

아아아, 이제 왕마저도 나를 '뭐 이런 놈이 다 있어?' 하는 표정으로 바라보기 시작했지만 흔들리지 않는다. 아니, 뭐 그래도 해독은 해야겠지? 나는 말했다.

"타이틀 변경."

루인 포레스트 슬레이어(Ruin Forest Slayer).

무언가 투명한 것이 전신을 훑고 지나가는 듯한 느낌과 함께 독에 대한 감지력과 속성력이 생성된다. 생성. 그래, 생성이다. 없던 감각이 새로이 생성되는 이 느낌은 언제 느껴도 신기하군. 요전번에 시험 삼아 타이틀을 한 번씩 번갈아가며 낀 적이 있는데, 타이틀을 장착하고 있을 때는 당연하다는 듯 느껴지는 속성의 기운들이 타이틀을 해제하고 나면 거짓말처럼 사라진다. 제한적으로 주어지는 감각이랄까? 내가 주변의 마나를 감지하는 것처럼 모든 속성력을 감지하게 되면 엄청난 효과를 가질 수 있을 텐데 말이다.

"그런데 진짜 연주로 날 치료하겠다는 건가?"

"그럼 가짜로 하겠습니까? 후훗! 폐하께서는 탁월한 선택을 하신 것입니다."

"…그 선택에 후회가 가길 시작하는데."

나는 웃으며 허탈하게 웃는 란스의 모습을 바라보았다. 타이틀 효과가 확실하게 발동하기 시작했는지 그저 지친 중년처럼 보이던 그의 모습에서 여러 가지 정보가 인식되기 시작한다. 독이 퍼진 부위, 그 정도, 그리고 독이 가지는 성질 등.

당연한 말이지만 독에 대한 속성력으로는 독에 대한 치료 방법이나 독의 이름 등을 알 수 없다. 말 그대로 이건 감각. 감각으로 독의 이름을 알 수는 없는 일 아닌가?

역시 이럴 때는 녀석의 피를 먹어보는 게 제일 좋은 방법인데 말이야. 몇 번 시험해 봐서 안 건데 무언가를 먹어서 안에 든 재료를 아는 방법은 내가 먹은 것 중에 가장 중요한 것, 혹은 내가 알아야 할 것 등이 표시된다. 요컨대 내가 독이 든 음식을 먹었을 때는 독에 대한 이야기가 나왔지 않은가? 보통 요리를 먹었을 때는 가장 많이 들어가는 재료가 나오고.

독에 중독된 녀석의 피를 먹으면 '누구의 피에 무슨무슨 독이 첨가된 것을 알았다!' 라는 식으로 뜨겠지. 뭐, 악사에 불과한 내가 그런 걸 부탁했다가는 당장 미친놈 취급당할뿐더러 솔직히 녀석의 피를 먹지 않아도 치료는 가능하니 그럴 필요는 없겠지.

"자, 그럼 시작할까요, 해독의 연주?"

"네놈!"

"아, 죄송죄송. 치유의 연주."

"……."

뭐, 해독의 연주라고는 말했지만 아마 그 정도로는 해독하기 어려울 것이다. 누가 뭐라고 해도 녀석의 몸에 쌓여 있는 독은 수많은 의사들도 치유하지 못하고 마스터 급에 이르른 소환사마저도 견딜 수 없게 만든 것. 내 알량한 연주 솜씨로 치유될 리가 없는 것이다.

하지만 자신없다는 말은 아니다. 루인 포레스트 슬레이어는 괜히 장착한 게 아니니까.

"하나, 둘, 셋, 넷."

나는 가볍게 박자를 맞추며 눈을 감았다.

시작은 테르마이안 A현, 약간 높은 곡조에서부터 편안하고 부드럽게.

의문

Chapter 25

의문

　　나른한 감각이 전신을 뒤덮는다. 으흠… 이번에는 레벨 업을 못한 모양이군. 나는 왼쪽 귀를 눌러 상태창을 열었다. 봉인은 여전한 상태고, 경험치는 대충 96% 정도인가? 연주 한 번 정도만 더 해도 레벨 업 할 수 있겠군.

　나는 테르마이안을 내려놓으며 숨을 몰아쉬었다. 이번 연주는 퍼지지 않게 했으니 이 근처에만 들렸겠군. 뭐, 연주할 때마다 퍼뜨리는 건 나로서도 피곤한 일이니까. 무엇보다 이번 것은 해독 연주인데 그걸 도시 전체로 퍼지게 해서 무슨 의미가 있겠어?

　나는 테르마이안을 케이스에 넣고 가볍게 몸을 풀었다. 그러고 보니 요새 들어서는 장비 변경을 못하고 있군. 맘에 안 들기는 하지만 주머니 속에서 장검을 꺼낸다거나 없던 무기가 팟! 하고 생긴다거나 하는 건 아무리 봐도 마법이니 어쩔 수 없는 일이지. 뭐, 유저들 간에서야 아무렇지 않은 일이지만 NPC한테까지 그런 일은 아니니까.

"자자, 연주 끝! 모두 정신 차리세요!"

"아……."

내가 손뼉을 치자 멍해 있던 세 명의 남녀가 정신을 차린다. 흐음… 해독의 연주는 동조력이 강하지 않은 연주일 텐데 반응이 이외로 좋군. 매일 멀리서 듣다 처음으로 가까이에서 들으니 느낌이 색다른 건가?

나는 해독의 연주로 란스의 몸에 축적되어 있는 독기들을 뒤흔듦과 동시에 독에 대한 속성력으로 그것들을 차례차례 제거했다. 중독된 지 하도 오래되는 바람에 한곳에 몰아 빼내는 방식 대신 그의 몸속에서 제거하는 방식을 써야 했다. 물론 그 방법은 대상자의 체력을 상당히 소진시켰지만 어쩔 수 없는 일이다.

다시 한 번 속성력을 일으켜 란스의 몸 상태를 살피는데 가장 먼저 정신을 차린 에리카가 눈물을 닦으며… 엥? 해독의 연주를 듣고 울다 니? 흠… 하여튼 눈물을 닦으며 말했다.

"멋진… 연주예요."

"감사합니다. 폐하께서는 어떠십니까?"

"멋진 연주였다."

"아니, 그걸 물은 게 아니라 몸 상태를 물은 겁니다."

"아, 그렇군. 몸 상태는… 어?"

별 생각 없이 몸을 살피던 란스가 놀란 표정으로 몸을 일으켰다.

난데없는 반응에 깜짝 놀라 뒤로 물러서는 왕비. 하지만 란스는 그 녀의 반응을 전혀 신경 쓰지 않은 채 침대 아래로 내려와 기지개 켰다.

"아버지?"

"이럴 수가! 몸이 가벼워."

그는 믿을 수 없다는 표정으로 몸을 풀었고, 그 모습을 본 왕비의 표정이 창백하게 변한다. 오오― 이제 큰일났네요, 아줌마. 나는 조금 더 그녀를 놀려볼까 하다가 더 이상 하면 이성을 잃어버릴 것 같다는 생각에 자제했다. 나는 해독을 하러 온 거지 시비 걸러 온 것이 아니니까.

아직도 신나서 몸을 풀고 있는 란스. 나는 손을 들어 그를 말렸다.

"진정하시고 일단 앉으세요. 유의 사항이 있으니까."

"유의 사항?"

"예. 해독에 성공하기는 했지만 독 자체가 상당히 강력한 것이어서 폐하의 체력이 상당히 소모되었습니다."

"그거 이상한 말이군. 난 지금 이렇게 멀쩡한데 체력이 소모된 거란 말인가?"

"연주의 영향이죠. 아마 잠시 후부터 졸리기 시작해서 삼 일 정도 주무셔야 할 것입니다."

내 말에 란스는 살짝 표정을 굳혔으나 이내 이해한다는 듯 고개를 끄덕였다.

"하긴, 지금껏 아무도 치유하지 못한 독… 아니, 병이니 당연하겠군."

"병이라뇨? 그냥 넘어가시려는 겁니까?"

"훗. 누가 독을 넣었다는 증거는 없지 않나. 나는 괜히 왕실을 소란스럽게 하고 싶지 않네."

태연히 웃는 란스의 모습에 솔직히 약간 놀랐다. 꽤나 인망있는 녀석이잖아? 능력도 있고. 대체 이런 왕의 어디가 마음에 안 들어서 모반을 꿈꾸는 녀석들이 생기는 거지? 뭐, 그렇다고는 하지만 짐작 가는 게 없지는 않군. 나는 어깨를 으쓱이며 말했다.

"너무 무르시군요. 그러다 반란 일어납니다."

"그 정도로 무르지는 않아. 내가 사랑하는 건 아내지, 그 이하 잡것들이 아니니까."

거기까지 말하던 그는 문득 눈살을 찌푸렸다.

"그런데 피곤하군. 아까 말했던 그건가?"

"한숨 푹 주무시면 괜찮아질 겁니다. 편히 쉬시길."

편히― 부분에서 이미 몸이 기울었다는 것을 생각해 볼 때 아마 쉬라는 말은 듣지 못했을 것이다. 에리카는 느닷없이 쓰러지는 아버지의 모습에 깜짝 놀라는 듯했으나 들은 것들이 있었기에 이내 진정하고 그의 몸을 돌려 눕혔다.

"삼 일 동안 주무시면 식사는 어쩌죠?"

"별수있습니까. 깬 다음 한번에 먹이시든지."

어깨를 으쓱인 후 고개를 돌려 왕비를 바라보았다. 개인적으로 조금 더 발악하지 않을까 생각했지만 아예 포기한 것인지 착잡한 눈으로 란스를 바라보고 있을 뿐이다.

내가 쳐다본다는 것을 깨닫고는 고개를 돌려 나를 바라보는 왕비. 이름이 에보니 크레아른이라고 했던가? 그녀는 잠시 생각하더니 말했다.

"후. 어쨌든 란스를 치료했으니 상을 내려야겠군. 원하는 게 있나? 돈이든 지위든 마음대로 말해 보도록."

"글쎄요. 돈이라면 지금도 충분히 쓸 만큼 있고 직위도 그다지 필요없습니다. 연주 때문에 피곤한데 그만 가봐도 되겠습니까?"

내 말에 에보니는 조용한 시선으로 나를 바라보았다. 보라색이 은은히 감도는 적발에 스무 살 된 자식이 있다고는 믿을 수 없을 정도로 젊어 보이는 외모. 그러고 보니 이 여자도 미녀 축에 속하는 존재였군 그래. 뭐, 요새는 미녀를 너무 많이 보는 바람에 미녀를 봐도 금방 인식하지 못할 지경에 이르고 말았지만 말이다.

잠시 눈을 감은 채 생각에 빠지는 에보니. 그녀는 잠시 그렇게 있다가 조용히 말했다.

"어쩌다 너 같은 존재가 나타나게 된 걸까. 모든 것이 잘 되어가고 있다고 생각했는데."

"세상일이 다 그런 것 아니겠습니까. 잘되는 일도 있고, 못 되는 일도 있고."

"후후. 너는 내가 두렵지 않나? 나는 왕족이다."

"아니, 뭐 왕족이라고 두려워할 것까지야… 저는 미천한 평민이라 그런 건 잘 모르거든요."

나는 싱긋 웃어주고는 고개를 돌려 에리카를 바라보았다.

"연주도 끝났고 하니 가봐도 괜찮겠죠?"

"아, 뭔가 해주어야 할 텐데……."

"괜찮습니다. 그럼."

테르마이안을 멘 채 밖으로 나왔다. 방에서 내가 혼자 나오자 밖에 있던 기사들이 쳐다보는 게 느껴졌지만 왕한테 한 번 혼난 덕분인지 시비 걸 생각은 없는 것 같았다.

[요새 연주 실력이 점점 좋아지네.]

'그래? 난 별로 못 느끼겠는데.'

나는 목걸이에서 슬쩍 튀어나와 허공을 날아다니는 에일렌에게 시선을 주지 않도록 신경 쓰며 별궁 밖으로 나왔다. 에일렌은 내 주변을

어지러이 날아다녔는데 벽이나 물건들을 우습게 투과하는 게 마치 유
령 같았다.

'그러고 보니 넌 나한테서 얼마큼이나 떨어질 수 있어?'

[거리를 말하는 거라면 대충 50미터 정도? 무리하면 100미터까지도
가능하지만 등에 고무줄 메고 있는 것 같은 느낌이라 좀 어려워. 흑흑.
나 같은 미녀가 한 남자한테 묶여 있어야 하다니.]

'까불긴. 그럼 50미터 내에서는 마음대로 날아다닐 수 있는 거야?'

[그렇지.]

오호! 그럼 여기저기 도청시킨다든지 주변 상황을 파악한다든지 하
는 데도 쓸 수 있겠군. 이거 의외의 효과인데?

나는 문득 드는 생각이 있어 에일렌을 바라보았다.

'너희들의 모습은 NPC들이 볼 수 없지?'

[그렇지.]

'유저들도 못 보게 할 수 있어?'

[그런 기능은 없어. 물론 아이템 속에 들어가면 유저도 우리를 볼 수
없겠지만 그래서야 정탐 같은 건 할 수 없지.]

'그런가?'

어차피 유저야 만날 일 자체가 적으니 상관없겠지. 나는 기지개를
켜며 별궁 밖으로 나선다.

"아아. 돌아가 자자. 봉인 건 주제에 연주를 두 번이나 하다니."

물론 잔다고 해봐야 로그아웃하는 것뿐이지만 연주는 정신력도 상
당히 소모하는 작업이라 조금 쉴 필요가 있었다.

[잠깐만.]

"왜?"

근처에 사람이 없다는 것을 파악한 후였기에 그냥 입을 열어 말했
다. 마음속으로 말한다는 게 별거 아니면서도 꽤 신경 쓰이는 거거든.
내가 입으로 말하든 말든 상관없다는 듯 에일렌은 신경 쓰지 않고 말
했다.

[다른 유저가 있는 것 같은데?]

"다른 유저?"

[응. 저쪽, 아직 우리를 본 것 같지는 않지만.]

그녀의 말에 약간은 의아해했다. 아니, 유저가 머리에 '저는 유저입
니다' 라고 붙이고 다니는 것도 아닌데 멀리서 유저의 존재를 알 수 있
나? 하지만 난 에일렌이 가리키는 곳으로 고개를 돌리고서야 그녀가
어떻게 유저의 존재를 알아냈는지 알 수 있었다.

"이거야 원."

나는 하늘을 날아다니는 녹발의 사내를 보고 헛웃음을 지었다. 반투
명한 몸체에 중력의 저항을 받지 않는 듯한 움직임, 환원령이군.

"하긴, 저게 있는데 유저가 없을 수는 없겠지. 에일렌, 유저의 몸에
서 50미터 이상 떨어질 수 없다고 했지?"

[그렇지.]

"그렇다면 찾아볼까나."

나는 지체할 것 없이 주변에 감지력을 풀었다. 훗. 내 감지력은
360도로 방사하면 150미터. 방향을 잡아 한쪽으로만 방사하면 무려
6~700미터에 달할 정도로 어마어마한 사정거리를 가지고 있다. 폭
풍의 언덕에서 썬더버드의 위치와 이동 경로를 파악한 것 역시 이 능
력의 도움이었지.

싸~한 느낌과 함께 막대한 정보가 대뇌를 강타하기 시작한다. 주변

을 가득 채우고 있는 대기와 굳건히 존재하는 대지, 그리고 그 아래에서 살아가는 생명체들. 지금의 나는 담벼락 위에서 기어가는 개미의 움직임마저도 캐치할 수 있는 것이다.

"발견."

[뭘?]

"유저. 이 근처에 마스터가 유저 외에 또 있을 리 없잖아? 시리우스의 무한한 힘이여, 지금 그 영광으로 내 존재를 억압하는 그 모든 봉인을 해제한다."

주변을 은은히 휘도는 빛무리와 함께 약간은 나른하던 전신에 힘이 들어가는 것이 느껴진다. 훗. 뭐, 나랑 상관없는 일일 수도 있겠지만 역시 호기심이 생기는군. 상대는 나와 같은 유저. 우습게 봤다가는 들킬 테니 봉인을 해제한 후 손짓해 에일렌을 불러들였다.

"들어가 있어."

[에, 왜?]

"그냥. 다른 유저들은 어떤 식으로 플레이하는지가 궁금해져서. 네가 있으면 들키니까."

[악취미 하고는.]

"탐험심의 발로라고 해주렴. 은(隱)."

살짝 웃으며 그림자 속으로 녹아들었다. 아니, 뭐 나 정도 되면 밝은 곳에서도 몸을 감출 수 있지만 상대도 마스터인만큼 만전을 기할 필요가 있겠지.

때는 어둑어둑한 밤. 주변에는 수십 개의 마법등이 어둠을 밝히고 있었지만 난 어둠 속에 몸을 숨긴 채 마스터의 기척을 추적했다.

애초에 상대가 슬슬 걷고 있었기에 따라잡는 데는 별다른 어려움이 없었다. 흑발에 흑안, 오목조목하게 들어선 눈, 코, 입. 전형적인 한국형 미인이군. 게다가 베타 테스트 때 한 번 봤던 여인이다. 이름이 아마 신미나였던가?

그녀는 수수한 복장에 커다란 바구니를 들고 있는 상태였다. 성을 지키는 경비들과 웃으며 인사하는 걸 보니 여기에서 꽤 지낸 모양이었다.

"퀘스트 중인가?"

아니, 뭐 나도 악사인 척하고 있으니 능력 숨기는 걸 가지고 신기해할 필요는 없겠지.

그녀는 그대로 성을 벗어나 도시 쪽으로 내려갔다. 데카른은 이레인 왕국의 수도. 비록 어두운 밤이었지만 데카른은 활기가 넘치고 있었다. 거리를 오가는 수많은 사람들과 손님을 모으기 위해 호객 행위를 하는 상인들. 그런 곳에서 은신을 유지하기는 어려운 일이었기에 슬쩍 은신을 풀고 근처에 있던 상인에게로 다가갔다.

"이거 얼마죠?"

"3실링입니다."

"두 개 주세요."

나는 닭꼬치 두 개를 뜯어 먹으며 추적을 계속했다. 그나저나 이거 맛있군. 왕성의 식사도 나쁘지 않지만 역시 난 길거리 음식이 더 입맛에 맞는단 말이야.

이런 저런 생각을 하는 사이 목표는 번화가를 벗어났고 나는 다시 은신해 그녀를 쫓았다.

그나저나 어디까지 가는 거야, 저 여자는? 단련 시스템 때문에 팔굽혀펴기나 명상 같은 것도 꾸준히 해야 하는데 쓸데없이 시간만 잡아먹고 있잖아.

더 이상 몸을 숨기기도 짜증난 나는 그냥 모습을 드러내기로 했다. 그녀가 무슨 PK범도 아니고 이렇게 추적할 이유가 없으니까.

하지만 내가 그렇게 마음먹었을 때 어둠 속에서 한 무리의 사내들이 모습을 드러냈다. 나처럼 은신한 게 아니라 단순히 숨어 있었던 것이기에 나도 그녀도 놀라지 않는다.

"여어, 이거 오랜만이네."

"또 오신 거예요?"

십수 명의 사내가 자신을 포위함에도 미나는 전혀 당황하지 않았다. 당연한 일이지. 파니티리스로 나온 유저는 100%가 마스터. 같은 마스터라면 모르되 저런 녀석들한테 위협을 느낄 이유가 없을 테니까.

하지만 그녀를 포위한 사내들의 생각은 나와 다른 건지 잔뜩 일그러진 표정으로 이를 갈았다.

"네년, 며칠 전에는 나를 잘도 두들겨 팼겠다."

"어머, 여자한테 얻어맞고 복수하러 몰려오신 거예요? 저 같으면 주변 사람들에게 폐가 안 될 장소를 찾아 자살이라도 할 텐데."

"닥쳐! 이 개녀⋯⋯."

퍼걱.

앞서 떠들던 불량배 하나가 여인의 주먹을 맞고 2~3미터쯤 날아가 건물과 충돌했다. 엉성한 자세에 진각조차 밟지 않는 걸 보니 무투가는 아니군. 하지만 힘이 엄청난 걸 보아 무투가는 아니더라도 몸 안의 마나를 활용하는 직접계(기사나 암살자 같은 직업. 주문이나 다른 수단을 사용하지 않고 육체적 능력을 사용한다)의 유저인 것 같다.

눈 깜짝할 사이에 일행 하나가 쓰러져 버리자 황급히 전투 태세를 갖추기 시작하는 불량배들. 하지만 미나 역시 주먹을 들어올렸다.

빡빡! 퍽퍽! 투샤! 투샤!

이건 묘사할 가치를 못 느끼겠군. 이건 싸움이 아니라 일방적인 구타다. 무투가가 아니더라도 마스터쯤 되면 일반인보다 압도적인 힘과 속도를 가지기 때문에 굳이 전투 기술이 없다 해도 질 리가 없는 것이다.

일방적 구타가 끝나고 미나는 손을 털었다. 쓰러진 채 신음하고 있는 십수 명의 사내. 미나는 잠시 주변을 둘러보다가 한 사내를 보고 혀를 찼다.

"팔이 부러졌네요. 평소 운동 좀 하시지."

"그게 운동한다고 될… 크윽!"

고함을 지르다 말고 신음하는 사내. 미나는 한숨을 쉬었다.

"움직이지 말아요. 자애로운 가이아의 힘이여, 상처 입은 이에게 그대의 은총을……."

조용한 목소리와 함께 녹색의 기운이 일어나 사내의 팔을 감싼다.

경악한 표정으로 미나를 바라보는 사내. 그는 믿을 수 없다는 표정으로 말했다.

"시, 신관!?"

"특별 서비스니까 고마운 줄 아세요. 그럼 나중에~!"

그녀는 슬슬 뛰기 시작했고 나는 다시 그녀를 쫓았다. 이런이런, 타이밍을 놓치는 바람에 못 나가고 말았군. 이렇게 된 거 조금 더 쫓아가 볼까?

천천히 달리던 여인은 도시를 벗어나자 보법을 사용하기 시작했다.

보법. 뭐, 대단해 보이는 말이기는 하지만 효율적으로 움직이는 걸

음법에 불과하다. 직접계 직업들은 각각 특색있는 보법들을 가지고 있는데 암살자의 경우에는 기척과 소리를 감춘 채 이동하는 은영보(隱映步), 무투가의 경우에는 무작정 빨리 이동할 수 있는 열풍보(熱風步), 기사의 경우에는 몸 전체에 강한 무게가 실리게 되는 중압보(重壓步), 궁수의 경우에는 달리면서도 몸의 중심이 흐트러지지 않는 정형보(正刑步)가 그것이다.

달리고 있기는 한데 상체에는 흔들림이 없는 걸 보아 저 여인이 사용하는 건 정형보로군. 쉽게 말해 궁수라는 건가. 뭐, 직접계 직업 중에서 체술에 능숙하지 않은 직업은 궁수뿐이니 애초부터 당연한 일이었을지도 모르지만 말이다.

나는 여전히 몸을 숨긴 채 이동했다. 은영보는 정형보에 비해 약간 느렸지만 중압보로 열풍보를 추월할 수 있는 나한테 이 정도야 부담도 아니지.

미나는 정형보를 사용해 산속으로 들어갔고 나는 나뭇가지를 밟으며 그녀를 쫓았다. 숲 속에 사는 건가? 아니면 로그아웃할 자리를 찾는 건가?

사실 유저들에게 집이란 건 그다지 필요치 않다. 잘 시간이 되면 로그아웃을 하면 되고 활동 시간이 되면 로그인을 하면 된다. 잘 생각해 보면 수면 모드라는 것 자체가 그리 필요없는 요소라는 것이지.

하지만 그럼에도 일루전에는 수면 모드가 존재한다. 우습다면 우스운 이유겠지만 일루전에는 NPC와의 관계 역시 중요한 것이니까.

내가 이런 저런 생각에 잠겨 있는 사이 미나는 숲 속에 있는 통나무 집에 도착했다.

"다녀왔습니다!"

“왔어?”

통나무집 앞 정원에서는 20대 중반쯤 되어 보이는 사내가 정원을 돌보고 있었다. 전체적으로 병약해 보이는 외모에 갈색 머리칼. 미나는 그에게 살짝 키스한 후 웃었다.

“늦었지? 저녁 해줄게.”

“늦기에 내가 해놨어. 식으면 어쩔까 했는데 딱 맞춰왔네.”

“진짜? 우리 달링 멋쟁이~!”

“왁! 볼 비비지 마!”

“헤헷. 저녁 먹을까?”

그들은 웃으며 통나무집 안으로 들어갔고 나는 근처 나무 위로 올라가 집 안을 살폈다. 전체적으로 수수하지만 깔끔하게 꾸며진 집 안에서 식사를 시작하는 한 쌍의 남녀.

여인이 음식 맛이 형편없다며 투정한다. 사내가 그 모습을 보고 더 연습하겠다고 사과한다. 여인은 해준 것만으로도 고맙다며 키스하고, 사내는 웃는다.

몸짓 하나하나에, 미소 하나하나에 애정과 행복이 스며 나온다. 단지 바라보는 것만으로도 미소가 지어질 만한 광경이나 나는 씁쓸하게 웃었다.

“행복해 보이는군.”

나는 그녀를 따라온 것을 후회했다. 별로 이런 걸 보고 싶지는 않았는데. NPC와 유저가 사랑해서 행복한 모습 따위 별로 보고 싶지 않았는데.

나는 그들이 눈치채지 못하도록 조심하며 조용히 숲을 빠져나왔다.

언제나 그랬듯 힘이 넘치는 몸에 약간은 화가 나는 것을 느꼈다. 이게 평범한 몸이었다면 미친 듯이 달리기라도 할 텐데. 미친 듯이 달려서 모든 것을 잊어버릴 텐데.

하지만 이 몸은 달려서 지칠 만큼 평범한 몸이 아니다. 달려서 지치려면 대여섯 시간은 뛰어야겠지.

나는 걷다 말고 주저앉았다. 그리고 생각한다.

대체 어째서 그녀는 인간이 아니었을까.

대체 어째서 나는 NPC에게 진심을 건네고 만 것일까.

차라리 오픈 서비스가 시작되면서 에일렌의 기억만 당겨졌다면 나는 그녀를 다시 사랑할 수 있었을지도 모른다. 누가 뭐라고 해도 난 그녀가 게임 속 존재일 뿐이라는 걸 처음부터 알고 있었으니 그런대로 적응할 수도 있었겠지. 하지만 그럼에도 난 그러지 못했다. 사실 난, 메크로네스에 의해 그녀가 죽었던 시점에서 그녀와 잠정적으로 이별하고 말았던 것이다.

나는 오랜만에 에일렌의 모습을 떠올렸다. 눈부신 금발에 환한 미소. 예전의 나를 끊임없이 행복으로 몰아넣던 존재.

"좋아."

이렇게 생각만 하는 것도 바보 같은 짓이겠지. 물론 나는 그녀에 대한 미련을 버렸다고 생각하지만 이 정도의 휴식은 정리 차원에서도 괜찮을 것이다. 그냥 가서 얼굴이나 보는 거야. 용건이 없어 인사만 하고 오는 한이 있더라도. 나름대로 나쁘지 않은 일이겠지.

"이거야 원, 요새 들어 점점 멍청해지는 것 같군."

나는 투덜거리며 몸을 일으켰다.

*   *   *

영업이 끝난 듯한 식당에 두 명의 사내가 엎드려 있다. 새하얀 백발이 인상적인 사내와 약간은 뚱뚱한 몸에 맘씨 좋아 보이는 외모의 사내.

백발의 사내, 도현은 한참이나 엎드려 있다가 문득 고개를 들어올렸다. 약간은 놀란 표정. 그는 말했다.

"어? 지금 마스터 서른여섯 명이 한번에 파니티리스로 나갔다."

"서른여섯? 그거 대박인데."

통통한 사내, 정훈은 힘겹게 몸을 일으켰다. 본디 편안한 인상이나 피곤에 절어 위험하게까지 보이는 모습. 그는 미칠 것 같다는 표정으로 말했다.

"아, 짜증나. 그럼 이제 다시 일하러 가야 하는 거야?"

"흥! 이제는 내 쪽에서 거부다. 재미있을 것 같아서 참여했더니 이게 뭐야? 월급도 못 받고 부려 먹히고 있다고. 휴가받았으니 하루 동안은 운석이 떨어져도 무시~다. 대체 우리가 왜 이런 걸 해야 하는 거야?"

그들은 정말 운석이 떨어져도 무시할 것 같은 기세로 엎드려 일어나지 않았다. 마치 잠든 것 같은 모습이었지만 잠시 후 정훈은 말했다.

"형, 라일레우드가 떨어지면 몇 명이나 죽을까?"

"글쎄. 한 반 정도?"

"반? 아, 젠장."

정훈은 질려 버린다는 표정으로 한숨을 쉬었다. 그들은 인도주의자가 아니었지만 그래도 누군가가 죽는 건 매우 기분 나쁜 일이었다.

"대충 두 달 정도 남았네. 이렇게나 여유로운 시간이 있는데도 못

막다니. 사람들에게 알리기라도 해서 대비시켰으면 좋겠는데 말이야."

"그것도 운명을 거스르는 행위라 안 된다잖아. 로또 번호 가르쳐 주는 데도 깃털이 필요한 상황에 뭘 바라겠어."

"아아, 신은 뭐가 신이야! 병신이지, 병신."

그들은 힘없이 웃다가 이내 몸을 일으켰다. 피곤에 절어 있지만 흔들림없이 굳건한 눈동자. 도현은 말했다.

"뭐라도 하자. 이대로는 못 쉬겠어."

"아씨, 우린 이런 성격이 아니었는데."

"그러게 말이야."

그들은 투덜거리며 공간의 틈을 열었다.

＊　　　　＊　　　　＊

터널같이 기나긴 어둠을 넘어서자 환한 빛이 사방을 감싼다. 아름다운 분수와 그 곁을 뛰어다니는 수많은 사람들. 나는 분수 옆에 내려서서 주변을 둘러보았다.

"광영의 찬가 연주해 주실 분 찾아요~!"

"A급 장검류 구합니다!"

"7레벨 이상 재단사 찾습니다!"

"40레벨 부여법사 인챈트 서비스 중입니다!"

"별의 바다 가실 분들~!"

수많은 사람들이 걷고, 뛰고, 날아다닌다. 사방을 스쳐 지나가는 수십 종류의 소환수들과 수백 마리의 정령들. 아아, 그래, 파니티리스 사람들이 보면 기절할 듯한 이 광경이야말로 유저들에게는 당연하고 일상적인 광경이다. 겉멋과 전투를 위한 인생을 살아가며 세상을 즐기고 있는 사람들.

다들 웃고 떠들고 있는 모습이 만만해 보이지만 여기서 난동을 부렸다가는 이 강력한 나라도 죽고 만다. 누가 뭐라고 해도 여기에서 돌아다니는 수십만 명의 사람들은 모두 능력자.

설마 그 능력이 마스터에 한참 못 미친다고 해도 이 정도 숫자가 모이면 결코 만만하지 않을 테니까.

"여기 있을 때가 아니지."

나는 잡념을 떨치고 걷기 시작했다. 오랜만에 스틸하트에 가볼까? 하고 생각했지만 처음 목표가 목표인만큼 드워프 마을에 가야겠지.

나는 탄생의 홀을 벗어나 달리기 시작했다. 탄생의 성에서부터 드워프 마을까지는 상당한 거리를 가지고 있었지만, 그까짓 거 나라면 단숨에 뛰어갈 수 있다.

"간다!"

나는 그대로 땅을 박찼고, 내 몸이 점점 가속함에 따라 주변 광경이 뒤로 죽죽 밀려 나가기 시작한다.

달려가는 내 귀로 '어? 고수다', '보법 수준이 장난 아닌데' 등의 소리가 들렸지만 하나하나 신경 쓰다가는 못 달리지. 나는 계속해서 달렸다.

멀다고는 했지만 뛰어가기에 멀다는 거지 드워프 마을이 위치한 멜튼 산맥은 지역적으로 탄생의 성과 근접했기에 그리 오래지 않아 도착할 수 있었다.

설정막이 앞을 가로막지는 않을까 걱정했지만 무난히 투과할 수 있었다. 한 번 통과 자격을 얻으면 계속 유지되는 건가 보군. 나로서는 다행스러운 일이지.

나는 궁신탄영, 그러니까 허리를 활처럼 휘었다가 단숨에 굽히며 몸을 튕기는 수법을 두어 번 사용해 절벽을 올랐다. 점점 강해진다는 건가? 명색이 몇십 미터짜리 절벽인데 가면 갈수록 쉽게 올라가는 것 같군.

절벽 위에 올라선 난 대여섯 명 정도의 드워프와 정면으로 마주쳤다. 잠시 정적. 멍한 표정으로 날 바라보던 아이델른이 먼저 입을 열었다.

"밀레이온이군, 내가 연락을 했던가?"

"아뇨, 그냥 찾아왔습니다."

나는 공손하게 고개를 숙이면서 주변을 살폈다. 거, 이상하군. 본디 일찍 자고 일찍 일어나는 드워프들이 이 시간에 다 깨서 돌아다니고 있다니? 물론 필요할 때는 며칠이고 새지만 평상시에는 9시 정도 되면 용광로를 지키는 몇 명 빼고 다 잠들게 마련인데 말이야.

이런 저런 생각 하다 고개를 흔들었다. 뭐, 그런 거야 나하고 아무런 상관도 없는 일이지. 나는 드워프 마을을 보러 온 게 아니라 에일렌을 보러 온 거니까.

"저기 그런데……."

"앗! 밀레이온이 왔군. 자네가 부른 건가?"

"아닐세. 그냥 바람이나 쐬고 있는데 올라오더군. 절묘한 타이밍이지."

"사정은 됐고. 얼른 데려오게."

말이 필요없다는 표정으로 나를 잡아끄는 두 명의 드워프 때문에 약간 당황했다. 무슨 일이라도 있는 건가? 저항하고자 하면 간단히 저항할 수 있지만 일단은 곱게 끌려갔다.

내가 끌려간 곳은 화끈한 열기가 풍겨 나오고 있는 대장간. 나는 작업이라도 돕게 하려는 줄 알았는데 그들은 용광로를 가볍게 지나치더니 그 안쪽에 있는 무기고로 날 안내했다.

"어딜 가는 겁니까?"

"이번에 멋진 걸 만들어서. 애초부터 네놈을 모델로 만든 건데 딱 완성하는 시점에 네가 오다니, 하늘이 도운 모양이다."

"절 모델로 했다고요?"

무슨 소리를 하고 있는 거야, 이 영감들은? 어차피 여기 어딘가 에일렌이 있을 거라는 생각에 그냥 따라가고는 있지만 대체 무슨 소리인지 모르겠다. 나를 모델로 하다니? 무슨 조각 같은 것도 아니고 무기를 모델 보고 만드는 경우가 있나?

고민하고 있는 사이 드워프들은 나를 한쪽으로 안내했다. 그곳에는 이미 네다섯 명 정도의 드워프가 모여 있었는데, 내 기억으로는 드워프들 중에서도 둘째가라면 서러워할 실력자들이었다.

맨 앞에 있던 것은 수건으로 무슨 부품 같은 것을 닦고 있던 컴건, 그는 나를 보고 놀란 표정을 짓더니 아이델른을 돌아보았다.

"자네 대단하군. 완성하고 아직 한 시간도 안 지났는데 벌서 데려온 건가?"

"그럴 리가 있나. 그냥 때마침 이곳에 왔기에 안내한 것뿐이다."

"뭐, 물건을 옮길 수도 없어 골치였는데 적임자가 나타나서 다행이군. 이걸 보게."

모여 있던 드워프 중 회색 수염이 인상적인, 이름이 프라이스라고 했던가? 하여튼 그가 몸을 비켜섬과 동시에 바닥에 있는 물건이 모습을 드러냈다.

"이건……!"

“멋지지?”

착용자의 전신을 뒤덮는 거대한 흑갑이 거기에 있었다. 여러 가지 복잡한 문양이 새겨져 있는 중갑(重鉀). 용광로에서 뿜어진 빛은 흑갑의 표면에서 매끄럽게 흩어졌고 이내 잔영이 되어 흩날렸다.

“와우!”

옛날 갑옷들을 성안에 장식하거나 하는 사람들의 이야기를 듣고 비웃었던 나지만 지금은 그 심정을 조금이나마 이해할 수 있을 것 같다. 멋지군, 과연 대단해. 이런 거라면 그냥 보기만 해도 질리지 않을 것만 같다.

“거의 한 달 동안 만들어낸 물건이다. 솔직히 네 녀석이 없었으면 만들 생각도 하지 않았겠지만 만드느라 고생깨나 한 물건이지.”

“제가 아니면 만들 생각도 하지 않았을 거라고요?”

이놈의 드워프들이 하는 말을 쉽게 이해하지 못하겠다. 날 모델로 했다던가, 내가 아니면 만들 생각도 안 했다던가. 드워프들은 내 의문을 눈치챈 듯 의미심장하게 웃으며 말했다.

“자. 어디 한번 입어보게나.”

“뭐, 그렇게 말씀하신다면 일단…….”

난 그렇게 말하며 중갑을 잡았다가 순간적으로 깜짝 놀랐다. 안 들려? 오우거조차 집어 던지는 내가 들었는데? 순간적으로 자존심이 상해 두 팔로 중갑을 단단히 잡았다. 그리고 양팔이 저리도록 힘을 줘 갑옷을 단숨에 들어올렸다.

갑옷을 들어올리자마자 두 팔을 넘어 막대한 무게감이 닥쳐온다. 오! 이런 미친 드워프들, 지금 무슨 짓을 저지른 거야?

“맙소사! 알타그라로 만든 중갑?”

자세히 보니 이거 중갑이라고는 해도 팔 보호대, 다리 보호대, 가슴 보호대가 전부 따로 나누어져 있었다. 처음에는 왜 이런 방식인지 의아했는데 무거웠기 때문이었나? 이 갑옷들 뭐 최대한 얇게 하려고 노력한 티가 안 나는 건 아니지만 부품 무게 전부 합하면 대충 잡아도 20톤은 족히 나오는 물건이다. 입고 걷기만 해도 땅이 울리는 갑옷을 나보고 입으라고?

"과연 놀라는군. 우리의 노고가 보이지 않나?"

"노고고 자시고 어째서 이런 어처구니없는 물건들을……."

"네 녀석 보고 만든 거라니까. 네놈의 무지막지한 힘이라면 이런 거라도 입을 수 있을 테니까. 자, 여기 부츠도 있다."

쉽게 말해 전신 세트라는 말이군. 뭐, 알타그라는 분명 대단한 금속이기는 하지. 그 자체가 마나 패턴을 거부하기 때문에 마법이고 정령술이고 심지어는 검기까지 통하지 않는 물건이니까. 그런 걸로 만든 갑옷은 절대라고까지 말할 수 있을 만한 방어력을 가지고 있을 것이 분명하다.

"하지만……."

무겁잖아? 아무리 장점이 많다 해도 이 금속은 너무 무겁다. 농담 안 하고 걸을 때마다 땅이 꺼지지 않을까 걱정해야 하는 갑옷을 대체 무슨 생각으로 만들었단 말인가?

나는 땅에 떨어져 있던 부츠를 들어올렸다. 내 발 치수는 또 언제 잰 건지 모르겠지만 하여튼 꼭 맞게 제작된 이 부츠는 단지 이것만으로도 성인 남성 몇십 명보다 더 무거운 무게를 자랑했다.

뭐, 이 무거운 금속을 제련한 드워프들을 생각해서라도 입어볼까. 나는 부츠를 신고 무릎 보호대를 장착했다. 애초에 드워프들이 들 수 있을 만한 부품은 장갑 정도밖에 없었기에 나는 중갑을 전부 내 손으로 장착해야 했다.

철컥. 철컥.

장갑을 끼고 투구를 쓴다. 몸통 부분을 들어 가슴에 대고 이음새들을 연결했다.

"후우……."

"어때? 괜찮나?"

"아하하. 괜찮을 것 같습니까?"

전신을 짓누르는 막대한 무게에 숨이 막혀온다. 으아. 으아아. 이거 작은 언덕을 통째로 메고 있는 것 같은 기분이군. 스스로 괴물이라 칭할 정도의 힘을 가진 나지만 이 무게는 정말이지 감당이 안 될 정도였다.

나는 힘겹게 걸어 전신거울이 있는 쪽으로 이동했다. 드워프들은 그 모습을 보고 '우와아! 거, 걷는다!' 하고 호들갑을 떨었지만 나는 계속 걸어 전신거울 앞에 섰다.

거울 앞에 섬과 동시에 내 눈앞에 모습을 드러낸 것은 전신을 칠흑의 갑주로 뒤덮은 흑기사. 나는 감탄했다.

"죽이는데."

드워프들이 좀 정신 나간 종족이기는 해도 기술력이나 예술성은 뛰어나니까. 나는 오른팔을 들었다 왼팔을 들었다 하면서 갑옷의 전체적인 모습을 살펴보았다.

"놀랍군. 진짜 저걸 입고 살아남을 수 있는 존재가 있다니."

"입으라고 줘놓고 무슨 헛소리십니까?"

"허허. 입으라고는 했지만 정말 입을 수 있을 거라는 생각은 못했거든."

생각해 보니 저 인간, 아니, 드워프들이 만든 드래고닉 피어싱도 일반인이 썼다가는 오른팔이 날아가는 물건이었지, 아마? 만약 창대를 미스릴이 아닌 강철로 만들었다가는 첫 번째 사격 때 폭발해 유저를 죽여 버리고 말았을 테고.

이거, 생각해 보니 이놈의 종족 너무 위험하잖아? 나니까 무사하지 보통 사람이라면 목숨이 열 개라도 부족하다.

"아이델른님도 상당히 위험한 사고방식으로 병기들을 만드시는군요."

"허허허. 만들고 나서 생각하라. 드워프 족에게 대대로 내려오는 자랑스러운 명언이지."

자랑스럽냐? 챠. 진짜 몇 명 죽어봐야 정신을 차릴 종족이로군. 대책 없이 일 벌이는 게 뭐가 자랑스럽다는 거야? 피해는 사용자들이 보는데!

나는 투덜거리며 몸을 풀었다. 일단 걷는 건 문제가 없었기에 살살 뛰어보았다. 뒤에서 드워프들이 '뛰, 뛰기까지!?' 하고 경악성을 내질렀지만 지나친 움직임만 취하지 않으면 움직이는 데 의외로 어려움이 없었다.

"그러고 보니 나는 내 몸을 한계까지 몰아본 적이 거의 없군."

솔직히 내 몸의 힘은 심각할 정도로 강하기 때문에 난 평소 내 힘의 전부를 써볼 기회가 없었다. 지금이야 익숙해져서 그냥 살 만하지 예전에는 손아귀에 힘만 줘도 검 손잡이가 으스러지거나 망치질 하면 검신이 우그러진다거나 하는 일이 비일비재하게 벌어졌거든. 하지만 이 무지막지한 갑옷은 단지 입는 것만으로 내 몸의 힘을 한계치까지 끌어올리게 만들었다.

아니, 그렇지 않으면 오히려 눌려 죽을 판이다.

"후읍."

숨을 멈추며 오른손을 내뻗는다. 역시 무게가 무게인만큼 속도가 현저히 떨어지기는 하지만 지금 이 주먹에 실린 무게는 결코 장난이 아니다. 나 정도의 무투가 레벨만 되어도 전신 무게를 이용한 펀치가 가능한데 지금 내 몸의 어마어마한 무게를 고스란히 파괴력으로 전환할 수 있다면 총 충격량 몇백 톤(t)에 달하는 무시무시한 주먹질이 만들어지고 말 테니까.

나는 런닝하듯 대장간 앞에 있던 공터를 열댓 바퀴 정도 돌았다. 아주 잠깐 돌았을 뿐이지만 입고 있는 중갑의 무게가 워낙 어마어마한 터라 영원히 지칠 일 없어 보였던 몸에 땀이 쏟아지기 시작했다.

"맙소사. 10분째 달리고 있어!"

"내가 지금 꿈을 꾸고 있는 건가."

주변에서 드워프들이 떠들거나 말거나 계속해서 달린다. 우와. 지친다. 힘겨워. 거우 10분 달렸다고 이런 일이 벌어지다니? 슬슬 몸에 한계가 온다는 생각에 멈춰 서는데 허공에 글자가 떠올랐다.

단련. 근력이 1포인트 상승했습니다!

"어엉?"

와! 올랐다. 열흘간 계속 팔굽혀펴기 해도 안 오르기에 슬슬 질려가던 차였는데.

그렇군. 단련이라는 건 육체를 한계까지 몰아넣어야 성립되는 개념이다. 그렇다면 이 갑옷 의외로 쓸 만하겠는데? 굳이 방어구로 쓰지 않아도 단련용으로 쓸 수 있겠어.

마음 같아서는 조금 더 운동하고 싶었지만 완전히 지쳐 버린 관계로 그만 갑옷을 벗으려고 했다. 이건 입고 있는 것만으로도 곤욕이라서. 농담하는 게 아니라 이걸 벗지 못한 상태에서 체력이 떨어지면 투구의 무게에 눌려 질식사 하는 사태가 벌어질 수도 있다.

그리고 막 갑옷을 벗으려는 상황. 내가 달리는 모습을 맨 앞에서 지켜보던 아이델른이 문득 생각났다는 표정으로 말했다.

"아. 그러고 보니 시리우스의 마법사가 전해달라는 말이 있었다."

"시리우스의 마법사요?"

"그래, 마을에 일을 의뢰하거나 여러 가지 물품들을 전해주는 인간으로 존재 자체가 사기 같은 녀석이야. 그런 면에서는 네놈하고도 비슷하군."

무슨 소리야? 존재 자체가 사기? 의아해하고 있는데 아이델른이 말했다.

"뭐, 우리가 저 갑옷을 만들기는 했지만 입고 뛰어다닐 인간이 있다는 생각은 못했거든. 그냥 입을 수라도 있는 존재가 있다는 생각에 일단 저질러 본 거였으니까. 네 녀석이 끼고 있는 장갑. 우리는 셋이 모여야 겨우 한 짝을 들 수 있는 물건이야."

뭐, 하긴… 그만큼 이 옷의 무게는 치명적이니까. 그럼 그 마법사라는 존재가 나만큼 혹은 그 이상 엄청나다는 말인가? 나는 물었다.

"시리우스의 마법사라는 녀석이 누군데요?"

"카인이라고 하는 사내일세. 대충 20대 중반 정도의 외모인데 그게 진짜 나이는 아닐 게야. 아마 믿기 어렵겠지만 그는 손가락으로 마치

찰흙을 문지르듯 알타그라 갑옷에 문양을 그렸네. 거기 심장 부분에 있는 그거, 그게 바로 그 문양이네."

나는 고개를 숙여 가슴팍을 바라보았다. 과연 거기에는 문양이 새겨져 있었는데 그건 바로 용의 모습이었다. 도마뱀처럼 생긴 드래곤(Dragon)이 아닌 뱀처럼 기다란 몸을 가지고 있는 용(龍). 이건 동양풍이군. 이걸 손가락으로 그렸다는 건가?

"누군지 알 것 같군요."

훗. 마법을 완전 무시할뿐더러 미스릴보다도 강한 강도를 지니고 있는 알타그라 갑옷에 손가락으로 문양을 남기는 일은 상식적으로 불가능하다. 알타그라 갑옷은 내가 카이더스로 내려친다 해도 멀쩡할 정도로 튼튼하니까.

하지만 그 대상이 운영자라는데 뭐가 불가능하겠어? 만약 그 카인이라는 녀석이 파이어 볼 여덟 개를 만들어 하늘에 떠 있는 태양을 아홉 개로 만들어 버린다 해도 '믿을 수 없어!' 라고 말하는 유저는 없을 것이다. 아마 '아씨. 덥게 뭔 짓이야' 라고 생각하겠지.

운영자는 이 세계의 신이다. 그것도 우리가 너무나 익숙하게 받아들이고 당연하게 존재한다고 믿는 신. 우리는 그들을 두려워하거나 경배하지 않지만 그 능력에 대해서는 추호도 의심하지 않는다.

"아는 녀석이냐?"

"대충은. 별로 친하지는 않아요."

"뭐, 하여튼 그가 전해달라더군. '갑옷에는 장비 설정 허가를 내려 놓았습니다. 더불어 지표 강화 능력도 추가했으니 이용하세요' 라고. 뭔 소리인지는 모르겠다만."

"장비 설정 허가?"

알타그라로 만든 물건은 장비 설정이 먹히지 않는다. 일단은 게임 설정상 공간 지정 자체가 마법이니까. 마법이 듣질 않는 알타그라는 거기에 거부한다고 되어 있는 것이다. 만약 알타그라가 장비 설정 되는 물건이었다면 예전 알타그라를 옮겨야 했을 때 장비 설정을 이용했겠지.

"왜 그러나?"

"아뇨. 실험해 볼 게 있어서. 장비 4번."

가볍게 말하자 지정되어 있던 테르마이안이 생성되었고, 나는 그것을 잡았다.

"해제."

이것으로 장비 4번은 비게 되었군. 나는 테르마이안을 잠시 아이델른에게 넘긴 후 말했다.

"장비 지정. 4번."

슈욱— 하는 느낌이 갑옷을 감싼다. 진짜 되는 거야? 내가 어처구니없어하자 아이델른이 말했다.

"문제라도 있나?"

"아뇨. 아하하. 좋다면 좋은 일이겠지만. 장비 1번."

내 목소리와 동시에 전신을 짓누르던 압박감이 단숨에 사라진다. 와~ 된다, 진짜 된다. 이거 설정에 위반되는 행위 아냐? 내가 이용료를 더 낸 것도 아닌데 왜 자꾸 편의를 봐주는 거지?

잠시 당황스러워하고 있는데 누군가 내 옆구리를 콕콕 찌르는 게 느껴져 고개를 돌렸다. 왜 어깨가 아니라 옆구리를 찌를까 생각했는데 그러고 보니 아이델른은 내 허리 조금 넘는 키였지. 얼굴이 근엄해서 키가 작다는 사실을 자꾸 잊는단 말이야.

"갑옷은 어디 간 거냐?"

"잠시 아공간에 집어넣었습니다."

"뭐? 알타그라는 마법이 안 통할 텐데?"

"카인이라는 녀석이 통하게 만든 모양이에요. 장비 4번."

다시 부르자 흑색의 중갑이 다시 전신을 뒤덮는다. 어디 보자, 카인이라는 녀석이 전한 말 중에 지표 강화 능력을 추가했다고 했었지? 그런데 지표 강화 능력이 뭐야?

"아, 그러고 보니……."

나는 내가 뛰어다닌 공터가 멀쩡하다는 것을 깨달았다. 그러고 보니 이 갑옷은 적게 잡아도 20톤. 혹은 그 이상의 무게를 가지고 있다. 그런 갑옷을 입고 뛰어다니면 땅이 움푹움푹 파이거나 부서져야 하는데 멀쩡하다? 그렇다면 지표 강화 능력이라는 건…

나는 갑옷을 입은 채로 오른발을 들어올렸다가 땅에 내리찍었다.

쩌엉!

어마어마한 굉음과 함께 얼얼한 감각이 발끝으로 전해진다. 땅에는 발자국도 안 생기는군. 이게 지표 강화(地表强化). 땅을 단단하게 만들어서 갑옷의 무게를 버티게 하는 마법인가? 마력 패턴을 보아하니 즉시 발휘되는 건 아니고 발을 땅에 댄 다음 대충 3~4초 후부터 효과가 생기는 것 같다.

"좋아."

이거야… 에일렌을 보러 왔다가 좋은 걸 얻었군. 어쩌면 난 의외로 운이 좋은 녀석인지도 모르겠다.

장비 변경해 중갑을 사라지게 만든 후 근처에 쌓여 있는 광석 더미 위에 누워버렸다. 정련되지 않은 광석들은 비교적 날카로웠지만 내 몸에는 유니크 아이템인 메크로네스 아머가 덮여 있어 마력이나 신성력이 담겨 있지 않은 무기로는 엔간해서 상처 입지 않는다.

에구에구. 그러고 보니 이놈의 드워프들이 난데없는 물건을 꺼내 드는 바람에 처음 목표를 잊고 있었군. 나는 기지개를 켜며 아이델른을 바라보았다.

"그런데 에일렌은 벌써 잠들었나요? 이 소란에도 안 나오다니."

"에일렌?"

아이델른은 의아하다는 표정으로 나를 바라보았다. 뭐야, 이 반응은? 나는 뭔가 이상하다는 걸 느꼈지만 태연하게 웃으며 말했다.

"뭐, 애초부터 약속하고 온 것도 아니지만 녀석은 어디에 있나요? 자고 있어도 괜찮아요. 그냥 얼굴이나 보고 가려고요."

"……."

아이델른은 잠시 뭔가 생각하는 표정을 지었다. 왜 이래? 무슨 일이라도 있는 건가? 하지만 이곳의 설정막은 무사하니 에일렌이 위험에 처할 일은 없다. 지역 설정되어 있는 NPC들은 자기 구역에서 벗어나는 일 또한 없으니 어디론가 갈 일도 없고 말이다.

나는 생각했다. 혹시 에일렌이 뭔가 중요한 일을 하고 있는 것은 아닐까, 하고. 에일렌은 스스로 마나 동결을 깨달을 정도로 천부적인 감각을 가지고 있으니 드워프 중에서도 중요한 일을 맡을 수 있을 테니까.

그래, 내가 생각한 건 겨우 그 정도였다. 딱히 어떠한 징후도 없었고 사고도 없었다. 난 단지 에일렌을 만나러 왔을 뿐이고. 그 이상은 생각하지 않았으니까.

하지만 아쉽게도 아이델른의 말은 내 생각을 가볍게 초월했다.

"에일렌이라는 건 또 누구냐?"

"하?"

뭐? 지금 뭐라고?

순간적으로 할 말을 잃을 정도로 당황했으나 재빨리 정신을 차리고 말했다.

"에일렌을 모른다고요?"

"그러니까 그게 누군데?"

"무, 무슨 소리를 하시는 겁니까? 당신이 데려다 키운 인간 소녀 말입니다! 금발에 파란 눈을 가지고 있는 언제나 활기 넘치던! 항상 당신을 도와왔잖아요?"

"…이해할 수 없는 말이다. 드워프 마을에 인간 소녀 같은 게 있을 리 없잖아?"

오히려 이상하다는 듯 되묻는 아이델른의 모습에 현기증을 느끼고 비틀거렸다. 농담이지? 말도 안 돼. 어째서 이런 상황이 벌어지는 거야?

혹시나 아이델른이 거짓말을 하고 있는 것은 아닐까 하는 기대에 고개를 들었지만 그의 눈동자에는 오직 의문만이 가득했다. 이 녀석이 왜 이래? 라는 표정.

내가 잠시 멍하니 서 있자 그는 걱정스러운 표정으로 말했다.

"역시 갑옷이 너무 무거웠던가? 컴건이 약을 지을 줄 아니 잠깐만 기다리게."

"아뇨, 아닙니다. 잠시 헷갈린 모양이에요."

"괜찮겠나?"

"괜찮습니다."

어색하게 웃어준 후 몸을 돌렸다. 내 상태가 이상했던 듯 웅성거리는 드워프들. 하지만 그것들은 내 귀에 와 닿지도 않았다. 머릿속이 너무 복잡했기 때문이다.

"이해할 수 없어. 대체⋯⋯."

나는 허탈하게 웃었다.

"뭐가 어떻게 되고 있는 거야?"

베가본드——한편 그들은
외전

필로나 왕국 매의 기사단장 벨로크는 긴장한 표정으로 주변을 살폈다. 그와 그의 기사들이 도착한 곳은 사람 하나 없이 텅 비어버린 도시.

"모르겠군. 대체 어떻게 된 일이지?"

그곳은 그가 겨우 이틀 전에 다른 기사들과 파티를 열었던 곳이다. 수많은 사람들이 있고 그에 비례해 수많은 용병들과 병사들이 존재하던 곳. 그런 곳이 단 이틀 만에 사람 하나 없는 폐허로 변한다는 것이 가능한 일이란 말인가?

"이상하군요."

"그쯤은 보면 알아."

"그게 아니라 피 냄새 말입니다. 피 냄새가 이렇게나 자욱한데도 시체가 없다는 게 이상하지 않습니까?"

"……?!"

벨로크는 그제야 묘한 이질감을 깨달았다. 도시 안은 온통 피 냄새로 가득했는데도 시체가 없다니? 아무리 생각해도 정상은 아니었다.

무언가 불길한 느낌에 후퇴 명령을 내리려 하는 벨로크. 하지만 그때 병사들 중 하나가 무언가를 발견했다.

"앗! 저기에 뭐가 있습니다, 대장님!"

"사람인가?"

"글쎄요. 워낙 어두워서… 아! 사람입니다. 이봐! 여기 대체 무슨 일이 일어난 거지?"

도시 안에 들어와 처음으로 만나는 사람의 모습에 반색하며 앞으로 나서는 병사. 하지만 그는 나설 때보다 배는 빠른 속도로 물러섰다. 그가 발견한 사람의 모습이 농담으로라도 정상이라고는 말할 수 없을 정도로 괴상했으니까.

우어어어…….

크르륵.

우우우.

병사가 발견했던 녀석을 시작으로 수많은 괴물들이 묘한 소리와 함께 모습을 드러내기 시작했다. 벌써 부패가 시작된 듯 너덜거리기 시작한 육체와 초점없는 눈동자. 벨로크는 신음을 낼 수밖에 없었다.

"맙소사! 언데드(Un-dead)다."

"게다가 이 숫자… 시민 전체가 언데드로 변한 것 같습니다!"

군기가 세기로 유명한 필로나 제국의 병사들도 말로만 들었을 뿐 모습조차 본 적 없던 미지의 존재에게 공포를 느껴야 했다.

결코 좋아 보이지 않는 상황. 벨로크는 잽싸게 정신을 차리며 손을 들었다.

"후퇴! 일단 도시를 나간다!"

"하, 하지만 후방에도 언데드들이 있습니다."

"뚫고 가! 아니면 녀석들에게 계속 둘러싸이고 싶은 건가?"

벨로크의 말에 병사들은 각자의 병기를 들어올리며 대로를 따라 돌진하기 시작했다. 그들이 도망가려는 것을 느낀 언데드들이 괴성을 지르며 덤벼들었지만 그것들은 그리 강한 힘을 가지고 있지 않은 하급 몬스터. 그 불사성 때문에 죽이기는 힘들지만 떨쳐 내는 것 정도는 어렵지 않다.

"달려! 상대는 약하지만 지치지 않는 데다 많다! 싸우기 시작하면 전멸할 뿐이야! 더 빨리 달… 엇?!"

말을 타고 있었기 때문에 기사들의 선두에 서 있던 벨로크는 언데드들 사이에 섞여 있는 낯선 괴물의 모습에 숨을 들이켰다. 전갈의 꼬리에 사자의 몸통을 가지고 있어 보기만 해도 부조리해 보이는 모습. 한 번도 본 적이 없는 적이기에 상대하기 꺼림칙했지만 잠시라도 멈춰 섰다가는 뒤에서 쫓아오고 있는 몇천의 언데드들에게 포위당할 것이기에 망설일 수 없었다.

"대장님! 전방에 이상한 괴물이……!"

"밀고 가! 멈춰 섰다가는 죽음뿐이다!"

그의 말대로 기사 두 명이 검을 들고 앞으로 달려 나간다. 말을 탄 채 달려가다 그 무게를 그대로 실어 공격하는 방식. 하지만 벨로크는 문득 괴수가 슬쩍 웃었다고 생각했다.

콰득!!

새까만 잔영과 함께 휘둘러지는 꼬리. 그것은 삽시간에 두 마리의 말과 그 위에 있던 기사들을 통째로 잘라 버린 후 부드럽게 휘어 벨로 크의 목을 노려왔다.

"모, 모두 정지!"

그의 말에 따라 기사들과 병사들이 멈춰 섰다. 잠시라지만 갑옷을 입고 달렸기에 숨을 헐떡이는 병사들과 포위당했다는 낭패감으로 식은 땀을 흘리는 기사들. 벨로크는 자신의 실책에 치를 떨었다. 이 상황에 서 멈춰서 뭘 어쩌겠다는 말인가? 어차피 포위되면 전멸은 결정된 사 항일 텐데!

잠시간의 대치. 하지만 언데드들은 굳이 그들을 바라보고 있을 필요 가 없다 느낀 건지 괴성을 지르며 덤벼들었다.

"바, 반격해라! 허무하게 죽지 마!"

"젠장! 왜 이런 일이……!"

매의 기사단장 외 열여섯 명의 기사, 그리고 100명의 병사는 둥그렇 게 원을 만들어 언데드들에게 대항했다. 초반에는 좀 버틸 만했다. 그 들 중 상당수는 전쟁 경험자라 노련하게 상황에 대처했고 매의 기사단 자체가 상당한 실력을 가지고 있었으니까.

하지만… 전투에 마수(魔獸)들이 끼어들기 시작하면서 전세는 급변 했다.

콰득! 까득! 와직!

중갑은 아니더라도 금속으로 만든 갑옷을 걸치고 있던 병사들이 단 숨에 뜯겨져 나간다. 나름대로 자신있는 검술 실력을 자랑하던 기사들 역시 제대로 된 공격 한 번 성공시키지 못하고 쓰러진다.

사방으로 몰아치는 피보라! 소드 익스퍼트로서 모두의 인정을 받고 있던 벨로크는 난생처음으로 지독한 절망감을 느꼈다.

"대, 대체 뭐야, 이 괴물들은! 어디서 나타난 거지?"

마수는 한 마리가 아니었다. 병사 수십 명이 덤벼도 한 마리를 못 잡을 것 같은데 그런 마수가 한 마리도 아니고 몇백이나 나타난 것이다.

승산은 애초에 없었다. 병사 중 대부분이 죽고 기사들 역시 반수가 사망한 상태. 그나마 전투가 길어지는 것도 상당수의 마수들이 공격을 하지 않고 있었기 때문이다.

"이대로 죽는 건가."

벨로크는 얼마 있지도 않던 마나가 바닥남을 느끼며 허탈한 표정을 지었다. 그들을 빽빽하게 포위하며 다가서는 수천의 언데드들. 맨 처음 그들의 도주를 막았던 마수가 모든 언데드들을 헤치고 기사단 앞으로 나섰다.

"대장인가."

대장끼리 마주 선다 해도 결론은 똑같았다. 그가 그 대장 격 마수를 죽인다 해도 나머지가 물러날 것 같지도 않았고 실제로 죽일 만한 능력도 없었다.

기분 나쁜 표정을 지으며 꼬리를 들어올리는 마수. 그때였다.

"아싸, 좋구나!"

어둠을 가르고 거대한 무언가가 모습을 드러낸다. 강철로 만들어진 듯한 골렘. 보통 골렘 하면 느릿하고 어색한 동작을 떠올리게 마련이거늘 그 골렘은 건물 사이를 민첩하게 뛰며 이동하더니 강하게 점프, 날아올랐다.

그리고 낙하.

쿠아앙!

벨로크는 자신에게 꼬리를 들어올리던 마수가 골렘에게 짓눌린 것을 보고 할 말을 잃었다. 놀랍게도 골렘의 위에는 한 명의 중년인이 앉아 있었는데, 그는 아직 살아 있는 마수를 보고 말했다.

"흠. 이렇게 밟히고도 안 죽다니 생각보다 튼튼하군. 죽여라, 럭셔리(Luxury)."

쾅! 쾅쾅! 쾅쾅쾅!

명령을 들은 골렘은 망설임없이, 아니, 가차없이 마수의 몸을 강철 주먹으로 짓이겨 버렸고, 벨로크와 기사단 전체를 공포로 몰았던 마수는 그것으로 죽었다.

"아, 진짜 먼저 좀 가지 말라니까요! 하멜은 비행 속도도 느리다고요!"

"하하, 미안하다, 멜피스. 그나저나 로안, 언데드들을 처리해 주겠니?"

"예!"

새롭게 모습을 드러낸 환수의 등 뒤에서 네 명의 남녀가 내렸다. 저마다 개성 넘치는 복장에 수많은 마수들에게 포위당했음에도 태연한 모습들.

그들 중 로안이라 불린 소년은 종종걸음으로 벨로크에게 다가왔다.

"늦어서 죄송합니다. 잘 버티셨어요."

보는 사람이 다 푸근해질 정도로 자애로운 미소에 벨로크는 깜짝 놀라고 말았다. 기사단장으로서 언제나 굳은 마음을 가지고 있다고 생각했는데 검은 머리의 소년이 웃는 것만으로 혼란스럽던 마음이 차분해지는 것을 느낀 것이다.

'위, 위로받고 있는 건가, 이렇게 어린 소년에게?'

그가 당황하거나 말거나 로안은 굳은 표정으로 주변을 포위하고 있는 언데드들의 모습을 바라보다가 조용히 읊조리기 시작했다.

"전능하고 전능하신 하늘의 아버지시여, 영광되고도 영광되신 빛의 지배자시여, 지금 그 무한한 은총으로 기도하나니 이 모든 이들에게 본래 얻어야 할 축복을 내리소서."

나지막한 기도 소리와 함께 그의 몸에서 눈부신 빛이 뿜어져 나오기 시작했다. 깜깜한 밤을 환하게 비출 정도로 거대한 빛. 그릇되게 존재하는 이들에게 안식을 내리는…

샤이닝 그라운드(Shining Ground)!

번쩍!

부상자들의 상처가 치유되고 마수의 피부가 불타오른다. 비명을 지르며 뒤로 물러서는 마수들, 그리고 그 빛이 다했을 때는 주변을 뒤덮고 있던 언데드들이 모두 쓰러져 버린 뒤였다.

"대… 단해!"

"원래 언데드야 신관 담당이니까요."

약간은 감격에 빠져 있는 자신과는 달리 아무렇지도 않은 목소리에 벨로크는 고개를 돌렸다. 간편한 복장에 자신의 키만한 롱 보우를 걸치고 있는 멜피스. 그는 주변의 적들을 살피다 말했다.

"상처들은 대충 나았죠?"

"응? 아아, 그렇다만."

"그럼 탈출하셔야죠. 녀석들 숫자가 만만치 않아서 싸움에 말려들 수 있거든요. 하멜, 마스터 스킬 발동! 원공진화력(元空進化力)!"

[알았다!]

멜피스의 말에 따라 하멜의 모습이 변한다. 원래 짧았던 털이 순식간에 길어지고 개의 그것과 닮았던 외양이 늑대의 그것으로 변한다. 날카로운 이빨과 발톱, 하멜은 숨을 크게 들이쉰 후 지체할 것 없이 내뿜었다.

쩌적. 쩌저적!!

하멜의 입가에서 뿜어진 냉기가 무시무시한 기세로 모든 것을 얼어붙게 만든다. 실로 엄청난 기세였기에 대로를 가로막고 있던 마수들 모두가 놀라 사방으로 흩어진다.

"자자, 도망가요!"

"도망가라고?"

"빨리요!!"

서슬 퍼런 멜피스의 목소리에 기사단을 이끌고 도시를 빠져나가기 시작하는 벨로크. 마수들은 새로이 모습을 드러낸 적에게 긴장한 듯 기사단을 쫓지 않았고, 데이나는 주머니 속에서 꺼낸 팔찌와 목걸이를 장착하면서 웃었다.

"NPC들도 갔으니 슬슬 시작하죠?"

"그러지. 그나저나 오늘은 조금 많아 보이는군."

"퀘스트를 보니 최하급 백서른네 마리에 하급 네 마리, 그리고 중급 하나네요. 그중에서 레스 아저씨가 중급 잡으셨고요."

"아, 걔 중급이었어? 어쩐지 제대로 밟히고도 안 죽고 버티더라니."

그들이 말하는 동안 마수들은 천천히 움직여 그들을 포위했다. 본능적으로 만만치 않은 적이란 걸 느낀 듯 신중한 움직임. 데이나는 숨을 들이켰다.

"터져라!!"

낭랑하게 퍼져 나가는 목소리에 마수들은 순간적으로 움찔했다가 아무 일도 일어나지 않았다는 것을 느끼고 공격을 시작하려 했다. 그리고 그때 폭발!

쾅! 쾅쾅쾅쾅쾅! 콰쾅!!

사방에서 동시다발적으로 폭발이 일어남과 동시에 일행에게 덤비려 했던 마수들 중 대부분이 뒤로 팅겨 나갔다. 충격을 받은 것 같기는 하지만 대체로 멀쩡한 모습. 키리에는 차분하게 말했다.

"흠. 아무래도 저번보다 공격력과 방어력이 높은 녀석들인 것 같군. 하지만 이동 속도가 늦고 단거리 공격밖에 못하는 것 같으니 결과적으로 비슷한 전력이다."

"에, 그럼 내 공격이 안 통한다는 말이야? 에잇. 터져라! 터져라!! 터져라!!!"

데이나의 외침과 함께 다시금 일어난 폭음이 마수들을 덮친다. 상상을 불허하는 타격에 괴로워하면서도 더 이상 외침을 계속하게 했다가는 위험할 거라는 판단에 돌진하기 시작하는 마수들. 멜피스는 말했다.

"데이나 누나의 공격이 안 통하고 있어요."

절박한 대사이나 별로 절박하지 않은 목소리. 레스는 그의 말에 문득 깨닫는 것이 있었는지 난데없이 자세를 수정했다. 그리고 마수들을 넘어 하늘을 바라보는 참으로 기묘한 시선으로 그는 말했다.

"데이나가 고전하고 있는 것은 나 또한 매우 가슴이 아프지만 이제 겨우 전투 초반일 뿐이다."

진지한 모습과 표정으로 몇 개의 폭탄을 꺼내 드는 레스. 그는 고요한 눈으로 일행과 마수들을 번갈아 바라보며 말했다.

“초조해하지 마라.”

전투 준비 완료. 그는 자신이 타고 있는 전투용 골렘, 럭셔리의 전투 사항을 조정하며 다시 말했다.

“하지만 키리에가 출동한다면 어떨까?”

일행 전체가 고개를 쳐든다. 아니, 정확히는 키리에를 제외한 일행이 고개를 쳐든다.

그리고 소리친다.

“키!”

“리!”

“에!”

에. 부분의 로안이 부끄러운 듯 얼굴을 붉혔으나 상관없는 일. 레스는 아랑곳하지 않고 말을 이었다.

“아마도 전세가 갑자기 확 바뀌어 버리겠지.”

그렇게 말한 그는 문득 뭐가 그렇게 재미있는지 웃음을 터뜨렸고, 멜피스와 데이나 역시 장난스럽게 웃었다.

어색한 표정으로 식은땀을 흘리는 로안, 그리고 그 당사자인 키리에는…

“미쳐 가고 있어…….”

울 것만 같다.

『올마스터』 4권에 계속…

FANTASY
FRONTIER
SPIRIT

청어람 판타지 장편소설

『비커즈(BecaUse)』를 초월한 신개념 스타일리쉬 판타지의 재림!

손제호 판타지 장편 소설

러쉬 / 손제호 지음

단언한다!
이제부터 러쉬(Rush)의 시대다!

Rush : 돌진[맥진]하다. 쇄도하다. 돌격하다. 급습하다.

손제호 특유의 럭셔리 스타일!
누구도 넘볼 수 없는 기발한 상상력의 압승!
잘 버무려진 유쾌한 웃음과 명쾌한 즐거움의 조합!

2004년 최고의 화제작 『비커즈(BecaUse)』를 탄생시킨,
이 시대 최고의 스타일리시 스페셜리스트 손제호의 최신 역작!

FANTASY
FRONTIER
SPIRIT

청어람 판타지 장편소설

이계 진입 깽판물에서 느낄 수 없었던
새로운 재미와 감동!

"주인님, 맡겨만 주십시오!"

BUTLE GRACE
집사 그레이스

집사 그레이스 / 박안나 지음

잊혀질 자들이 꿈꾸는 반란

그는 집사가 되고 싶다고 했다.
왜 하고 많은 직업 중에서 하필 집사냐고 묻자
그게 자기가 아는 최고의 직업이기 때문이란다.
그 말에 나는 웃어버렸다. 어찌나 웃었던지 배가 아프고 눈물이 날 정도였다.

지독한 결벽증 환자에, 웃는 법을 잊어버린 멍청이. 눈물샘이 메말라 울고 싶어도
울 수 없던 불쌍한 사람. 짙은 회색구름을 닮았고 불투명한 물속 같던 바보.

결국 자신의 말이 맞았음을 내게 입증해 보였다.
그 앞에서 어이없어 하며 웃었던 나를 비웃듯이.

그가 말했던 것처럼 집사가 최고의 직업임을……